은하수를 찾습니다

은하수를 찾습니다

이규희 산문집

푸른사상
PRUNSASANG

『은하수를 찾습니다』를 내면서

세번째의 산문집을 준비하면서, 이 시점에서 나름 깨달음과 반성 그리고 새로운 결심이 있었습니다.

멀리서 가까이에서 저와 더불어 호흡하며, 시선을 나누고, 음으로 양으로 염려해 주시고 배려해 주시며, 꾸준히 좋은 기운을 보내 주시는 모든 분들과 이 책을 만나게 되실 미지의 새로운 분들을 생각하며, 서신을 띄우는 자세로, 흔들리는 차창 너머의 풍경처럼 제가 거쳐온 시간에 진정어린 마음을 담아 보내드립니다.

밤 하늘에서 은하수가 사라졌다는 건 위기를 알리려는 다급한 무언의 메시지입니다.

별들이 시야에서 차례로 떠나가는 것도 견디기 어려운 슬픔이지만, 그걸 외면하는 눈먼 광경은 더욱 암담하여, 부득이 이 시대를 향해 던지고 싶은 제 당부를 표제로 내걸었네요.

보시기에, 편의를 드리기 위하여, 우리 모두가 반가워하는 계절의 변화를 따라 "봄·여름·가을·겨울·먼저 봄"으로 분류하였는데, '먼저 봄'이란 '봄'보다 앞서 나간 봄을 의미합니다.

이런 덕성스러운 계기를 마련해주신 푸른사상사의 한봉숙 사장님과 수고해주신 지순이 실장님, 김소영 대리님께 감사를 드립니다.

2014. 3. 12
이규희

제1부 봄

제2부 여름

제3부 가을

제4부 겨울

제5부 먼저 봄

제1부

봄

매화나무나 산수유나무나

올해엔 봄소식을 아주 빠르게 받았습니다.

새 뿌리가 뻗어나갈 만큼 얼었던 땅이 팥고물처럼 풀린다는 식목일 보다 무려 달포나 앞섰습니다. 여태까지 일번 주자로 달려와 푸르도록 샛노란 봄편지를 손에 쥐어주던 산수유꽃보다도 무려 보름이나 앞당긴 춘신(春信)이었습니다.

해마다 기나긴 회색 동안거에 녹말가루처럼 깊숙이 가라앉아 버린 나의 가슴을 흔들어 뒤설레게 해주곤 하던 산수유에 혹한 나머지 옹색한 뜰이나마 갖게 되었을 때 나는 맨 먼저 그 나무부터 심었던 것입니다. 그러고는 해동이 아직은 좀 멀다 싶은데도 그 나무의 가는 가지들을 살펴보는 버릇이 생겼지요. 왜냐하면 그 무렵쯤에 녹두알만 한 꽃 몽우리가 솟지 싶은 예감이 들어서입니다. 그 꽃 몽우리들은 결코 사람의 시선 속에서 솟아 나오진 않았습니다. 무슨 일로든 잠시 한눈을 팔 때에 영락없이 기정사실로 솟아 있곤 하지요. 헌데 매화는 전혀 다릅니다. 초겨울부터, 아니, 가을에 이미 꽃눈자리가 정해지더군요. 그래서인지 산수유보다 매화의 경우가 봄을 향해 자신을 채찍질하는 모양새가 훨씬 더 가혹하게 느껴집니다. 산수유는 산골처녀의 눈빛처럼 끝내 망설이다가 개화시기가 다 박두할 즈음에야 겨우 문풍지 틈새로 살피듯 살포시 제 빛깔을 내어 밀지만, 매화는 처음부터 그냥 과감하게 알몸을 노출시켜 스스로의 단심(丹心)을 개방해 버리는 형태로, 결코 겨울잠에 들지 않고 꽃몽우리들을 키워 나가는 품이 꼭 봄 제작소처럼 느껴집니다.

과문한 나머지 작년에서야 한 그루 심어놓은 매화가지에서 성냥골만 한 몽우리들이 빨갛게 돋아 오르는 걸 보고 나는 겁이 덜컥 났습니다. 아니나 다를까 기온이 영하 십도 밑으로 급강하해버리자 볼그레한 알몸의 몽우리들이 바짝 쪼그라지며 그만 새까매졌습니다. 이제 다 죽었구나 싶어 안타까웠지만 도리가 없었지요. 따스한 남쪽에서나 되는 거라는데 공연히 헛욕심을 부렸다는 후회로 넋심이 뚝 떨어져 있을 때, 그것들은 어느새 천연스레 본래의 모습으로 돌아와 있었습니다. 기온의 파고를 타고 그렇게 까무러쳤다 깨어났다가를 거듭해가는 과정에서 보이게 안 보이게 살이 올라가더니, 그만 더는 부풀어 오르는 춘심을 참을 수가 없었나 봅니다.

흩날리는 눈발 사이로 마침내 오므리고 있던 몽우리를 조심스레 열었습니다. 설중매라더니……. 그날따라 사나운 풍세에 미친 듯 춤을 추는 눈보라 속에서 분홍빛 매화는 그렇게 나에게 온화한 첫 미소를 넌지시 건네 보냈습니다. 눈이 부시었습니다. 대가나 조건이 없는 그 순수한 아름다움에 나는 사로잡혔습니다. 서울의 봄을 앞당긴 매화의 감격 앞엔 지구 온난화라는 공포가 관여되었지만 그 순간만큼은 그런 엄청난 문제일망정 얼씬거릴 수가 없었지요. 그도 그럴 것이 나는 바로 그 찰나에 뱀처럼 허물을 벗고 있었기 때문입니다. 세상을 주관하시는 분이 인간에게 씌워준 화사한 화관 같은 고독이라는 징글맞은 껍질에서 풀려나 해방의 기쁨을 맛보고 있었던 것이지요. 내 나이 여든을 지나 아흔에 이르는 상상을 해보았습니다. 내가 무서워하는 건 죽음이 아니었습니다. 바로 고독이었습니다. 아니, 이건 너무 사변적으로 흘러가나요. 어찌 인간이 죽음을 두려워하지 않겠습니까. 그건 누구에게나 최후의 숙제입니다. 하지만 나의 생각, 나의 의지만으로 해낼 수 있는 의무가 아닙니다. 우리가 생각할 수 있는 건 생각이 가능한 그 순간까지이니까요. 결국 가까이 사랑하던 사람들은 나에게서 모두 떠나 버리게 되어 있다는 사실이 가장 견디기 힘들 것입니다. 나를 제치고 많은 이들이 저세상으로 앞서 가고, 남아 있는 사람들도 저저끔 자기 세계에 몰입해 있으니 만나지 못하는 점에선 매한가지가 되겠지요. 더러는 부담을 주지 않으려 내 쪽에서 자꾸 떠다밀기도 할 것입니다. 그 누구에게든 짐이 되는 불행을 모면해보려는 안간힘 말입니다. 환갑 진갑을 줄넘기처럼 훌훌 뛰어넘은 도우미 아줌마가 들러 일을 처리해줄지도 모르지요. 그도 간혹 온다는 약속을 어길 것입니다. 나는 굳이 전화를 걸지 않았으면 싶네요. 그쯤에 나도 한 그루 매화나무나 산수유나무나 혹은 다른 어떤 나무일지라도 그들의 그 주어진 운명 안에서 아름다움을 피워내는 순수한 품격을 갖출 수 있게 된다면, 그래서 나에게서도 향내가 날 수 있다면 하는 꿈을 꾸어 봅니다.

(문학의 집 · 서울 뚝섬글짓기 모음집, 2006)

젊은 벗나무 앞에서

얼마 전 나는 아주 너무도 부러운 숲 속의 한 집을 방문했다. 마침 함박꽃이 피었다기에. 함박꽃은 내 고향집 뒤란을 화려하게 장식해주던 꽃이 아닌가. 하양, 연분홍, 꽃자주…… 그 세 가지 색이 탐스럽게 흔들리던 추억의 미로 속으로 빨려드는 기분으로 나는 그곳을 향해 발길을 서둘렀다. 자연을 사랑하는 사람이면 무조건 친근감을 느끼는 나는 나보다 더 자연을 사랑할 뿐만 아니라, 해박한 지식까지 갖추고 있는 시인 홍승희 후배와 함께였다.

숲 속의 집에 피었다는 함박꽃은 연분홍이었다. 안 주인인 김효자 수필가님은 그 꽃 옆에 우리를 세워놓고 사진까지 찍어주며 애지중지하는 빛이 역력했으나, 너무 어린 작은 꽃이어서 나의 향수를 달래기엔 솔직히 역부족이었지만 그만큼 그 꽃이 귀해졌다는 현실을 실감케

했다. 하지만 올챙이가 가득한 연못 속에서 피어나는 어리연을 비롯하여 백여 가지가 넘을 법한 온갖 야생화와 희귀종 화초들은 우리를 매료하기에 충분했다. 어디선지 후배가 아스파라거스를 꺾어와 나누어 먹으니 활력이 솟은 듯 상쾌했다.

그늘이 푸르르게 드리운 벤치에 앉은 나는 마주 보이는 벚나무를 가리키며 바깥 주인인 김승우 수필가님에게 물었다.

"저 정도면 한 백 살은 넘었겠죠?"

"아닙니다. 딱 삼십 년입니다. 다람쥐가 버찌를 먹고, 바로 저 자리에 와서 배설을 해서 싹이 나온 지 정확하게 그렇게 되네요."

그의 답을 들은 나는 두 번 놀랐다. 벚나무가 그 정도의 시간에서 그토록이나 왕성하게 성장을 했다는 사실과, 그 나무에 대한 출생비화가 마치 어떤 대단한 나라를 연 시조라도 되는 존재의 탄생설화이기나 한 것처럼 세세하면서도 진지하다는 점에서였다. 그러니까 풀어서 생각하자면 그 나무는 인간의 의사에 따라 인간을 위해 인간의 손길에 의해서 심어진 나무가 아니라는 것이 된다. 정원에서 야산으로 이어진 풍성한 숲의 나무 하나, 풀 포기 하나를 다 그렇게 자연의 섭리 안에서 존중하는 안목으로 섬세하게 바라보며 교류하는 듯한 그 댁 주인의 발언에 감동하며 나는 지난해던가 화면을 통해 본 밴쿠버 인근에 있다는 환경학교가 떠올랐다. 자연을 체험하고 배우기 위해 전 세계에서 모여드는 젊은이들을 위한 간소한 학교 건물이 세워져 있을 뿐 문명을 최소화하기 위해 우체통조차 일부러 설치하지 않았다는 그곳. 하늘이 보이지 않을 만큼 깊은 밀림 속에는 아무도 발길을 들여놓지 않은 태고의 정적만이 흐르는 듯 했다. 바람소리, 물소리, 지저귀는 새소리, 풀벌레 소리가 나뭇잎사귀와 계곡의 물살을 반짝이게 할 뿐. 스스로 무너져 넘어진 나무둥치들이 여기저기 뒹굴어져 있는 모습도 편안하였다. 계곡을 가로막고 있는 사람의 아름으로는 잡히지도 않을 어마어마한 거목들조차 치우지 않고 그대로였다. 그것들로 해서 물살이 느리게 돌아 흐르게 되며, 그렇게 만들어내는 환경조성으로 곤충이나 물고기에게 바람직한 서식지를 제공하다가 종당엔 저절로 서서히 소멸되어 사라지며 토양에 도움을 주는 거름이 된다고 했다. 얼마나 아름답고 평화스럽던지…… 그야말로 원초적 순수와 자연이 그곳에 있는 성싶었다. 숲의 도도한 꿈과 원대한 이상과 부단한 희생이 그냥 가슴에 뭉클 느껴져 왔다. 고요한 중에 우주만물의 순리를 따르며 나 하나보다는 전체 속에서 겸양과 인고를 쌓아가는 저들의 미덕은 그 아름다움이 성스러움에까지 닿아 나는 한동안 움직이지 못했다. 그때 그 화면을 보면서 나는 저곳이야말로 각박한 현대인들이 순례를 해야 할 진짜 성지가 아닐까 하는 생각이 들었다. 날로 파괴되고 오염되어 사막화가 가속되어가고 있는 지구환경에 쫓기듯 인간의 내면까지 메말라가고 있는 현실이니 말이다.

오늘의 이 위기상황에서 나무들은 인간이라는 존재를 어떻게 바라볼까. 참으로 가련하기 짝이 없는 대상으로 느낄 것이다. 자기들에게서 산소를 공급받아 호흡을 유지하는 생명체라는 의미에서만이 아니다. 한 치 앞도 내다보지 못하고 코앞의 자기중심적 사고에 시야가 흐려져 버리는 왜소성이라니.

삼십 년 된 젊은 벚나무 앞에서 나는 당당할 수 없었다. 나를 한 그루 나무라 가정해 볼 때, 나와 가까이 인연 지어진 숲 안에서 나는 과연 어떻게 살아왔을까. 이제 뒤돌아보아도 어설프기 이를 데 없다. 삶의 순리를 터득해 간다는 건 실수를 거듭하는 과정을 의미하므로. 우리는 순리를 따르기보다는 역으로 거슬러보려 기를 쓰는 본능이 있는 건 아닐까. 어리석음을 깨닫지 못해 그러기도 하고, 알면서도 그럴 수밖에 없는 속성이 있는 듯도 싶다. 그래서 서로가 생채기를 내기도 하고, 보기 싫은 모습을 보이기도 한다.

언제나 제자리 제 분수를 지키고 있는 나무들이 고결해 보인다.

나는 나무처럼 살고 싶지만, 아무리 애를 써도 거기에 도달하긴 어려울 듯만 싶다.

(문학의 집 · 서울 자연사랑 문학제, 2003)

내 계단의 수풀

현관에 이르는 계단이 맨질한 화강암이어서 삭막하던 차에 심심치 않게 풀이 돋아나왔다. 나는 어릴 적 방학이 끝나 등굣길에 오르면 길을 삼켜버린 수풀 앞에서 당황했던 향수를 음미하듯 계단의 수풀을 이리저리 헤치며 오르내렸다. 맞묶어 놓은 지지랑풀에 걸리었던 일과 끄나풀처럼 늘어져 있어 하마터면 밟을 뻔한 뱀의 기억에 간담이 서늘해지기도 해가며…….

"고꾸라질 뻔했어."

얼마 전 식구의 그 한마디에 나는 장갑을 끼고 꽃삽까지 준비해 나름 어렵게 작심하고 내 추억의 수풀을 벌목하러 나섰다. 꽃망울이 다닥다닥 맺힌 산국 한 가지를 잡는 순간 나는 보기 좋게 나동그라질 뻔했다. 그건 마치 선반에 얹어 놓은 정물과 같았다 할까. 뿌리를 돌 위에 살며시 얹었을 뿐인 것들이 어떻게 그다지 줄기차게 자랄 수가 있었을까. 화분에 안기어 주인의 사랑을 담뿍 받고 있는 화초들도 복더위엔 시들 어지는데 그것들은 언제나 싱싱했다. 야생이니까 하면서 아예 물도 주지 않았다. 하지만 뿌리만큼은 돌 틈서리 어디에라도 착실하게 내렸겠거니 했다. 그래서 언젠가는 이것들이 돌계단을 와해시키는 요인이 될 거라는 우려를 하면서도 크게 봐주고 있다는 자만심까지 가져본 주제 였다. 머리를 맞은 듯 멍했던 나는 식물에도 의지력이 있다는 발견을 기뻐했다.

아버지가 떠올랐다. 당시만 해도 졸업만 하면 일생이 보장되는 사범 학교에 다니는 딸이 지방 신문에 글을 올렸다 하여 무작정 진학을 권유 하다니…… 그날부터 그는 계단의 수풀이 된 꼴이었다. 산 너머 학교의 조무래기들 앞에서는 가끔 훈화도 하는 이사장이었지만 일손이 딸리어 저녁마다 그 조무래기들의 문간에 매달려 품일을 구걸하는 농부였던 그는 냉장고 하나를 들여놓지 못했다. 농촌 경제 구조상 그의 꿈은 너무 무모했을까. 사람의 목숨이 파리만도 못하던 6·25 와중에 잠시 피신했던 아버지가 돌아온 뒤로 그 고장에서 살상의 바람이 멎었다고들 했다. 사람들은 아는 사람이 더 무서워 밤이면 이불을 싸들고 산속을 헤매던 시기가 아니었던가.

민주주의라는 것이 들어온 햇수도 어언 환갑이 훌쩍 넘은 마당에 겨우 종이에다 내가 살아낸 현대사의 한 자락을 기록하면서 왜 그다지 주위를 둘러보아야 했던지, 그리고 어렵게 간행한 소설을 증정하면서도 용기가 필요한 건지… 나는 비로소 계단의 수풀 입장이 어떤 것인지 어렴풋이 짐작이 되는 듯싶었다. 사람들의 기억에서 가뭇없이 잊혀져 가는 그 엄청난 오류의 시대를 증언하는 것만으로도 버거운 일이지만 구석구석 철저히 파내고 처절하게 분석하여 그 절망의 밑바닥을 유구히 이어왔고 도도하게 이어나갈 역사 앞에 고발하는 것이 목적의 다가 아니고 대부분의 사람들이 살아 있어도 산 것이 아니었던 그 죽음의 시간들을 되 소생시켜보려는 것이 중요한 의도였다. 위선일지라도 화해란 가치가 있다고 여기지만, 나는 진정 우러나오는 화해를 힘들여 모색해보았다. 이 모색이 양극화 현상이 각 분야에 날로 심각해져 가는 오늘의 현실에도 실개천처럼 스며들었으면 하는 바람을 가져본다.

(문학의 집·서울 소식지, 2010. 10)

자갈을 씻으며

새로 이사한 집 마당은 시멘트 바닥이었다. 그야말로 손바닥만 한 것이 여기저기 금이 가 땜질을 한데다 정화조 뚜껑까지 무슨 부스럼 딱지처럼 붙이고 있으니…….

근 삼십 년을 아파트에서만 살아온 나는 처음 이 초라한 공간을 두고 꿈도 야무졌다. 비록 작을망정 숨을 쉬는 장소로 살려 놓아야지. 나는 그곳에 잔디를 심으리라 마음먹었던 거다. 계획만으로도 내 가슴속에서는 푸르른 잔디가 부드럽게 나부꼈다. 그러나 그건 공상에 불과했다. 지하시설물도 고려해야 하거니와 콘크리트를 파제끼면 집에 어떤 피해가 갈지 알 수 없다는 전문가의 말 때문에.

정원이 사라져 가고 있다는 현실을 보며 나는 얼마나 충격을 받았는지 모른다. 울타리와 건물이 아예 맞붙어 있는 집이 허다하니 말이다.

땅값이 터무니없이 비싸다는 사실도 알았고, 서울이 포화상태라는 현상도 다시금 절감했지만, 너무나 삭막해져 가는 풍경에 가슴이 다 답답해 왔다.

가솔이 비바람을 피할 곳을 찾아 이십여 일을 헤매던 나는 그나마 담장 밖으로 감나무 가지가 뻗어 나온 걸 보고 무작정 사버린 집인 것이다. 얼마나 숨이 막혀왔으면 그 한 그루 나뭇가지에 호흡이 트이는 듯 느꼈을까.

사람도 그렇지만, 집도 첫인상이 중요하다.

건물에는 페인트칠을 한다 유리창도 바꾼다 수선을 떨었지만, 첫발을 들여놓게 되는 마당의 모양새가 내겐 아무래도 찜찜했다. 그래서 만나게 된 게 자갈이다.

자갈은 트럭으로 와 마당에 뿌리어졌다. 대문이 닫히지 않아도 자갈을 가져온 사람들은 짐을 차에서 쏟아버리기만 한 것으로 자기소임이 끝이라고 했다. 요즘 사람들은 기계만 조작할 뿐 도무지 수작업은 하려들지 않는 시대니까. 웃돈을 얹어주며 간신히 사정해 문지방과 문밖까지 흘러넘친 자갈을 처리할 수 있었다.

그렇게 우악지게 부려진 자갈과 내가 달라붙어 씨름을 한 건 아마도 일주일이 넘어 걸렸을 터다.

건재상 말은 강자갈이라 하지만 잡자갈이었다.

일부러 공을 들여 갈아도 그렇게 되기는 힘들 만큼 고운 것과 갓 깨어진 것처럼 거친 돌들이 크고 작은 구분 없이 흙 속에 뒤엉켜 있었다.

여러 날을 두고 그 많은 돌들을 일일이 씻고 있는 나를 보고 딱하다는 듯 이웃이 "비 한번 내리면 될 걸 뭣하러 그렇게 생고생이냐?" 하지만 빗물 속에 그 진흙이 그대로 다져지는 날엔 마당의 배수가 우려되었던 탓에.

자갈을 씻는 일이란 해본 사람만이 알 수 있을 만큼 무척 버거웠다. 그냥 갖다 붓기만 하면 되는 줄 짐작했던 것이 얼마나 허황된 생각이었던가.

엄청 강적을 만난 격이라 할까.

자갈 한 개 한 개는 주먹 안에 든다 해도 돌은 엄연한 돌이었다. 하물며 그것이 한 바가지, 한 대야, 한 양동이로 나와 대결을 청해 올 때 나는 그 앞에 비실비실 무릎을 꿇지 않을 수 없었다. 이것들은 도대체 그 어디로부터 왔기에 나를 이토록 힘들게 시험할까. "아마 여주에서 왔을 겁니다." 궁금해 하는 나의 물음에 자갈을 실어온 사람의 심드렁한 답이었다. 여주라면 어느 골짜기에서 살짝 한눈팔다 곤두박질한 돌멩이가 강물 따라 충청도와 경기도, 중부권 삼도를 굽이굽이 흘러왔으리라는 생각을 하니 감회가 새로웠다.

그 머나먼 여로를 거쳐 자갈들이 나에게 당도한 시간을 헤아리자니 계산이 안 되었다. 그저 아득할 뿐.

강물을 타고 신나게 흘러내릴 때는 목청껏 노래를 부르기도 했겠으나 무더기로 이동하는 무리 속에서 으깨지며 혼절하며 불가마를 넘나드는 아비규환인들 그 얼마나 되풀이 또 되풀이 거듭되었으랴. 때로는 땅속

깊이 묻히어 수십 년, 혹은 수백 년을 암담하게 처박히기도 했겠지. 그러나 햇살 반짝이는 물살에 떠 흐르던 순간에 비한다면 우리 집 마당은 지루할지 몰라. 거기서 그것들에 대한 연민의 정이 왈칵 치솟자 나는 어쩔 줄을 모른다.

얼핏 보기에도 잘 다듬어진 자갈들만 골라 씻으며 나는 그것들을 음미하고 있었다.

군 데 없는 보름달, 파르르 떠는 풀잎, 병든 이의 마음을 절반은 낫게 한다는 꽃, 언제 보아도 믿음직한 농민의 튼실한 손, 부처님의 미소, 십자가…… 내가 할 수 있는 상상력을 그들의 형체는 얼마든지 자유롭게 반영해 내주며 나를 한없는 여유와 평화 속으로 이끄는 거였다. 파란만장한 생성과정을 통해 엄격한 자기 수행으로 이루어낸 그들의 자태를 나라는 한정된 인간의 상상력이 어찌 다 소화해 낼 수야 있을까만…….

나는 자갈이라는 대자연을 좁은 마당 안에 모시고 과분해했다. 따로 골라낸 잡석은 쓰레기 수거용 봉지에 담아 대문 밖에 내놓았으나 사흘이 지나도 그대로 있었다. 큰맘 먹고 다시 들여다가 나는 그 잡석을 역시 하나하나 깨끗이 물에 씻었다. 두 번, 세 번 씻다보니 못난 그 돌덩어리에게도 애정이 갔다. 그것들도 마당에 깔았다. 그리고 나서 생각했다. 나라는 존재는 그 두 가지 돌들 중에 어디에 속할까. 후자였다. 수십 년, 수백 년, 어쩌면 지구와 같은 역사를 두고 자기를 연마시켜왔을지도 모르는 그 아름다운 강자갈들 반열에 어찌 감히 나를 끼워 넣을 수 있단 말인가. 그 깨달음은 코페르니쿠스적으로 나를 엄청 흔들어왔다…… 행여 그동안 내가 자갈에 대해 하찮게 여겨 가련해 했다면 이 얼마나 황당한 일인가. 내가 가진 그들에 대한 충정만큼 그들도 나를 그냥 내버려두진 않을 거라는 우정이 갑자기 가슴에 뭉클 샘솟음을 나는 느꼈다.

(착한 이웃, 2005. 7)

소귀천

내가 오래 살던 서울을 잠시 벗어났다가 재입성한 집의 시멘트 마당
에 굴러 있던 돌절구를 일으켜 부레옥잠만을 달랑 띄워논 걸 본 박완서
선생님의 체험을 담은 믿음직한 귀띔에 의해 나의 조그만 환경복원 공
사는 시작된 셈이다. 지하 시설물들이 다소 걸리긴 했으나 나는 과감하
게 기계를 들이대어 두터운 시멘트를 뚫어내기도 하고, 막무가내인 부
분엔 흙을 돋구기도 했다. 이웃 분들은 우려의 시선으로 부정적인 말만
던져왔지만, 나의 선에서 미미하나마 도시의 삭막함을 극복해낼 수 있
는 것이라면 어떻게든 해내야 하겠다는 일념으로 그렇게 모험과 같은
기초 작업을 끝내자 나는 꽃시장을 드나들며 한 그루 한 그루의 나무를
조심스레 정성껏 심어 나갔다. 이러한 나의 행보에 매번 남편은 브레이
크를 걸어왔다. 우리 입장만 생각하지 말고 나무들 쪽에도 좀 서보라

고, 나무들이 네 활개를 뻗쳐 기지개도 못 켤 것 같아 가엾다고.

그러나 새봄이 와서 나뭇가지마다 새순이 돋고, 꽃이 피고, 열매도 여는 걸 보고 그도 얼마간 마음이 놓여지는 성싶은 기색이 되어 갔다.

약골인 주제에 힘겹게 한 줌의 자연일망정 집 안에 좀 더 모셔보려고 애를 쓰는 나의 모양새를 지켜보던 남편이 어느 날 느낀 바가 있었던지, 진짜 당신이 좋아할 장소로 안내를 하겠다 하여, 나는 큰맘 먹고 따라나서 보았다.

버스로 삼십 분 가량 달려 종점에서 하차해, 우이계곡을 오르다가, 진달래 능선 방향의 오솔길을 외면하고 곧장 얼마간 걷다보면 왼쪽으로 시원스러우면서도 범상하지 않은 느낌의 계곡이 나타나는데, 그 입구의 표지판에 '소귀천'이라 쓰여 있다. 물줄기의 굽이굽이를 따라 산 깊숙이 들어가노라면 물의 흐름이나 산세가 안온하고 부드러워 어느샌지 마음이 편해진다.

소귀천이라는 이름은 우이(牛耳)의 의미라고 전하기도 하지만, 조선조의 문신 홍양호의 「우이동구곡기」에 이곳에 소귀당(小歸堂)이라는 집이 있었다 하니 거기에서 유래된 것이 아닌가 싶기도 하다.

아담한 정자가 이쯤에 있지 않았을까 싶은 지점에서 우리가 가지고 온 점심을 먹고, 폭포를 이루며 떨어져 내리는 맑은 물에 손도 씻고 세수도 했다. 폭신한 낙엽 더미 위에 누워서 바라본 하늘은 마치 갖가지 수초가 가득 뜬 호수 같았다. 아득히 태곳적부터 그 자리에 서 있었던 듯한, 금시라도 꿈틀거릴 것만 같은 멋들어진 노송에 온갖 잡목들이 뒤

섞인 원시림들이 하늘을 빼곡히 받치고 있었으니까.

그 아래로는 연분홍 철쭉이 지천으로 피어 있고, 발길 닿는 곳마다 산괴불주머니꽃이 연미색으로 반겨주는 곳. 어쩌다 스쳐가는 사람마저도 나무인 듯 꽃인 듯 순후한 향기가 은은하게 전해온다.

아, 사람들이 왜 산에 오르는가 하는 의문과 산이 거기 있어 오른다고 한 사람의 마음을 이곳에서는 알듯만 싶어진다.

그 삼 킬로 정도의 평이한 산행에서 나는 너무 과분한 감동을 받은 것일까.

대동문으로 곧장 나가는 길을 접고, 방향을 틀어 진달래 능선에 올라 잠시 바위에 걸어 앉아 숨을 고르며 바라본 인수봉과 백운대, 만경대는 언제나 그 자리에 그냥 있었다. 날카롭게, 수려하게, 경외스럽게. 그들과 더불어 내가 서울시민이라는 사실에 다행스러움을 느끼면서, 복원된 청계천변에서 스치게 될 사람들에게서도 나무인 듯 꽃인 듯 순후한 향기를 맡을 수 있었으면 하는 꿈같은 기대를 나는 가져본다.

(문학의 집·서울 낭송행사, 2003. 5)

요즘 떠오르는 몇 가지 상념들

사람은 나이를 먹어가면서 되도록 단순한 것을 선호하게 되어가나 보다. 성격에 따라 다소의 차이는 있겠지만.

우선 생활환경부터 단순하게 정리하고픈 것이 요즘의 내 절실한 소망이라 해도 과언이 아니다 싶다. 아름다운 장식을 모색하기보다는 그저 어떻게든 텅 비게 하여 시원한 여백을 만들고 싶은 마음이라 할까.

그래서, 그 첫 작업으로, 그동안 살아오면서 그럭저럭 쌓인 물건들이나 보이지 않게 두고 써야 할 생필품 따위를 그때그때 손쉽게 그냥 던져둔 살림방을 정리해 보기로 마음먹었다. 헌데 그것이 너무나 버거웠다. 해도해도 너무 한다는 말이 있지만, 우리 집 살림방은 진정 너무한 모양이다. 발 들이밀 틈이 없다는 표현이 아주 적절한 상태라 할까. 내 딴엔 무서운 결심으로 그 방에 들어가 엎드려 일을 시작하고 보면 2시간 3

시간이 지나는 것은 후딱인데, 치워놓은 자리는 겨우 방석만 하다.

그것도 그럴 것이, 옛날에 오려놓은 신문기사 하나라도 그대로 버릴 수 없어, 일일이 읽게 될 뿐만 아니라, 작은 물건 하나라도 이걸 버리고 나서, 곧 아쉬워하게 되지 않을까 하는 갈등과 씨름을 하자니 금세 피곤해진다. 아무리 해도 얼른 끝이 보이지 않는 일이어서인지 나는 지쳐버리는 것이다. 기운이 빠지면 마음도 허약해져서 굳어진 허리를 펴고 그 방을 나서는 나는 슬프기까지 하다.

그 방에 들어갈 때는 매번 오늘은 기어이 끝을 내야지 하는 결심으로 임전태세라도 되는 듯싶지만, 그 방에서 나올 핑계는 너무도 많다. 전화소리에 질겁을 해서, 거역 못할 화장실 호출, 세 때 끼니 차리기, 현관의 초인종 소리 등등. 일단 한 번 나오기만 하면 이래저래 다시 들어가지 못하는 것이 상례고, 갑자기 손님이라도 들이닥치는 날에는 또다시 만만한 그 방에다 너저분한 물건들을 던져 넣으니……, 언제까지 도로 아미타불일 수밖에.

내가 일찍이 프랑스 화가 앙리 마티스의 작품을 좋아한 걸 보아도 나에게는 그 누구나 그러하듯 나이를 먹어 세상 보는 안목이 달라져서만이 아니라, 원래 기질적으로 단순성을 선호해 온 것이 아닌가 싶다.

나는 고등학교 과정에서 미술에 대한 훈련을 꽤 특별히 받은 편이다. 미술 선생님이 다름 아닌 우리 고유의 풍광을 특유의 터치로 화폭에 담아내신 이동훈 화백이었는데, 2시간 연속으로 들어 있는 미술시간을 독특한 방법으로 운영하셨다. 앞머리 1시간은 야외에 나가 보리나 클로

버, 뱀딸기 등 식물의 작은 가지를 섬세하게 세밀화를 시킨 다음, 뒤의 1시간은 교실에서 그 세밀화를 바탕으로 도안을 그리게 한 것이다. 도안이란 일종의 추상작업일 뿐만 아니라, 단순화 작업이라고 나는 생각한다.

헌데 나는 세밀화 시간에도 칭찬을 받았지만 도안 시간에 더 많은 칭찬을 받았다. 선생님은 내 작품을 제일 먼저 들고 나가 아이들에게 보이며 설명을 하시곤 했다.

마티스의 그림을 내가 처음 접했을 때, 나는 너무나 현혹되었다. 그 청결한 색의 순도와 단순한 구성이 나의 체질에 깊이 와 닿는 거였다. 그 어떤 설명이나 그의 명성 따위와 관계없이. '이건 내가 하고 싶었던 작업인데' 하는 심정으로 나는 언제나 마티스를 감상하곤 했다. 그중에도 후기에 속하는 〈춤〉이라는 작품을 나는 잊을 수 없다. 단순성이 추구할 수 있는 최대의 경지에 도달한 것이라고 보아진다. 고도의 사유에서 빚어낸 그 순수한 원시의 자유로움이라니⋯⋯.

그러한 경지를 마냥 부러워하고 갈망하면서도 나의 실제 삶은 너무도 거리가 멀다.

그리 크지도 못한 4평 정도의 방 하나를 정리해 보자고 마음먹은 지도 어언 반년이 다 되어간다. 생각날 때마다 그 방에 들어가 한편 치우며 한편 늘어놓은 물건들을 한 개 한 개 집어 들고 그 물건이 놓일 적합한 장소를 찾는 일이 성가시어, 시간이 흐를수록 권태에 빠진 내 모양새가 허우적허우적 하는 꼴이어서, 냅다 싸잡아 깨끗이 쓸어다 버리고

만 싶어진다.

그렇게 하면 얼마나 편할까. 그러나 여태 살아온 생활 정신이 그것을 거부한다. 무조건 버리고, 필요할 땐 다시 사면 된다는 방식은 우리 세대에선 용납이 안 된다. 또 버린다는 것도 마찬가지로 그다지 개운할 수가 없다. 쓰레기 문제가 해결되지 않아, 물건 구매시에 우선적으로 버릴 일부터 생각해야 하는 때가 아닌가. 나는 이제 그 방에 들어가는 자체만으로도 마음속으로 암투 같은 것을 느껴야만 한다.

작은 방 하나의 정리 작업이 이처럼 지지부진으로 끝날 줄을 모르다니……. 나의 실망은 말이 아니다. 단순하게 살기를 열망하는 이 시점이기에 더욱 나는 나 자신에게 낙담하고 또 낙담하는 것이다.

한눈에 빤히 들어오는 좁은 공간의 표면적인 처리가 이처럼 암담한 지경에 빠진다면, 육안으로 보이지도 않는 우리의 내면 문제는 어떻게 될까. 어느 날 문득 생각이 거기에 미치자 나의 마음은 암울하였다.

OECD(경제협력개발기구)에 가입하고 나서 우리가 마치 선진국 대열에 진입한 듯이 어깨가 으쓱해져 있는 사람들이 더러는 있는 모양이지만 나는 아직은 아니라고 생각한다. 그 나라가 선진국이냐 아니냐 하는 문제는 경제성장지수도 중요하지만, 그보다 앞서 선행되어야 할 것은 그 나라 국민의 민도라고 본다.

남보다 나만 먼저 앞서 가려는 서두름 때문에 교통사고 세계 1위라는 사실 하나만으로도 우리는 선진 대열에 낄 수 없다. 공중질서를 준수하고, 남에게 불편을 끼치지 않으며, 한 나라의 구성요원으로서 지켜야 할

원칙을 반드시 지켜야 하는 것이 민주시민의 기본 정신이기 때문이다.

근면하고 끈기 있고 명석하기까지 한 우수한 민족이지만, 우리의 문화는 아직 본능을 벗어나지 못했다고 한다. 진정한 문화를 꽃피우려면 태생적인 본능을 뛰어넘어야 할 것이다.

내 고등학교 미술시간으로 비유하자면, 자연을 있는 그대로 그린 세밀화 단계를 우리 국민의 민도는 아직 마무리하지 못한 것으로 여겨진다. 사유의 수천 도 불가마 속에서 아름다운 문양이 나타나듯, 내 고등학교 미술 시간의 후반 작업과 같은 과정을 거쳐야만 우리 국민도 향기롭고 우아한 민족이라는 칭송을 듣게 될 것이다. 도안을 만들어 나가는 과정은 단순화의 과정일 뿐만 아니라, 연마의 과정이기 때문이다.

나의 어지러운 살림방이 약골인 나를 아무리 힘들게 한다 해도, 나는 그 방의 정리 작업을 중도 포기는 하지 않을 것이다. 마티스의 작품세계에 대한 그리움이 내 가슴에 젖어 있는 한.

(이대문학인회 연간 수필집, 1997)

날아가는 새들을 바라보듯이

딸이 온다고 한다. 결혼을 해서 이 집을 떠난 지 이제 석 달이 좀 넘은 애다. 그 꽃다운 새색시가 온다는 데 나는 이렇게 아무것도 안 하고 가만히 있어도 될까. 집 안은 잔뜩 어질러져 있고, 먹을 것도 무엇 하나 없으면서……

나의 친정어머니를 떠올려 본다.

어머니는 아마도 이 지상에서 나를 가장 잘 아는 사람이었다는 생각이 든다. 또 나를 가장 사랑해 준 사람이었다는 것도 이제야 더 분명해진다. 모든 것이 과거가 된 이 마당에서야 그 선명한 사실을 비로소 확연하게 깨닫고 나는 멍청하니 앉아 있다.

객지에 있는 내가 고향 집을 찾아 들면, 어쩌면 그다지도 편안해지던지…… 물론 내가 태어나 자라난 아주 익숙한 곳이기도 하지만, 그것만으로 그처럼 푸근하고 따스하고 아무것도 거칠 것이 없는 안락을 느낄 수 있을까. 어림없는 일. 그 이유는 오직 하나다. 그곳에 어머니가 계시다는 것. 어머니는 집 안을 온통 나를 배려해 꾸며 놓으셨다. 따끈따끈한 구들목을 여름에도 시원하다며 밝히는 딸을 위해 구슬땀을 마다않고 장작불을 지피고, 사각사각 귓곁으로 스치던 푸새내음 싱그러운 이부자리를 깔아 놓으시던 정성을 나는 잊을 수 없다. 나를 기다리느라 따지 않고 바라보며 모아둔 뒤란의 씨알이 환히 비쳐 보이던 청포도, 단물이 줄줄 흐르던 배, 반질반질 윤기 돌던 헛간 지붕 위의 애호박들, 텃밭의 서리가 보얀 가시 오이, 줄기만 잡아당기면 줄줄이 따라 나오던 분홍빛 고구마, 과수원에서 바리바리 실어 들이던 미백 복숭아와 골덴 데리샤스, 웬만한 애 머리통만 하던 후지 사과 등등…… 어찌 그 풍요의 모두를 한정된 지면에다 다 쓸 수 있으랴. 그 하많은 기억들 중, 철저하게 나의 뇌리에 새겨진 어머니의 무궁무진한 음식 솜씨. 삼간 대청에 정갈한 전용 돗자리를 펴고, 할머니까지 동원되어 깨끗이 빤 새하얀 차림의 고부가 그림 모양 마주 앉아 번개처럼 만들어 내던 살아 꿈틀거리는 전복살 같던 칼국수와 샛노란 송화다식과 국화 화전…… 여기까지만 우선 소개해 볼까. 송화다식은 지중해 연안의 마티스 성당 유리화처럼 화려했다. 그 샛노란 분말은 혀끝에 닿는 순간 상긋한 솔내음에 취할 새도 없이 사르르 그야말로 봄눈처럼 녹아 버리지 않던가. 나는 어릴 때 그걸 너무 좋아했던가 보다. 나의 아주 먼, 최초의 기억 중의 하나로 주로 할머니가 아가 아가 부르며 아기였던 나의 뒤를 예쁜 빗치개로 조심조심 파내 주시던 풍경이 있다. 파내진 그 단단한 배설물은 내가 입에 넣은 송화다식 그대로여서 신기하게도 전혀 싫은 느낌이 없었다.

미각을 사로잡을 만큼 현혹시키는 음식이기도 하지만 아득한 최초의 어리광스런 풍경으로 해서 도드라진 기호일 듯도 싶다.

집 안팎으로 온갖 꽃을 다 구해다 심어 놓고 가꾸기를 좋아하던 어머니여서 유달리 흥에 겨워 신바람을 일으키며 만들던 화전은 추석 전후 계절쯤 번철에 햇기름을 두르고 찹쌀가루에 황국 꽃잎을 흩뿌려 버무린 익반죽을 고루 펴 익히면서 더러는 꽃송이를 통째 드문드문 박아 보실보실 거피 낸 팥고물을 가운데에 볼록하게 심어, 반달 모양 접어서 먹는 자연식인데, 그대로 냉큼 먹어 버리기엔 아까울 만큼 아름다운 예술 작품이었다고 말하고 싶다. 그 향기로움과 화사함이라니…… 회상만으로 나는 황홀하여 군침을 삼킨다.

내가 태어나 자라난 집은 대원군 시절에 대과에 장원 급제하여 통정대부에 올랐던 오대조 할아버지가 지으셨다는 유서 깊은 전통 한옥인데, 안타깝게도 여러 해 전에 헐렸다. 그래도 어머니가 계신 동안은 그곳의 새로 지은 도회풍 집이 그다지 낯설지 않았다. 그런대로 나의 고향 집으로 받아들여지던 것이다. 헌데, 어머니가 세상을 뜨시자, 누구인지 짓궂게 지우개로 확 뭉개버린 듯 그동안 나를 충족시켜 주었던 어머니 주변의 모든 것들이 한순간에 사라져 버렸다. 전복살 칼국수도 송화다식도 화전도, 물론 뒤란의 청포도나 배, 애호박, 가시 오이, 고구마 등등, 화수분 같던 뒷골의 과수원까지 자취를 감추었다. 그 엄청난 일들을 나는 날아가는 새들을 바라보듯이 그냥 받아들이는 수밖에 없었다. 나의 어머니, 바로 그분만이 진정한 나의 고향임을 나는 잘 알고 있었기 때문이다.

얼마 전, 나는 나의 어머니에게서 황국을 나누어 간 사람을 수소문해 보았다. 우리 집에서 함께 자란 사촌 언니가 그 황국을 분양해 잘 기르고 있다는 소식이었다. 사촌 언니는 마침 서울 오는 길에 한 삽을 떠 와 나에게 안겨주었다. 당시 아파트에 살던 나는 겨우 구해 낸 그 귀한 걸 애지중지 정성을 다 해 보았건만, 결국 그 황국은 나의 충정도 모르는 듯 손가락 사이로 빠져나가 버렸다. 그러나 나는 포기하지 않았다. 이제 주택에서 살고 있는 만큼 세계만방에서 쏟아져 들어오는 꽃 시장의 국적 불명 국화가 아닌 우리의 토종 그 식용 황국을 기어이 다시 구해서 아침저녁으로 그 순수한 내음을 맡아 보려는 집념을 나는 나의 두 주먹 안에 꼭 쥐고 있다. 그건 황국을 통해 내 잃어버린 고향을 찾아보려 한다든지, 내 어머니에 대한 그리움을 달래 보려는 어리석은 미련의 소치일지도 모른다. 비록 목 타는 향수와 모정에 대한 회한으로 뼛속 깊이 찢어지는 아픔을 감당할지언정 나는 그 일만큼은 하루빨리 이루어내야겠다고 다짐을 한다.

내 딸의 시야에 나의 모습은 어떻게 비추어질까. 나도 그 애의 고향이 될 수 있을까. 그 고향은 어떤 형태로 형성되어 나갈까. 두려운 마음으로 상상을 하며, 그제야 일어나 나는 설거지를 서둘러 시작했다. 그 애는 설거지가 되어 있지 않으면 진종일 근무로 쉬고 싶을 텐데도 서슴없이 부엌으로 먼저 달려들지 않던가. 그때마다 나는 미안해서 다음부턴 절대 잡일을 미루지 않겠다고 결심은 하면서도 숙제 미루는 학생 꼴이다. 내 어머니가 살아가신 자태의 절반에 절반만 따라갈 수 있어도 좋으련만…… 황국을 구하는 집념도 좋지만 나의 급선무는 바로 코앞의 밀린 일이라는 놀라움이 문득 내 이마를 친다.

(이대문학인회 연간수필집, 2004. 8. 30)

봄

인상파 그림처럼 아름다운 프랑스 남단 한 도시의 아담한 아파트 일
인용 침대 위에 인생의 한복판에 푹 파묻힌 두 여자가 나란히 누워 잠을
청할 생각은 않고 계속 이야기만 지껄여 나간다. 벌써 사흘째. 마침내
여행자인 한 여자가 그만 자자고 불을 끈다. 숨결 소리만이 조용한 방
안. 문득 주인이자 유학생인 다른 여자가 매트리스를 퉁기며 벌떡 일어
나 앉아 땅이 꺼질 듯 한숨을 섞어 독백을 한다.

"아아, 나에게도 봄이 오려나."

어둠 속에 연기처럼 흔들리던 그 친구의 실루엣을 지켜보고 있던 여
행자인 나의 가슴에 우수가 서린다. 그러나 남편과 단호히 헤어져 먼
이국에 나와 학업을 닦고 있는 그 친구의 장탄식은 그렇게 애상적으로
만 받아들일 것이 아니라고 나는 머리를 젓는다. 그 어떤 유명시인의

시낭송보다도 나의 가슴을 아프게 파 준 그 유학생 친구의 봄이라는 발음을 나는 잊을 수가 없다.

인생의 봄은 벌써 지나고 여름도 절정을 향하고 있을 어머니로서 가정을 깨고 새로운 봄을 지향해 구체적인 피나는 노력을 하고 있는 그 친구의 독백은 슬픔으로만 받아들여지진 않았다.

한때, 내가 가장 우울했던 그 겨울, 내내 폐방했던 나의 방 먼지 구석에 뒹굴어 있던 화분을 나는 연상했다. 바짝 말라붙은 흙을 뚫고 움터 나오던 연두빛 새싹, 그 연약한 새싹에서 무서운 생명력의 의지를 깨닫고 비로소 나는 최초의 봄다운 봄을 만났었다. 그리고 나의 그 유학생 친구에게서 사랑하는 봄과의 재회를 더욱 사무치게 확인했다고 할까.

유난히 추운 이 한겨울, 나는 방향 감각조차 잃고 막연하게, 지루하게, 또다시 나의 봄을 기다려도 좋을지 모르겠다.

(동아일보, 1980. 1)

북한산과 네 사람

어째서 우리는 그토록 그곳을 자주 찾아갔을까. 90년대 초쯤이라고 기억된다. 시간만 나면 우리 네 사람은 수유리로 향하곤 했다. 진달래 능선 아래, 아카데미하우스 정원에서 우리 네 사람은 렌즈에 잡혔다.

그 무렵, 앞서거니 뒤서거니 영세를 받아, 성서공부를 꽤 열심히 하다 보니, 더 자주 만나게 된 것 같다. 전옥주 희곡작가와 노순자 소설가는 일찍이 그 동네에 들어가 수십 년을 사는 분들이고, 나는 십 년을 채우지 못하고 떠난 처지여서 전전긍긍 그 언저리를 맴도는 심정이었다 할까. 이제는 우리 곁을 떠나신 박완서 선생님은 연재소설을 그곳에 와 쓴 적이 있었는데, 그때 부군과 자녀들이 김밥을 싸가지고 방문을 했었다는 다정한 이야기를 들려주었다. 선생님의 그 조근조근한 음성이 이때 찍힌 사진 속에서 배어나오고 있다.

하늘 높이, 의연하게 솟아있는 북한산이 그곳에 있어, 그 산자락의 여울에라도 닿아보려 우리 넷은 이심전심으로 미아리 고개를 넘어 드나든 모양이다. 결코 탐한 것은 아니다. 식물의 줄기가 빛을 향하듯이 자연의 일부로서 자유로운 호흡의 결과라고 할까. 보현봉, 형제봉, 망경대, 백운대, 인수봉, 그 뒤로 아련한 도봉산 줄기까지…… 아름답고도 성스러운 산의 자태는 언제라도 우리를 품어주었다. 그 품은 끝간 데 모르게 너그러웠고, 늠름하여 말하지 않아도 미리 알아서 모든 걸 다 다독이며 어루만져오는 여유로운 위로와 평화여서 네 사람은 너무도 행복해했다.

(문학관, 가을호)

백당나무를 찾아서

예사롭게 지나다니던 발걸음이 한 건물 앞에서 슬그머니 멎었다. 건물 앞에 놓인 화분에 나의 시선이 꽂혔다. 하얗게 핀 범상치 않은 꽃에 그만 사로잡히고 만 것이다. 순간 나도 모르게 입술 속에서 나무 이름을 헤이고 있었다. 아그배나무, 까치밥나무, 팥배나무, 뻬루수나무……… 나는 머리를 저었다. 화분의 나무 이름은 떠오르지 않았다. 그 나무들이 서 있는 산길을 더듬는다. 어린 시절, 여섯 해나 바쁘게 오가던 통학로다. 방금 헤어본 나무 이름들은 모두 그곳에서 만난 것들이고, 화분의 나무 역시 거기 가족이었다. 나는 오랜만에 친근한 그것들의 체취를 맡으며 외줄기 산길을 훑어나간다. 화분의 나무에 열리던 빨간 열매가 알알이 떠오르며, 그래, 저 나무는 본래 이름을 몰랐댔어, 하며 끄나풀을 던지듯 산길의 사념을 제치고, 그 길의 종착지인 잔실로 들어선다. 거기에는 이제까지의 나무들과는 유가 다른 거대한 노목들이 그득했다. 적어도 수령 백 년 이상의 나무들이 그 후덕한 품을 여유롭게 열고 있는 사이사이로 집들이 아늑하게 들어앉아 있는 모습이 옛 이야기 소리라도 들려올 법 했다. 지은 지 이백 년이 다 되었다는 우리 집은 동네의 가운데쯤에 있었고, 상하 채에 부속 건물을 거느린 큰 마당에는 아름드리 살구나무가 서 있었다. 살구나무와 대각선을 이루는 동네의 중앙통로에는 허리가 휘어진 느티나무가 연만하신 코끼리처럼 둔중하게 누워 곧 꿈틀거릴 것만 같았다. 나의 빠꼼살이 친구의 집 부엌 봉창 앞에는 어른 아름으로 서넛이 팔을 벌려도 맞잡힐까 말까 싶은 감나무가 비취빛 잎사귀들을 반사경처럼 나부끼며 간간 이상한 소리를 낸다 하여, 모두들 쉬쉬하는 눈치였다. 그런 감나무만도 네댓 개나 되고, 그 밖에 호두나무, 모과나무, 참죽나무 등등이 다 그렇게 수려한 노거수로 동네곳곳에 서 있었지만 나는 그것들을 별로 의식하지 못했다. 내가 태어나기 이전부터 있는 그곳의 모든 조건은 그냥 당연했다. 나는 나에게 주어진 그 당연한 조건을 박찰 생각만으로 가득했을 뿐이다.

　나이 지긋해서야 아파트를 떠나 흙을 밟을 수 있는 주택에 정착해, 한 그루 두 그루 나무를 심어나가며 나는 비로소 내 고향의 노거수 수림이 안중에 환하게 들어왔다. 도대체 누가 언제 심어놓은 건지, 무슨 생각으로 그처럼 줄기차게 식목을 한건지도 궁금했지만 확실한 건 알아낼 길이 막연했다. 동네의 유일한 홍보수단이었던 종이 매달린 코끼리 모양의 느티나무를 제외하고는 그 모든 나무들이 다 우리 집 소유였으니,

아마도 집을 지었다는 선대 할아버지의 작품이려니 어림짐작을 해볼 뿐이었다.

텃논 위 비탈에 동네사람들이 몰려 서 있어 가보면 소나기 들어오는 소리와 함께 황금빛 구렁이가 참죽나무 뿌리를 감고 이동하는 광경을 목도할 수 있었다. 어른들은 그런 구렁이를 신성시하여 숨소리조차 죽이고 끝까지 지켜볼 뿐이었다.

해방직전 피륙이 궁할 때 할아버지가 바로 그 황금 구렁이의 참죽나무를 베어 며느리에게 화려한 직조틀을 선물하기도 하고 사촌 언니가 시집갈 때는 이름난 목수를 초청해 오랫동안 집에서 숙식을 제공하며 감나무 장롱을 정성껏 짜서 혼수로 보내기도 했다.

언제나 갓 바늘을 뽑아낸 진솔옷을 입고 고결한 품위를 유지해오던 할아버지는 근동에서 신뢰와 존경의 구심점이었는데, 여러 가지 중요한 이유가 있었겠지만, 이제 생각하면 노거수들의 보이지 않는 은근한 후광도 아주 무관하진 않았을 것만 같다.

오래전, 상상이 불가능할 만큼 아주 오래전, 나무를 심은 사람은 이 모든 일들을 미리 다 내다보았을까. 내가 직접 삽질을 하여 나무를 심으면서 나는 그 오래전에 나무를 심은 사람의 심중을 조금은 헤아릴 듯 싶었다. 나는 나무가 좋아서 심고, 목이 말라서 심고, 허기져서 심고, 추워서 심고, 적막해서 심고… 그렇게 끝도 없이 좁은 땅에 꾸역꾸역 나무를 심어나가고 있으니까.

뭔가 다른 삶을 살아보겠다고 안간힘을 썼던 나였지만, 결국은 잔실

밖으로 단 한 걸음도 나가지 못했다는 생각이 든다. 물론 지구를 몇 바퀴라도 돌아볼 수는 있었겠지만 그것이 어떻다는 이야기인가. 내가 그토록 갑갑해했던 내 엄마와 내 할머니와 그 이웃들의 삶과 무엇이 크게 다르다는 말인가.

먼 훗날 아주아주 오래 먼 훗날 내가 심은 나무들이 다행히 노거수가 될 수 있다면 그때, 또 하나의 내가 꼬마 적의 나처럼 아무도 일어나지 않은 신새벽에 아장아장 걸어 나와 감꽃을 주울 수도 있겠다는 상상을 흘려보며, 나는 식물도감을 펼쳤다. 앞서 나를 현혹시킨 화분의 나무이름을 찾아내었다. 깊은 산중에나 드물게 자생한다는 백당나무였다.

(문학의 집 · 서울 자연사랑 문학제, 2013. 6)

남산제비꽃

계단 한 옆으로 늘어놓은 화분 안에서 여태 보지 못했던 종류의 풀이 돋아났다. 잎사귀의 모양새로 미루어 어릴 때 고향 논두렁에서 본 황새냉이 종류인가 짐작을 하며 부지런히 뽑아냈다. 한데 계단의 구석에서까지 그 풀은 돋아 나왔다. 계단은 매끄럽게 다듬은 돌로 되어 있어, 아무리 구석진 곳이라도 흙이 있을 리 없을 터. 손가락 끝에 묻어 나올 만한 먼지 정도의 흙가루에 어찌 뿌리를 내렸을까. 하도 신기하고 가상하여 나는 차마 그것까지 뽑아내진 못했다. 오르내리며 눈에 띌 때마다 메마른 도심에서 그 한 모금 푸르름에 언뜻언뜻 고마움을 보내기까지 했다. 무성해진 잎사귀는 새발 모양으로 갈라지며 다시 자잘하게 나뉘어져 아주 섬세했다. 꽃 몽우리 같은 것이 볼록하게 맺혀 있어 기대를 걸었으나, 이상하게 삭과(蒴果)만을 달고 있을 뿐이었다. 아마도 무화과처럼 꽃과 열매가 동시에 이루어지는 건가 하는 생각을 끝으로 나는 관심을 털었다.

지난 삼월 이십 일께, 여행에서 밤늦게 귀가하던 우리의 시야에 당연히 어두워야 할 장소가 하얗게 부상해 왔다. 계단 구석에서 오랫동안 잊혀졌던 그 의문의 식물이 마침내 어렵사리 정체를 드러낸 거였다. 처음 대면한 하얀 꽃은 수술로 보랏빛을 고즈넉이 물고 있어 소박하고 청초했다. 꽃의 수명도 장장 보름이나 이어졌다.

문학의 집·서울이 개관한 초창기지 싶다. 산기슭의 사태로 하수구가 막혔다는 말을 들으며 푹푹 빠져드는 부엽토를 한 줌 얻어온 기억이 그제야 상기되었다. 바로 그 남산 본고장의 종자였구나. 족보가 또렷한 순종 남산제비꽃의 갈기갈기 찢겨져 늘어진 잎사귀에서 나는 문득 언제나 나에게 무진장으로 자애로우셨던 할머니 얼굴의 주름골을 연상했다. 남산제비꽃에 대한 나의 터무니없는 무심함이 할머니에의 회한으로 번지며 내 우둔한 가슴이 마치 그 할머니 얼굴의 주름골이라도 각인되듯 깊이깊이 저려들었다.

(문학의 집·서울 꽃심기 축제, 2008. 4. 10)

라일락꽃이 지기 전에

아이가 고3을 맞는 새봄이었다. 마침내 학부모 소집 통지를 받고 떨리는 마음으로 학교를 찾아간 날은 교정에 라일락이 수줍은 듯 막 피어나고 있었다. 얼마나 긴장을 했던지 나는 그날 그 고혹적인 라일락 향기를 맡지 못했다. 바람결에 나부끼는 라일락꽃 모습조차 내 눈에는 미처 들어오지 않았다고 할까. 한 엄마의 말을 듣기 전까지는.

"라일락꽃이 지기 전에 희망을 버리래요."

불쑥 던져진 그 한마디 말에 모여 있던 엄마들이 까르르 웃었다. 겁많은 나는 그때 가슴 속에서 무언가 덜컹 내려앉는 소리를 들었다. "희망? 무슨 희망?" 다른 한 엄마가 콧방귀를 뀌듯 물었지만, 빙그레 웃을 뿐 아무도 대꾸하는 사람은 없었다.

희망이라고 하면 사람마다 각양각색이겠지만, 적어도 거기 모인 엄마들의 희망이란 뻔하지 않은가. 그녀들의 발등에는 입시라는 이글이 글한 불덩어리가 이제 막 떨어졌으니까. 그 불덩어리의 해결이야말로 그녀들의 절박한 희망사항이며, 그 희망사항은 죽으면 죽었지 결코 일찌감치 포기할 수 없는 문제였다.

그날 그녀들은 첫 대면을 하게 되는 선생님과 학부모들, 자기 아이 친구들과 많은 사람 속의 엄마를 보게 될지도 모를 자기 아이의 시선까지 신경을 잔뜩 써서 한껏 꾸미고 나왔지만, 까칠까칠하고 부스스한 인상들을 지울 수는 없었다. 수면 부족에 신경과민, 거듭되는 과로가 누적되어, 약도 없다는 고3 엄마병이 이미 깊어, 시들시들하면서 필요 이상으로 민감해져 눈빛들만이 반짝거렸다.

학부모 첫 소집의 진행은 '라일락꽃이 지기 전에 희망을 버리라'는 식의 역설과 은유로 이루어져 나간 때문에, 액면 그대로 듣자면 무슨 말인지 얼떨떨해서 그저 남들이 하는 대로 따라 가기에 바빴던 기억이다. 입시 날짜가 가까워 올수록 아이는 소화 불량에 입술이 트고, 머리 어깨 허리 안 아픈 곳이 없고, 궁둥이에 창이 나 의자에 더 이상 앉을 수조차 없게 되어, 마치 최후의 죽을힘을 다 내어 끝까지 달리는 마라톤 선수들 이상으로 장하고도 가엾은 눈물겨운 정경들인데, 그들의 성적이나 내신을 감히 그 누가 어떻게 함부로 건드릴 수가 있단 말인가?

나의 한 친구는 아이를 국민학교에 입학시키고 담임을 처음 만나러 가는데 교문 앞에서 무려 1시간여를 망설이며 배회했노라고 털어놓았다. 병아리 같은 품안의 자식을 세칭 교육 부조리의 흙탕물에 합류시키며, 어찌 부모인들 그 흙탕물에 들어가지 않을 수 있으랴? 교문 앞을 혐오와 자괴에 한없이 배회했다는 나의 친구는 곧 나 자신이며, 우리 모두의 모습이다.

우리의 생명을 위협하는 낙동강의 페놀 오염도 가공스럽지만, 우리의 정신, 우리의 인간성을 말살해가는 교육 부조리란 그에 못지않게 절망적인 일이다. 이번에야 말로 미봉책으로 그칠 것이 아니라 교육 전반에 걸친 개혁과 선진화를 서둘러야 한다고 본다. 울음을 터뜨린 상문고 양심선언 선생님의 모습이 우리 기억에서 잊혀지기 전에.

(1994. 3. 22)

무뚝뚝함과 상냥함의 차이

아파트를 일러 흔히들 닭장이라고 비유한다던가. 세상에 몸을 옴치도 뛰지도 못하게 하는 그 닭장이라는 것처럼 갑갑하고 답답한 주거가 또 있으랴. 그걸 알면서도 한번 그곳에 들어가 살아본 사람은 평생 그 생활을 면치 못한다는 말이다. 아파트라는 것이 일단 맛들이면 아편처럼 벗어날 수 없게 만드는 마력을 지니고 있다는 뜻이다.

그만큼 주거에 관한 한 온갖 잡다한 문제에서 한시름 놓을 수 있는 여건을 갖추었다 할까.

나도 그 닭장족의 한 사람으로서 엊그제 반 모임에서 있었던 이야기를 여기에 공개해 보려한다.

내가 살고 있는 아파트는 무엇에서나 최첨단을 걷는 듯하며, 또한 온갖 악덕의 표본인 것처럼도 일컬어지는 소위 '강남'의 한복판에 위치해 있다.

그래서인지 반 모임에 가면 신기하고 희한하고 때로는 경악을 금치 못할 세태를 느끼게 할 때가 있다. 제각기의 일가견을 드러내는 토론 또한 거기에 걸맞다 할까.

그날은 좀 색다른 날이었다.

아파트 단지를 둘러싼 공원에 잔디도 푸르러지고 개나리와 진달래가 활짝 피어나 썩 화창한 봄날이었다.

엄마들의 옷차림도 한결 화사하였고 목소리조차 들뜬 것처럼 높아져 있었다. 거기다 한 술 더 떠서 봄을 물씬 느끼게 해준 것은 멋쟁이 반장님의 아이디어였다.

그동안 모아진 결석자의 벌과금으로 서초동 꽃시장에서 시네라리아 화분을 싸게 몇 상자 구입하여 집집마다 하나씩 나누기로 한 것이다.

그래서 반 모임 현장은 청아한 하늘색과 신부처럼 수줍은 하얀색과 고혹적인 쪽빛의 꽃들로 계절을 실내로 한껏 끌어들인 호사스런 분위기였다.

차려 내온 음식 또한 햇쑥 설기와 딸기에 주스를 곁들였으니 봄 향기가 그윽하였다.

헌데 우리들의 대화 내용은 그렇지가 못하였다. 그날은 자녀교육에 관한 주제가 대종을 이루었다. 동네 중학교에서 최근에 있었던 일이라고 한다.

복도를 지나던 선생님이 무심히 한 학생의 발을 밟고 지나쳐 갔다나. 학생이 벌써 저만치 간 선생님을 큰 소리로 불러 세웠다고 한다.

"왜 모른 척 하세요? 오셔서 사과하세요."

그러자 달려온 선생님이 다짜고짜 학생을 두들겨 팼다는 이야기였다.

한 엄마가 자리에서 벌떡 일어나 분개한 목소리로 말했다.

"그런 학생은 반은 죽여 놔도 싸."

놀란 엄마들은 대체로 눈을 동그랗게 뜨고 잠잠하였고 한쪽에서,

"사도가 땅에 떨어졌는데, 뭐."

한숨 섞인 개탄의 소리가 들려왔다.

나는 그 학생이 반은 죽도록 맞아야 할 만큼 잘못했다고 생각지 않았다. 오히려 그 용기를 기려주어야 한다는 편이다.

부모라고, 선생님이라고, 대통령이라고, 그 아랫사람들이 무조건 기어야 한다는 것은 옳지 않다고 생각되기 때문이다.

모든 일에 솔선수범을 해야 할 어른들이 때 묻지 않은 순수한 어린 학생의 눈에 거슬리게 비쳤다면 반성하고 솔직하게 사과하는 자세를 갖추어야 할 것이다. 아무리 하찮은 일일지라도 자신의 권위만을 생각하여 아랫사람에게 경우 없이 함부로 대한다는 것은 야만이요, 무서운 억압이며 폭력이다. 더욱이 교육자의 방법치곤 개탄해 마지않을 일이다. 말보다 주먹이 먼저 나간다는 것은 암흑가 깡패의 소행이 아니랴. 서양 여행 중에 누구나 피부로 가장 먼저 느끼는 것은 그들의 상냥함일 것이다. 시선이 마주치기만 하면 미소를 보내고, 살짝 스치기만 해도 반드시 '익스큐즈 미'를 하고…… 거기에 비하여 우리는 너무 표현이 부족한

것이 아닌가.

　최근 많이 향상되었다고 보지만, 아직도 표정이나 언어에 단세포적이고 인색하다 보니, 무겁고 무뚝뚝하기 이를 데 없다.

　군자지도(君子之道)도 찾아볼 수 없는 오늘에야 그것이 아무리 동양적 특성이라 해도 결코 우위에 속하는 문화는 아니라고 본다.

　앞서의 에피소드에서도 선생님이 먼저 '미안하다' 했으면 좋았겠고, 그럴 기회를 놓쳐서 학생 쪽에서 상기시켜 왔을 때라도,

　"아차, 많이 아프지? 내 몸무게가 태산준령이거든." 하는 식이 되었더라면 양쪽이 다 유쾌하게 웃을 수 있었을 것이다.

　학생 편에서도 정면으로 도전하는 것보다는 어리광스럽게,

　"선생님, 아파요" 했더라면……　.

　예쁜 시네라리아 화분을 안고 나의 닭장으로 돌아오면서 나는 생각하였다.

　우리는 아직도 감정의 일차원에서 벗어나지 못하였구나. 거칠고 직선적인 사고의 틀을 승화시키어 더, 더 밝아져야 하겠다고.

(자유공론, 1990. 5)

고양이 앞의 같은 고양이들

결혼이 뒤늦었고, 아이 또한 더디다 보니 나는 학부모 중에 가장 나이가 높은 축에 끼었다. 아이도 달랑 하나건만, 그 아슬아슬한 딸아이 덕분에 처음으로 학부모가 된다는 사실이 왜 그다지 두려웠을까.

눈앞에서 고물고물 재롱을 부리던 아이가 학교에 입학을 한다는 사실은 꿈인가 생시인가 싶게 기쁜 일이었으나, 나 자신이 학부모가 된다는 입장은 그다지 단순하지가 못하였다. 결코 기쁘지 않은 것은 아니었다. 헌데 왜 그토록 잔뜩 긴장하며 겁을 집어먹고 있었을까.

입학식 첫날부터 나는 뒷전에 서 있었다. 제각기 나름대로 멋을 낸 개구쟁이들을 운동장에 정렬해 세워놓고 출석을 불러 나갈 때, 어느 샌지 담임선생님 곁에서 서류 바구니를 부축해 들고 서 있는 한 엄마를 보았을 때, 전혀 무감각하였다면 거짓말이 될 것이다. 그 엄마의 사소한 동작이 문제가 아니라 선생님을 돕는 모습이 너무도 자연스럽고 좋아 보인 데서 다소의 자극을 받았다고나 할까. 아주 익숙해 보이는 품이 그 엄마는 아마도 둘째나 셋째쯤의 입학식이 아닌가 추측되었다.

나는 내심으로 아마도 한때 누가 좀 잡아다가 사형 안 시키냐고 하던 아파트 단지의 복부인이나 최근 증시에 와글거리는 증권 부인쯤으로 학부모들의 극성을 비교하였는지도 모른다. 특히 악명 높은 강남의 학교였으니 지레 질겁을 먹을 만도 하였다. 굿이나 보고 떡이나 먹자는 느긋한 배포는 실은 다분히 위장된 심사가 아니었을까. 소문으로 들은 극성 자모들과도 도저히 함께 뛸 자세가 나는 아니었다. 물심양면으로 실력도 그렇고 시간적인 면에서도 그랬다. 나는 소위 초중고교 정교사 자격증 소지자라는 자신의 경력만을 바탕으로 모든 것을 아이가 저 스스로 해나가 주기만을 바라는 엄마였다고 할까.

매년 학년 초에 딱 한 번 나는 학교로 선생님을 찾아갔다. 담임의 안면도 익히고 통성명도 하기 위함이었다. 아주 최소한의 결례를 하지 않겠다는 생각이었으니 참으로 야박스러웠다고나 할까.

맨 처음 방문시엔 학교 울타리를 1시간 이상 배회하였다. 아이들이 파해서 집으로 돌아간 뒤의 시간을 맞추기가 힘이 들었다. 곧 뒤이어 교직원 회의가 있기 때문에 너무 늦어도 일러도 안 되는 것이다. 들은 풍월에 의하면 선생님과 대화를 길게 해도 좋지 않다 하니, 준비했던 두어 마디 질문만을 하고는 허리를 수도 없이 구부려 인사를 하고 급히 돌아서서 나오는 나 자신의 모습을 보며 세상에 그 누구가 자식의 스승 앞에서 고양이 앞에 쥐걸음 아닌 사람 있을소냐였다.

헌데 강남의 기고 나는 젊은 엄마들은 그것이 아니었다.

아니 땐 굴뚝에 연기나랴 격으로 돈봉투 공세의 풍설은 다 그럴듯한 근거가 있는 것이겠지만, 개중에는 고양이 앞에 같은 고양이로 대결하는 엄마도 허다하게 보았다.

바로 옆집에 내 딸아이와 한반 여자 아이가 살았는데 아주 난처한 일이 있었다. 옆집 아이가 분단장이었는데 불과 얼마 안 되어 내 딸아이로 교체해버린 사건이었다. 아이에게서 그 얘기를 듣고 나는 무척 난처하였다. 아이도 어쩔 바를 몰랐다. 옆집 아이가 갓 외국에서 온 때문에 여러 가지로 불편함이 있어 그리 되었다고 하나 전체 분단장을 교체할 때까지는 참았어야 한다고 나는 생각하였다. 담임선생님의 의도가 어디에 있건 어린 가슴에 상처를 주었을 걸 생각하면 마음이 몹시 아팠다. 마침 집 앞에서 그 아이 엄마를 만났다. 그 엄마는 무척 흥분해 있었다. 나도 함께 담임을 원망하고 비방하였다. 너무도 화나는 사건이었다.

"모르는 척하고 담임을 한번 찾아가라고 모두들 권유하지만 나는 절대로 안 갈 거예요."

목에 핏대를 세우며 그 엄마는 부르르 떠는 듯이 느껴졌다. 그 엄마는 끝까지 자기 말대로 버텨나간 걸로 안다.

돈과 학벌과 가문의 사회적 지위까지 겸비해 갖춘 그 엄마는 자가용을 운전하고 다니며 서적 외판을 신나게 하고 다니는 것을 목격하였다.

끝 아이가 기저귀는 떼었으니, 스스로 자기 할 일도 찾아야겠다는 것이다. 이 엄마야 말로 이 시대가 낳은 기고 나는 무서운 여성이 아닐까.

결코 선생님을 만난다는 사실 자체가 악덕일 수 없다. 자식으로 해서 맺어진 선생님과의 관계는 나쁜 통념을 과감히 깨고 좋은 의미에서 더불어 사는 바람직한 사이를 만들어가야 한다고 나는 생각한다. 교육은 선생님과 부모가 합심하여 노력할 때 가장 이상적인 결과를 가져올 수 있기 때문이다. 앞으로의 신선하고 패기에 찬 학부모들은 선생님과 아이와 3자의 위치를 효과적으로 살피어 땅에 떨어진 사도(師道)를 구함으로써(훌륭한 선생님 수가 더 많지만) 윗물에서부터 썩은 내가 진동하는 교육계에 새살이 돋는 촉매제가 되어야 할 줄 안다. 그 길만이 진정 내 아이를 위하는 길이요, 이 나라의 장래를 밝게 하는 희망이라 말하고 싶다.

(가정조선, 1988. 9)

오영수 선생님의 난(蘭)

그럭저럭 나의 서울살이도 반세기를 훌쩍 넘어섰나 보다. 그동안에 이사도 많이 다녔지만, 가장 인상 깊었던 곳은 아무래도 우이동이다. 산 좋고, 물 맑고, 바람마저 고마우니, 그런 곳이 어디 그리 흔한가. 중심부에서 멀고 교통편도 불편했건만 늘 그곳이 떠오르는 건 뭐니뭐니 해도 결국 자연을 호흡할 수 있다는 사실이 중요한 요인인 것 같다. 어느 봄날엔가 대전에서 동창들이 여럿이 몰려와 "너 여기 살면서, 서울 산다고 할껴?" 하고 들이받던 모습들도 그립다. 그 애들의 눈에는 아마 우리 오두막만 들어오고, 하늘 높이 우람하게 펼쳐져 있는 그 대단한 북한산은 보이지 않았던가 보다. 주말이면 우리는 진도견들을 데리고 산기슭 깊숙이 들어가 내가 사람인지 갠지 분별 못할 만큼 몰아지경에 얼크러져 뒹굴던 것도 거기 북한산이 있어서였다. 그리고 그곳엔 또 오영수 소설가가 계셨다.

　일찍이 그분에 대한 작가론을 쓴 남편이 이사한 후 나를 데리고 인사 드리러 가면서 우리의 교분은 시작되었다.

　선생님 댁은 사백여 평이나 되는 시원한 정원에 삼백 년 묵었다는 아름드리 벚나무가 그윽한 그늘을 드리우고 잔디밭에는 물옥잠이 가득한 돌확이 적당하게 드문드문 놓여 있었다. 보랏빛 꽃이 물위에 동동 떠 있는 그 부초를 나는 얼마나 부러워했던가. 그뿐이랴. 서재의 창변에는 온갖 희귀종 난초들이 이단 내지 삼단의 진열대에 정갈하게 놓여 있는 모습이라니…… 동양난의 청초한 꽃들이 환상적으로 피어 있는 모양새와 어울리는 비취빛 한복을 입고 정좌하신 오 선생님이 따님을 넌지시 부르기만 하면 그 댁 특유의 맛깔스런 식도락풍 음식이 나왔는데, 냉콩물에 만 한천의 맛은 혀끝에서 사르르 녹았다.

　그처럼 품격을 갖추고 사시는 오 선생님이건만 우리의 우거에 자주 들러 주셨다. 주로 산책 나온 길이라며 일요일 새벽에 오시곤 하던 기억이 새롭다. 모처럼 게으른 늦잠에 빠졌던 우리 가족들은 초인종 소리에 후다닥 비상이 걸려 이불 갤 새 없고 스스럼없이 선생님을 맞곤 했다. "이 사람들아, 해가 중천에 떴다." 현관에 들어서시며 으레 하시던 말씀이다. 커피만으로는 시장할 듯하여 계란반숙을 드렸더니 간장이 너무 맛나다고, 꼭 '기꼬망' 같다고 하신다. 내가 선생님 댁의 음식에 혹하듯 선생님도 그리 되신 걸까. 국산 샘표양조간장이라고 말씀 드리니, 그 뒤에 선생님도 그걸 구입해 보았으나 도무지 맛이 다르다며, 내가 산가게에서 똑같은 걸로 한 병 사달라 하시어, 드린 적도 있다. 도무지 알 쏭달쏭한 이런 에피소드는 우리에 대한 선생님의 전폭적 호의에서 발생했을 터이니 말이다. 우리는 서로가 신뢰하는 만큼 그렇게 마냥 우의를 표시하며, 아주 즐겁게 지냈다.

　선생님께서 금지옥엽으로 사랑하는 따님보다 못하지 않을 만큼 애지중지 하시던 난분 하나를 어느 날 손수 들고 오셨다. 꽃대가 수려하게 솟은 건난이었다. 그 난을 선생님께서 하시던 그대로 애지중지 길러온 지 어언 삼십 년이다. 올에는 꽃대가 두 개 나와 열두 송이의 청초하면서도 도도한 품격의 꽃을 보여주었다. 꽃도 꽃이지만 그 잎이 보여주는 자연스런 멋과 운치는 그에 못지않다. 그동안 선생님은 진작 가셨지만 나는 그 건난의 자태에서 오늘도 오영수 선생님의 순수하고 향기로운 인간상을 느껴보곤 한다.

(스포츠투데이 561호, 2000)

세상의 모든 것에 혼신을 다해
사랑을 부어가고 있는 따뜻한 렌즈

배주미 사진전(1997. 12. 15~12. 21, 일민문화회관)엔 보이지 않는 그물이 드리워져 있었나 보다. 전시장에 들어선 나는 한 마리 곤충처럼 꼼짝없이 사로잡히고야 말았으니.

내가 파드득거릴 새도 없을 만큼 강렬하게 사로잡힌 그 보이지 않는 그물이란 다름 아닌 그녀의 따뜻한 시선이다.

그녀처럼 젊은 시절에는 대체로 세상의 어둡고 차가운 면을 들추고, 부정적인 각도에서 절망의 언어를 고르게 되는 수가 많다.

헌데, 배주미는 그처럼 푸르른 나이에 어찌 그리 넓고도 깊은 아량과 차원 높은 사색과 인간적인 다정함을 갖고 있는 것일까.

세상 안의 모든 사물을 그녀는 하나의 인격체로, 둘도 없는 친구인 듯 부드러운 눈길로 접근해낸다. 〈사람-나무〉 시리즈는 바로 그러한 그녀의 세계를 열어주는 첫 단추이다. 자연에 대한 그녀의 우정이 설명 없이도 농밀하게 보는 이의 가슴을 적셔 오는 것은 작품 안에 배어 있는 그녀의 잔잔한 미소를 피부로 느끼는 때문이다.

일찍이 그녀가 세상에 태어났을 때, 그녀의 아버지는 기념식수를 해놓았다고 한다. 특별한 관심을 갖게 된 그 나무와 더불어 그녀는 자랐다. 이사할 때도 물론 함께 옮겨 간 그 나무…… 11살 때 지구의 반 바퀴쯤이나 머나먼 프랑스로 떠나 살면서도, 어쩌다 귀국시에는 없는 시간을 쪼개어, 이제는 낯선 사람이 사는 옛집의 정원을 그녀는 찾았다고 하였다. 그 나무를 통해 그녀의 자연과의 교류는 시작되었다. 그러나 배주미는 이제 더 이상 옛집을 찾지 않는다. 개발에 의해 옛집의 정원이 사라진 때문만이 아니다. 세상의 모든 나무, 나아가 삼라만상에 대하여 마음의 문이 활짝 열린 때문이다. 그녀는 세상 안의 모든 사물에 인격을 부여하고, 그것들과 이야기를 나누고 있었던 것이다. 그것들과의 깊은 사연을 〈둘러 싸인 고독〉 시리즈에서 그녀는 잘 포착해내고 있다. 시멘트 담벼락에 자연스런 문양을 만들며 강인하게 달라붙어 있는 담쟁이넝쿨이나, 음습한 건물의 뒤안에서 가지들을 뻗어 올려 나름의 다보록한 조형미를 형성하고 있는 떨기나무들은 존재의 고독을 보여주면서, 또한 결코 혼자가 아닌, 더불어 이루는 긍정적인 시간과 공간을 함축해내고 있다. 〈서예〉 시리즈에 이르러서 보다 더 커다란 놀라움에 나는 직면하였다. 서예가가 섬세한 붓 끝에 자신의 심혼을 다 부어 한 획 한 획을 그어나가는 자세는 구도자의 고통과 해탈을 넘나드는 경지

거늘. 식물이나 도시의 풍경들이 그 스스로 능동적인 존재로서 서예가의 지고한 붓놀림처럼 있는 힘을 다해 자신을 표현해오고 있음을 보여줌에 있어서.

배주미의 작품은 결코 평면적인 순간의 포착이 아니다. 단절된 현재만의 공간이 아니라, 지속되어온 시간과 지속되어갈 시간이 공존하는, 과거와 미래의 드라마가 동시에 엮어지는 입체적인 현재를 그녀는 효과적으로 연출해내고 있다.

고도의 물질문명이 빚어낸 비정적인 도시풍경마저 그녀의 렌즈 안에서는 한없는 그리움으로 빨려들게 하는 향수어린 그림으로 녹아들고야 만다. (〈잃어버린 시간을 찾아서〉 시리즈)

배주미는 세상의 모든 것에 혼신을 다해 사랑을 부어 가고 있다. 따뜻한 시선을 햇살처럼 보내며. 그리하여 배주미는 황량해진 현대의 우리를 꿈을 머금은 삶, 인간적 서정 속으로 이끌어주고 있다.

(1997. 12. 29)

제2부

여름

은하수를 찾습니다

한국의 아마존이라 하는 지리산 방문은 무한정한 사랑으로 나를 마냥 편안하게 해주던 엄마를 찾아가는 심정이었다. 생태적 사막이라고까지 불려지게 된 도시생활에서 메마를 대로 메말라진 나를 그 산은 푸근하게 안아주려니 하는 나의 기대는 틀리지 않았다. 지리산의 두텁디 두터운 겹겹의 능선들이 멀리서 방대하게 시야로 들어오기 시작할 때 내 가슴은 설레었다. 평탄치 못한 유구한 역사 속에 비바람 천둥번개 날벼락을 맞아도 저 산은 여전히 한치의 움직임 없이 저곳에 있구나 싶어지자 나는 경외의 시선으로 산을 우러러 보았다. 비록 하룻밤일 망정, 또 가장자리 자락일 망정 자신을 열어 나를 품어줄 그 산을 향해 나는 감사하다는 의사를 전해보려 시선을 놓지 않았다.

두 대의 버스에서 내린 숲체험 일행들이 여장을 푼 곳은 해발 육백미

터의 마천 비린냇골, 주능선을 향해 계속 오른다면 연하천산장에 닿고, 형제봉을 지나 지리산 등뼈의 가운데라고 하는 벽소령에 이르게 될 터. 다시 발길을 이어 나갈 때, 덕평봉 칠선봉 영신봉 쇠석평전 촛대봉 등을 차례로 만나게 될 것이다. 그 이름만 들어도 마음이 떨려오는 지명들……. 나는 오래전부터 그 산을 동경해 불일폭포와 신흥쇠점터 쪽을 접근했거니와, 내 분수를 모르고 무모하게 욕심껏 성삼재에서 노고단에 올라 돼지평전을 거쳐 임걸령을 지나 풍만한 아낙의 궁둥이를 연상케 하는 반야봉의 소박한 모습을 왼편으로 스쳐보며 삼도봉을 뒤로하고 화갯재 뱀사골산장 간장소 뱀소 탁룡소 오룡대 석실 반선에 이르는 강행군을 한 적이 있다. 그 무리한 산행 노역으로 나는 무려 넉 달이나 몸져 앓았으면서도 원망은 커녕 되레 그리움만이 더 가중되어 왔다. 정상인 천왕봉을 밟아본다는 건 애초에 엄두도 못낼 일이겠지만 주능선의 횡단조차 어렵게 되었다는 아쉬움 때문이었다. 아흔아홉 골로 이루어졌다는 지리산의 주요계곡에 들어가는지는 알 수 없지만 선녀와 나무꾼 전설에 의해 비리(飛離)냇골이었다가 빨치산들의 핏물이 흘러내린 뒤로 비린냇골이 되었다는 분단의 비극이 아직도 생생하게 숨쉬고 있는 듯한 그 계곡엔 유달리 보기 드문 나무와 야생화가 많았다. 마치 한 맺힌 넋이 환생이라도 한 듯이.

까치박달, 시무나무, 오리나무, 물오리나무, 개동백, 쪽동백, 계서나무, 개다래, 고광나무, 바람난 계집의 속곳, 할미밀망, 사위질빵 등등.

나무에 매달린 보일 듯 말 듯한 작은 열매나, 바람에 나부끼는 가냘픈 이파리나, 덩굴식물 줄기의 모양새 하나하나가 다 예사롭게 보이질 않았다.

자연을 주제로 한 강연, 설문조사, 토론, 여흥 등으로 이어인 주체 측 행사가 마무리 되어갈 무렵 활활 타오르던 모닥불의 그을음도 사위어 들었다. 그때 나는 하늘을 올려다 보았다. 하늘은 부우앴다. 북극성만이 외롭게 반짝일 뿐, 북두칠성조차 가늠이 안되었다. 마치 흙탕물에 빠져 버리기라도 한듯. 흙탕물에 빠진 건 별들이 아니라 실은 우리라는 생각을 하며 나는 맥이 싹 풀리었다. 지리산을 너무너무, 무조건 흠모한 나머지 이번 숲체험 여행에 일차로 신청을 했지만, 그 저변에는 또 하나 나만의 숙제가 들어 있었다. 은하수를 혹시 볼 수 있을지 모른다는 기대였다.

내가 은하수를 잃어버린 지는 꽤 오래 되었다. 그걸 내가 마지막 본 게 언제였더라. 도시로 나오면서 내 고향 두메산골에 나의 은하수도 떼어놓고 온 셈이라면 말이 될까. 은하수를 생각하기엔 도시의 전깃불이 너무도 밝았다. 나는 은하수를 까맣게 잊고 지냈다. 물질문명이 홍수를 이루며 살기가 편리해진다 싶더니, 이면으로는 삐거덕, 여기저기서 비명소리가 터져 나오며 서울의 대기오염 수치가 전 세계 통틀어 상위권에 올랐다는 뉴스를 접하게 되었다. 나는 후닥닥 놀라 밤하늘을 올려다 보았다. 좀처럼 별빛을 찾기가 힘들었다. 하늘은 탁했다. 나는 서울에서 200리, 고속버스로 한 시간 반 정도의 거리에 있는 고향으로 내려갔다. 내가 잘 두고 왔다고 믿었던 은하수는 그곳에 있지 않았다. 그렇게 허무하게 은하수를 도난당한 지 어언 삼십여 년이 다 되어가는 듯 싶다. 기회되는 대로 공기 맑은 곳이다 싶으면 나는 나의 분실물을 찾아보려 애써 보았으나 허사였다.

네 명의 룸메이트들은 더러는 코를 골고, 더러는 잠꼬대도 하며, 번갈아 화장실 드나들기에 바쁜 새벽 세 시 반 무렵, 나는 살며시 미닫이를 열고 베란다로 나섰다. 지리산 팔경 중의 하나인 벽소명월을 상기하며. 헌데 이게 웬일인가. 왕방울만 한 별들이 하늘 가득 쏟아질 듯 반짝거리고 있질 않은가. 그 찬란한 하늘을 이 끝에서 저 끝까지 둘로 가르며 두둥실 떠 있는 얇은 푸솜(풀솜 雪綿子)들…… 은하수였다. 아주 작은 별들로 이루어졌다는 빛의 강이다. 아아, 살아 있었구나, 살아 있었어, 아직은…… 그 순간 나의 눈빛도 아마 별이 되지 않았을까.

장엄한 민족의 산, 지리산은 더이상 큰 선물일 수 없는 내일에 대한 희망을 나에게 불어넣어 주었다. 그래, 희망, 희망, 더 이상 없는 아주 큰 희망이지. 촛불처럼 불면 날아갈 것 같은 그 희망을 두 손으로 보듬고 나는 지긋이 눈을 감았다. 담배도 태우지 않고, 자동차도 진작 정리했고, 에어컨도 한 번도 안 틀고…… 더 할 수 있는 일이 있을 텐데…… 우리가 가는 길에 문제가 있다면, 문제가 있는 그 길을 무작정 가고 있다면…… 어제도, 오늘도, 내일도 그렇게 무심히 가기만 한다면…… 우리는 아주 영영 은하수를 만나지 못할 지도 모른다.

마땅찮은 내 꼬락서니를 죽 지켜 보았던지, 곁에 있던 문우가 목에 걸린 가래침처럼 시원하게 한 마디를 칵 뱉았다.

"뭐야, 은하수 좀 사와, 하면 될 걸"

어느새 깨었는지 롬메이트들이 허리를 꺾기도 하고, 뒤로 나가 자빠지기도 하며 한바탕 통쾌하게 웃어 제꼈다.

(문학의 집 · 서울 자연사랑 문학제, 2005)

삼봉 해수욕장

출렁이는 에메랄드의 바다, 새하얗게 바래 넌 옥양목 모래, 언제까지나 거기 그렇게 있는 수평선……. 청, 백, 그 단 두 가지 색조로 이루어진 시원스런 공간에의 갈망.

누가 말했던가. 가장 단순한 주제가 가장 영원한 주제라고. 현실의 오뇌가 진하고 깊을수록, 그 순수에의 목마름은 더욱 타드는 법, 하물며 혼탁한 도심의 오염 속에서랴. 태양이 타오르는 여름만 되면 수영을 즐기는 주제도 못 되는 내가 그토록 줄기차게 바다를 찾아 헤맨 까닭도 그 순수에의 회귀 본능 같은 작용이 없지 않으리라.

우리는 마치 쫓기듯이 조바심을 치며 서울을 빠져나갈 궁리를 하였다. 그것은 어디까지나 궁리였다. 보란 듯이 펼쳐 놓고 준비 그 자체를 즐기는 화려한 계획이 결코 될 수 없었다.

짓눌린 자의 답답함과 억울함과 분노와 우울증 따위를 그 어디를 간들 털어버릴 수 있을까만 그 해에는 어린 딸애를 위해 부산하게 바캉스를 떠나는 남들의 뒷전에라도 붙어보려는 거였다. 속에서는 지글지글 울화가 끓어 오그라들망정 적어도 표면상으로는 그 남들처럼 아무렇지 않은 듯, 그렇게 떠난 피서였다.

우리는 짐을 꾸리고, 홍보물을 뒤적인 끝에 행선지는 충남 안면도의 삼봉 해수욕장으로 정했다. 널리 알려진 큰 해수욕장은 흥미를 잃은 때문에 비교적 조용히 숨어 있는 곳일 법한 데를 물색하다보니 그리 된 것이다.

또 안면도라고 하면 고등학교 때 생물 채집을 갔던 곳인데 객지 생활을 하던 나는 향수병 때문에 고향을 방문하느라 그 좋은 기회를 놓친 아쉬움도 있는 터라 더욱 출발하기도 전에 친밀감마저 들었던 것이다.

헌데 아직 미혼인 내 오랜 친구 하나가 전화를 걸어오기를 이번 여름 휴가를 우리와 함께하고 싶다고 하였다. 혼자 나서는 것이 뭣해서 주변을 곰곰 생각해 보다가 우리를 발탁한 것이라니 그 또한 기쁨이 아닐 수 없었다.

그 친구에게 조카딸 하나가 딸려서 일행은 모두 5명이 되었는데 우리는 은근히 그 친구의 보호자나 되는 듯이 책임감을 느끼는 거였으나, 직장 생활을 계속하고 있는 나의 친구는 시원시원하고 거침이 없어 피로에 지친 우리를 도리어 부추기고 흥을 돋우어주는 것이 아닌가.

삼봉 해수욕장은 서울에서 약 3시간 정도 걸렸다. 연육교를 건너 안면도 면소재지인 승안리를 지나면서 귀에 익은 지명에서 고등학교 적 친구들의 발자취를 상상하며 유달리 그 땅이 나를 반겨주는 듯 여겨지기까지 하였다.

삼봉 해수욕장은 일찍이 내가 섭렵한 그 어느 곳보다 아늑하고 다정하고 오밀조밀 잔재미가 있는 여러 가지 여건을 골고루 갖춘 곳이었다. 민박시설이 있는 마을에서 하얀 모래로 뒤덮인 야트막한 다복솔밭을 넘어서자 그만 앞이 탁 트이며 시야는 그대로 푸르러 왔다.

바다, 너는 왜 이다지도 끈질기게 나를 유인하느냐?

바다는 여전하였다.

오래 지속되는 것은 진리라고 알베르 카뮈는 말했지. 그래, 잠시도 멈춤 없이 철썩이는 너의 몸부림에서 만고의 진리를 터득해야 하겠지.

온갖 역사의 오욕 속에서 인간의 괴로움이 어떻게 치러지고 어떻게 부서져 나가느냐와는 아무런 관련도 없는 듯이 바다, 너는 그렇게 그냥 여전하면 되는 것이냐?

그처럼 광활하고 장중하게 압도적으로 우리의 마음을 사로잡다니……. 눈이 부시도록 그렇게 아름다운 몸짓으로 여전히 있어도 되는 것이냐? 아니 여전히 그토록 아름다울 수 있는 것이냐?

까뮈는 그의 수필에서 수평선을 일러 하늘과 바다의 결혼이라고 찬미하였지. 그래, 멀리로부터 파문져 오는 네 파도의 물거품은 순백 면사포의 섬세한 레이스였느니라. 거룩한 혼배미사의 미사보였느니라.

삼봉 해수욕장의 물빛은 옥색이었다. 강릉 경포대의 그 가슴을 베일 듯 으시시 날선 칼날 같은 짙푸름이 아니라, 다감한 아낙네의 옷깃처럼 그윽하였다.

새벽을 좋아하는 나는 주위가 고요하고 어슴프레한 시각에 홀로 나와 길고 긴 반달형 모래톱을 마냥 걷곤 하였다. 모래톱의 오른쪽 끝에는 운치 있는 산봉우리 세 개가 물속에 발을 담그고 철부지 어린아이들처럼 언제까지나 파도의 손길에 몸을 맡기고 서 있다. 그 모습이 하도 소박하고 천진하여 키드득 키드득 간지럼 타는 아이들 웃음소리라도 내는 듯하였다.

우리는 파도를 타다 물에 빠져 어른 아이가 한 덩어리로 킬킬 거리다가 그 산봉우리들을 끌어안듯 그 편으로 달려가곤 하였다.

그 세 개의 산봉우리들을 지나쳐 더 오른쪽으로 가노라면 연두빛 관목의 야산과 바다 사이의 백사장이 1킬로쯤 뻗어 있는데, 그 끝에 그림처럼 아늑한 포구가 나타난다. 이름은 '백사장' 포구이다.

연육교를 오른편으로 끼고 물 건너에 조는 듯 고요히 누워 있는 어촌이 너무도 아름다워 우리는 아이들과 더불어 한나절 그곳에서 스케치를 하였다.

헌데 하루 저녁, 어둠에 잠겨드는 바다를 끝까지 지켜보다가 민박 숙소에 돌아와 보니 나의 친구는 자의로 사건 하나를 만들어 놓고 우리를 기다리고 있었다. 나의 남편에게 바다낚시의 기회를 베풀어 준 것이다.

거간꾼들이 낚시꾼을 모집하러 다니는데, 거기 한 몫을 잡아놓은 것이다. 나는 평소에 위험성 때문에 바다낚시라는 것을 떨떠름하게 여겨

온 터지만 친구의 우의를 생각해 잠자코 있었고, 남편은 좋다구나 하고 강행하는 거였다.

배는 무허가인데다, 인원 또한 초과라 경찰의 눈을 피해 포구를 한참 벗어나서 배를 대는 것이 아닌가. 인원 구성도 모두 초면인 처지에.

모래사장에 홀로 앉아 멀어져 가는 그 배를 지켜보며 나는 미묘한 스릴을 느끼던 기억이 아직도 새롭다. 배가 아득한 수평선 너머로 아주 사라져 버렸을 때, 나는 비로소 치마를 털고 일어섰다.

먼 바다에 나가 얼굴을 볼 수 없던 남편은 배낚시로 해서 하루는 그렇게 꼬박 개인플레이를 한 셈인데, 저녁에 낚아온 고기로 일행이 매운탕을 즐겼으니 청일점 가장 역할을 하기는 한 셈이라고 할까. 어떻든 그해의 삼봉 여름은 내 인생에 잊을 수 없는 무지개 같은 추억이다.

(열매, 1988)

유리창을 초록으로 물들여 주는

개운산 밑으로 이사 온 지도 벌써 팔 년 째 접어들고 있다. 말이 그렇지 나는 개운산이 어디 있는지 알지 못했다. 빌딩 천지여서 도대체 산이라는 것이 보이지 않았으니까. 마음먹고 찾아가 보니, 산의 정상은 싹둑 잘리어 고래등 같은 구민회관이 지어졌고, 광활한 운동장은 밀가루를 뿌려놓은 듯 뽀앴다. 타박타박 집으로 돌아온 나는 목이 말랐다. 돌계단 틈서리를 비집고 돋아나는 잡초도 새롭게 보여 나는 뽑지 못했다. 드릴을 들이대어 콘크리트 바닥을 뚫기 시작했다. 건물에 이롭지 않을지도 모른다는 이웃들의 노파심에 속으로 은근히 떨기도 하면서. 종로5가나, 머나먼 양재동 나무 시장으로 나가는 길은 왜 그리도 나를 가슴 설레게 하던지…… 그곳에만 가면 꼭 기방에 빠진 한량처럼 나는 시간 가는 줄을 몰랐다. 내 집의 담장을 감안해 최소한 3, 4m짜리 나무를 물색해야 했으니 사람으로 치자면 적어도 성년을 전후한 것들이 아닐까. 소심한 나는 한 그루 나무를 심기까지 꽤 굴곡진 모험을 방불케 하는 감정의 파고를 오르내려야만 했다. 선별한 나무를 트럭에 싣고 생면부지의 기사 곁에서 안전벨트라는 미명하에 제 몸을 제 손으로 결박하고 밀폐된 공간을 통과해야 하는 일은 마치 미지의 별을 향해 발사된 속수무책의 우주선에 무방비로 투여된 듯한 황당한 공포감도 그렇거니와 토질도 열악한 데다 비좁기까지 한 구덩이에 그 수술실의 내장 같은 나무뿌리를 허겁지겁 우격으로 구겨 넣고 나서 짠한 가슴을 어쩌지 못해, 자고 나면 전전긍긍 현장 둘레를 맴돌아야 하는 심정이란······

내가 제일 먼저 심은 나무는 산수유였다. 기나긴 추위를 이기고 맨 먼저 봄을 이끌어오는 전령사였기 때문이다. 무채색의 지루한 겨울을 견디다가 뜻밖에 대면하게 되는 산수유꽃의 놀라움······ 그 샛노란 빛깔에서 봄은 소리 없이 뿜어져 나왔다. 하나, 내가 자동차 없애고 몇 그루 나무를 심는 것 정도로 이 도시의 사막화와 지구 온난화를 어찌 막을까. 남쪽 따뜻한 지방에서만 살 수 있다던 매화가 이미 내 집 뜰에 당도했다. 설중매, 깨물고 싶도록 매혹적인 젖꼭지 모양의 꽃망울들이 펄펄 흩날리는 눈보라 속에서 기어이 개화를 해내고야 말았으니······. 나무들은 정직했다. 햇빛조차 시원찮은 두터운 배기가스 속에서도 성실했다. 꽃만 보여주는 것이 아니라 열매까지 튼실하게 만들어 내었다. 지난여름, 유리창을 초록으로 물들여주는 것만으로도 감지덕지하고 있는 우리 가족들을 황공무지로소이다 하고 무릎 꿇게 만든 살구나무······

바람에 나부끼는 가지마다 누런 열매가 주렁주렁 매달려 있는 것이 아닌가. 너무 황홀하여 우리는 그 살구를 끝까지 따지 않고 바라보기로 했다. 그것이 내가 살고 있는 동네에 조금이나마 기여가 되었으면 하는 바람도 있었다. 동이 터오려는 부윰한 미명, 한때 러시아에 다녀오는 사람들마다 목에 줄줄이 걸고 오던 천연보석 호박빛이어야 할 창밖이 순백색으로 대체되어 있질 않은가. 거기 담장 위에 웬 사람이 성큼 올라서 있었다. 신선처럼 흰 옷에 머리까지 하얀 노인이었다. 놀란 건 잠깐이고 빙그레 나는 미소 지었다. 눈이 마주친 신선도 이빨을 드러내며 웃었다. 등하교 시간대엔 한참 심해야 할 청소년들이 시냇물처럼 재잘대며 아슬아슬하게 지나가건만, 그뿐 전혀 여타의 반응은 일어나지 않았다. 윤리교육 덕분인가 했더니, 원체 아쉬울 것 없는 세대라서라고도 하고, 치열한 입시경쟁의 후유증이라는 설도 있다. 이유야 어찌 되었던 그 청소년들의 내면이 혹시 저 공포의 사막화와 맥을 같이 하는 것이나 아닌가 하는 생각에 나의 가슴은 그만 덜컹 내려앉았다. 입안에 군침이 도는 열매를 발견한 개구쟁이들이라면 당연히 다음 순서는 정해진 것이 아닌가 말이다. 이런 와중에 담장 위에 뛰어오른 노인을 발견한 나는 흥분하지 않을 수 없었다. 무언가 말이 통할 것 같은 사람을 비로소 만난 기분이었달까. 내가 그를 신선이라 호칭한 건 차림새가 그래서만이 아니라, 연치에 어울릴 정도의 품위도 갖추어 보였기 때문이었다. 어떤 마력이 그를 유혹했을까. 도심(盜心)이 아닌, 동심(童心)이 살구서리의 헤어날 길 없는 향수 속으로 빠트렸을지도 모른다는 생각이 들며 나는 서둘러 유리창 문고리를 풀었다. 이를테면, 툰드라가 없어져 가고 빙하도 기하급수적으로 줄어든다죠? 북극곰이 멸종 위기에 있다구요? 그렇다면 멸종의 순서는 어떻게 될까요? 인간이 맨 마지막까지 살아 있을 거라는 보장은요? 그렇게 속사포식 질문을 쏟아내려다가 방향을 틀었다. 북극곰의 멸종을 막으려면 우리는 무엇을 해야 하는지 생각해 보셨나요? 이미 창문은 열려졌고, 나의 목소리는 그에게 충분히 전달될 만 했다. 골목을 유유히 벗어나며 그는 웃음만을 흘려보내는 거였다.

(여성문학인회 소식지, 2008)

무명 순교자

　우물이 있는 네모진 안마당을 가운데로 하고 안채와 바깥채가 맞물려 미음자를 이룬 조선조 후기의 덩그런 한옥. 높직한 두벌대 위에 솟아 앉은 안채는 아름드리 홍송 대들보를 안은 삼간 대청마루가 시원스럽다. 열어젖힌 분합문 밖으로는 아득한 뒤란 풍광이 그윽하다. 구부러져 뻗어나간 나뭇가지에는 둥그런 배가 매달려 흔들거리고 튼실하게 설치된 덕 아래로는 주렁주렁 늘어진 청포도 알이 말갛다. 능소화가 어우러져 돌아간 토담 밑에서는 사춘기 소녀들의 목덜미 같은 상사화 꽃더미가 연분홍 아지랑이를 뿜어대었다. 텅 빈 그 안채의 건넌방에서 나는 『속솔이뜸의 댕이』를 쓴답시고 가슴에 베개를 받치고 엎드려 낑낑거리다가, 문득 일어나 대청마루 끝에서 힘을 모아 외쳤다.

　"엄니, 개구리는 운제 울어?"

"잉, 그건 아마 모낼 쩍일 꺼여……"

사람이 시척지근해진다는 쉰 살을 갓 넘은 가냘픈 어머니는 두리두리한 두 살 터울 할머니와 사랑채의 뜰아랫방 봉당에서 맞방아질을 하느라 숨이 차서 헐떡거리는 소리로 대꾸해 주었다. 고향에서의 일을 회상하게 될 때, 나는 언제나 이 장면을 제일 먼저 떠올리곤 한다. 무엇이건 묻기만 하면 척척박사로 선선하게 해결해주곤 하던 어머니. 더러는 할머니가 끼어들기도 했지만. 특히 내가 글이 잘 풀리지 않아 죽을 쑤고 있을 때 두 분의 잡담소리가 귀에 살며시 스치기라도 하는 날엔 후다닥 뛰쳐나갔다.

"시끄러워 쯧쯧쯧……"

딸이라면 버르장머리 없는 짜증까지도 마냥 좋기만 한 건지 두 분은 소리도 제대로 못 내며 웃느라 좀처럼 새우젓눈을 풀지 못하던 광경…… 아마도 내가 가장 소중하게 보듬고 있는 나의 추억 첫 페이지지 싶다. 회상되어오는 내 어머니는 언제나 그렇게 고된 노역에 빠져 헉헉거린다. 실제의 삶이 그랬으므로.

시집오기 전 친정에서는 모두들 어렵다고 하는 보릿고개에도 콩만 다문다문 놓은 하얀 쌀밥에 토막반찬을 먹었고 손에 물을 묻히지 않고 자랐다는 어머니는 이야기를 좋아해서 소설책만 끝없이 읽고 또 읽다가 귀한 건 필사본으로 만들어놓기도 했단다. 고대소설 신소설을 한 고리짝이나 혼수에 묻어 가져왔다는 그녀는 밤이면 간혹 어린 자식들을 팔베개에 주루룩 뉘이고 끝없는 이야기로 자장가를 삼았다. 그중에서도 우리가 가장 감동하여 몇 번이고 되풀이 듣고 또 들어도 번번이 베개를 적셔야 했던 건 「설홍전」이었다.

종갓집의 종손부가 된 어머니는 친시할아버지 친시할머니와 양시할 아버지 양시할머니, 상처하여 일 년 전에 재혼한 까탈스러운 호랑이 시 아버지에 녹의홍상 시어머니를 상전으로 모시는 노예와 같은 시집살이 라는 함정에 텀벙 빠져 버렸노라고 했다.

그 넓으나 넓은 뒤란의 한복판까지 나가서야 높직이 돈구어 위용이 라도 뽐내듯 번듯하게 만들어져 있는 장독대나 찬광, 곳간을 하루에도 수없이 드나들며 그 좋아하는 부추꽃이 발치에 채여도 그거 한번 제대 로 들여다 볼 새가 없는 그녀였다. 어머니는 그렇게 늘 앞만 보고 뛰어 야 했다. 상주하는 머슴에 심부름하는 아이까지 합치면 열이 넘어 도는 대가족의 끼니만도 벅찬 터에 쇠여물은 머슴들의 몫이라 해도 개 돼지 고양이 닭 등속은 모두 어머니 관할이었다. 그것도 모자라 천장까지 켜 켜로 맨 선반 위 잠박에서는 누에들이 배고프다고 머리를 내두르며 아 우성이니…… 그뿐인가, 아무리 목구멍이 포도청이라지만 사람은 먹는 것만으로 살 수는 없는 법. 그 많은 인총의 입성은 또 그 누가 책임을 질 까? 침선엔 특히 손방인 할머니는 처음부터 끝까지 매사에 조수석만 지 켰다. 그렇다고 바느질 솜씨만으로 해결이 되는 시대도 아니었다. 바느 질 솜씨를 부릴 자료 자체가 귀했다. 목화를 심고 누에를 길러서, 씨아 질, 자세질, 물레질을 하여 실을 자아내 베틀에 올라 앉아 피륙을 짜내 야 하는 것이 그 시절 고달픈 여자들에게 막무가내로 주어진 중요 임무였다. 근동의 그 어느 누구보다 뛰어난 재능의 소유자로 회자된 그녀는 문양까지 넣어 일반제품에 비해 배나 도톰한 명주를 수작업으로 짜내기까지 했다. 읍내 향교에 관여하면서 군내의 유지급 지체를 도도하게 누리고 있는 초등학교 이사장이었던 시아버지는 며느리의 뛰어난 직조와 침선 솜씨 덕분으로 온통 이목이 집중되었었다고 하고 서울의 한 친구는 특별히 굵게 자아 짜낸 무명두루마기에 혹하여 자신의 고급 세루 두루마기와 바꾸자고 조르는 걸 간신히 물리쳤다며 파안대소까지 하였다고 한다. 훤칠한 키에다 하얀 피부의 드문 미남형이었던 시아버지의 의관에 대한 관심사는 지대하다 못해 마침내 수의에까지 이르게 된다. 능직문양의 수직 명주로 가문에 전해 내려오는 문헌을 펼쳐놓고 월여에 걸쳐 제백사하고 며느리가 정성을 다해 지은 수의를 본 시아버지는 크게 만족을 하였다. 거기에 대해 어머니는 가끔 편안한 표정으로 다음과 같이 언급하곤 했다.

"할아부진 존 곳으루 가셨을거여, 그렇기 갖춰서 잘 입으신 분을 감히 소홀하게 대접은 못하는 법이니께."

바깥나들이는 시어머니 전담이어서 오일장 한 번을 나가보지 못하고 높다란 담장 안에서만 촌각을 쪼개듯 쫓기며 가사노동에만 몰입해 온 그녀가 오십 대 중반에 시아버지가 작고하자, 어디서 그런 용기가 났던지 엄청난 혁명을 일으키고야 말았다. 5리 거리의 산 너머 오릿골에 교회당이 생겼다는 소식을 듣고 거기에 나가기 시작을 한 거였다. 그럼으로써 스물여덟 위나 되는 제례의 부담을 일시에 어깨에서 내려놓았다.

동지섣달 강추위 속에서도 사나흘 전부터 빨갛게 언 손으로 놋그릇을 닦아야 하고 동네의 대소가가 다 모여서 음복을 할 만큼의 음식을 만드느라 밤을 번쩍번쩍 지새우곤 하던 제사였다. 자정부터 시작되는 그 철야행사는 먼동이 번하게 터올 때서야 친척들이 어수선하게 흩어져 돌아가지 않던가. 결과가 아무리 좋다해도 그걸 준비하는 입장을 생각하면 철부지 내 소견에 늘 형벌처럼 여겨지곤 했었다.

노예처럼 시작된 시집살이에서 소생 사남매와 부득이 맡겨진 피붙이 오남매를 함께 길러내며 구십성상을 살아내는 동안 어머니는 선견지명이 있는 떳떳한 경영인으로 발전해 간 것이다.

어릴 적에 일을 전혀 몸에 익히지 않아 시집살이가 더 고되게 느껴졌을 거라고 후회하듯 말하면서도 어머니는 나를 꼭 당신처럼 손끝에 물을 대지도 못하게 하며 키웠다.

결혼하여 부엌이라는 공간에 발을 딛고 섰을 때, 나는 비로소 내 어머니를 절실하게 떠올렸다. 서툴기만 한 나에겐 시집살이가 예상외로 버겁기도 했지만 그보다도 내 어머니의 모습이 비로소 보이기 시작한 때문이었다. 아직은 낯선 시댁 식구들의 기호와 주문에 어상반하게나마 맞추어 보려 노력하는 과정에서 문득 참, 내 어머니는 무엇을 좋아 했던가 하는 의문이 들었지만 그 해답은 찾을 수 없었다. 아무리 생각해도 잡혀 오질 않았다. 선호하는 빛깔은? 음식은? 옷은? 아무 대답도 끝내 나오지 않았다. 이래도 내가 그녀의 총애를 받은 딸이라 할 수 있을까. 서로가 모공이 맞 이어진 듯 공감하며 의지하며 지내온 사이가 아니었던가…… 물처럼, 공기처럼 없는 듯 있으면서 있는 힘을 다해 헌신 오직 헌신만이 전부였던 어머니의 자취가 뒤늦게 트인 나의 시야로 점점 더 선연하게 큰 모습으로 다가왔다.

언젠가 충청도 해미의 무명 순교자 성지를 방문했을 때 세상 모든 이름들이 퇴색해 버리는 엄청난 블랙홀을 느꼈듯 나는 내 어머니의 티 없이 순결한 내면세계를 비로소 발견하고 눈이 부셨다.

(이화동창, 2012. 여름)

베일 늘인 모자

내가 이화동산에서 학업을 닦던 시절은 6 · 25 직후라 어려움이 많았다.

거리 곳곳엔 아직도 전쟁의 상흔이 입을 벌리고 있고, 사람들의 내면에도 그와 비슷한, 어쩌면 그 이상으로 큰 동족상잔의 상처가 드리워 있는 때문인지 이화의 아름다운 캠퍼스가 오히려 눈에 생경했다.

나는 그렇게 나도 모를 서먹함 속에 학교를 드나들었다.

풋풋한 젊음의 열기와 반항과 회의 속에 방황하던 그 무렵, 나의 시선을 사로잡았던 한 사람에 대한 기억을 더듬어 볼까 한다.

내가 김복녀 선생님의 강의실을 선택해 들어간 건 단지 시간표를 짜는 데 유리하다는 그 한 가지 이유 뿐이었다.

프랑스어 담당인 그분은 마치 프랑스 상류층 귀부인처럼 꾸미고 강단에 나타났다.

사십대 후반 정도의 두리두리한 몸에 최고급 의상을 걸치고, 눈언저리의 주름을 신비스럽게 처리해준다는 베일 늘인 모자까지 쓴 멋쟁이였다. 그 시절로는 말할 것도 없고 오늘에 이르러서도 찾아보기 힘들 만큼. 영화 속에서나 봄직한 그녀의 용모는 친밀감은커녕 기이할 정도로 낯설었다.

그럼에도 내가 훌륭하신 교수님들이 많고 많은 전공학과를 제치고 그분에 대한 기억을 끌어내는 건 대대로 내려오는 미풍양속이라는 것에 휩싸여 엄마 닭 품안에서 졸고 있는 병아리떼들 같은 우리의 무의식에 돌멩이를 팍팍 집어던져준 것과 같은 그분의 말씀 때문이다.

모파상이나 플로베르를 파고드는 것이 아니라, 회화 중심의 수업을 하여, 이십 년 뒤에 내가 파리에 갔을 때 "께스끄 쎄"라도 할 수 있었던 것도 신기했지만 낙수처럼 간간 흘리는 대화에서 우리는 더 많은 걸 얻게 된 듯싶다. 그분의 말씀이 용모와는 너무나 달랐기에 더욱 효과적이었을까. 당시 우리들 안목에는 극도의 사치와 환상적 분위기였던 그분에 대한 인상을 확 뒤집어 엎는 발언을 들은 뒤로 꼼꼼히 살펴보니 그닥 허황된 차림새는 아니라고 판정되었다. 옷으로 말할 것 같으면 남편이 프랑스 대사였던 시절에 현지에서 마련한 묵은 입성일 테고, 머리는 양쪽으로 땋아 조선조 여인의 트레머리처럼 틀어 올렸으니 미장원에 돈과 시간을 투자할 일도 없어 보였다. 문제는 그 베일 늘인 모자였다.

그분 강의실에 들어갈 때, 매번 떠오르는 "프랑스 여성들은 화장하지 않은 맨 얼굴로 현관 밖을 나가지 않는다"는 말을 음미해 보면 모자 문제도 자연히 이해가 되어졌었다. 아름다움을 숭상하고 창안하다 보면 눈언저리의 주름을 효과적으로 처리하고 싶은 건 동서를 막론하고 여성이라면 누구나 가져볼 만한 불길 같은 욕망이 아닐까.

김복녀 선생님은 주로 예절에 관한 것과 자녀교육에 대한 것을 근간으로 자신이 직접 생활 속에서 부딪치며 실천하고 있는 이야기를 많이 하였는데 그중에 한 가지만 적어 보기로 하겠다.

그분은 자신의 아들 딸에게 용돈을 절대 무상으로는 주지 않는다고 했다. 구두를 닦는다든지, 심부름을 한다든지, 텃밭의 농사일을 했을 때 거기에 대한 응분의 대가로만 지불한다고.

텃밭 농사는 정서적으로나 극기훈련을 위해서나 가족들에게 좋은 교육의 현장이라고도 했다. 특히 호박구덩이를 위한 똥지게는 돌아가면서 빠짐없이 지운다고 누누이 강조하면서.

그렇게 함으로서 노동에 대한 인식과 자립능력을 기르며 암암리에 인격도야가 이루어져 가는 거라고.

당시엔 거리에 부랑하는 걸인들이 많았는데 그들에게조차 절대 공짜의 동정을 해서는 안 된다는 주장이었다. 성가신 노릇이지만 반드시 집으로 데리고 와서 마당이라도 쓸게 하고야 돈을 준다고.

시골집에서는 그때까지도 물 한 모금 내 손으로 떠먹지 않던 나에게는 충격적인 이야기였다. 이와 같은 정신은 나뿐만 아니라 세상의 모든 이에게 언제까지나 유효하다고 본다.

한 학기를 마감하면서 그분은 우리 반 전원을 우이동 개울가의 아담한 별장으로 초대했다. 우리는 설레는 가슴으로 그동안 배운 '방문시의 예절'에 어긋나지 않도록 신경을 기울이며, 손에는 아무리 작은 것일지라도 꼭 선물 하나씩은 마련해 들었다.

　신선한 야채 비빔밥과 시원한 조개탕 맛도 일품이었지만 손수 음식을 만드느라 곱게 분단장한 그분의 얼굴에 범벅이 된 구슬땀을 나는 지금도 잊을 수 없다.

(이대동창문인회 연간 수필집, 2002)

지리산 맑은 물줄기

얼마 전 나는 한 수도자에게 띄우는 편지에서, 이 시대 수도자들의 존재를 깊고 깊은 지리산 계곡을 흘러 내려오는 맑은 물에 비유한 적이 있다.

한 폭의 그림 같은 섬진강의 섬세하면서도 순결한 풍광이라도 한 번 본 사람이라면 누구나 가슴에 그리움으로 간직하게 되는 것이지만 1급수라야 생존이 가능하다는 은어 서식지라는 사실에 우리는 그 강의 가치를 더욱 인식하게 된다. 그러기에 이웃나라의 은어 낚시광들까지 제철이면 정신없이 몰려든다고 한다.

산업화과정에서 전 국토의 하천들이 비명을 지르며 썩어 들어갈 때 섬진강이라고 무슨 뾰족한 수가 있었겠는가. 모든 하천들에 주어진 운명을 따랐을 뿐. 그러나 강의 허리 대에서부터 이변이 일어났다고 한다. 모든 생물이 부쩌지할 수 없는(한 곳에 오래 배겨 있지 못하는) 상류와는 달리 수초가 자라나며 고기떼가 노닐고 오염에 민감한 은어 서식이 유지되는 것은 기적과 같은 일이었다. 그 기적과 같은 이변을 이루어낸 것은 다름 아닌 지리산 계곡에서 흘러드는 맑은 물이었다고 한다.

고도성장의 모델케이스라는 우리 위상이 자랑인지 악담인지 이제와 생각하면 아리송하지만, 어쨌거나 그다지 우쭐댈 일은 못 된다 싶다.

배불리 먹을 수 있게 되었다는 것은 감사한 일이긴 하지만, 어디 그것만이 사람 사는 일의 전부는 아닌 때문이다. 그 고도성장의 부작용으로 금수강산이 다 병들어 갈 때, 그곳에서 살아가고 있는 우리 자신인들 어찌 멀쩡할 것인가. 산하와 더불어 황폐해져 우리 고유의 미덕과 여유를 잃어 각박한 현실을 체감하게 한다. 서양 사람들이 부러워한다는 동방예의지국으로서의 면모가 점점 사라져 가고 있음은 하루가 다르게 느껴지는 일이다.

수도권에 살고 있는 나는 서울 중심부에 나가려면 한 시간여를 지하철에 의지해야 하는데 그 안에서의 풍속도만으로도 그것을 너무나 절감하게 한다. 연장자에게 자리를 양보한다는 것은 이제 아주 귀한 모습이 된 것 같다. 하지만 바로 어제의 경우는 특히 나를 당황하게 했다.

많아야 40대 정도로 보이는 그 부부는 아주 건강하고 교양 있는 인상이었다.

70대 할머니가 바로 앞에서 손잡이에 몸을 실어 넘어질 듯이 흔들리고 섰건만 그 부부는 아랑곳하지 않았다. 다만 조용조용 담소를 나누며 미소 지을 뿐, 앞에 서서 괴로워하는 노인을 약 올리기라도 하는 것처럼. 경로석을 버젓이 차지하고 앉은 주제에 그들은 어디까지나 당당한 태도였다. 글쎄, 그 부부에게 한 군데라도 나약해 보이거나 초라한 구석이 있었다면 속이 덜 상했을지도 모른다. 살집이 좋았고, 피부나 차림새에 윤기가 흘렀다. 여자의 가슴엔 상의와 같은 천으로 만들어진 꽃 브로치까지 꽂혀 있었다. 도대체 꽃 브로치는 왜 달았을까? 그 정도로 자신의 용모를 가꾸고 다듬는 세련된 사람이라면 행동에 대해서도 그만큼의 상식을 갖추었을 법하건만⋯⋯.

목적지에 차가 완전히 멈추고 난 다음에야 그들은 비로소 자리에서 일어났다. 바늘 끝만큼이라도 자신의 몫은 양보할 수 없다는 완강한 태도로. 그제야 비워진 좌석에 할머니는 쓰러지듯 주저앉을 수 있었다. 나는 할머니에게 미안했다. 결국 냉담한 방관자일 수밖에 없었던 때문에. 나만이 아니라 빽빽이 서 있던 그 누구도 입을 연 사람은 없었다. 아마도 이런 광경이 당연한 것으로 받아들여질 날이 머지않은 것 같은 예감에 나는 전율했다. 그들이 이 사회를 움직이는 중추 격인 건장한 중년만 아니었어도 나는 그토록 분개진 않았을 것이다. 내 몫 챙기기는 어느새 우리 사회 구석구석, 능력자로 보이는 사람들 사이일수록 이토록 더 뻔뻔스럽게 고질적인 근성처럼 그 촉수가 뻗어졌단 말인가.

그렇게 우리의 정서가 사막화되었을망정 지리산 계곡의 그 맑은 물줄기를 대기만 한다면 은어가 노니는 섬진강처럼 다시 따스하고 인정스런 체온을 회복하게 될 것이라고 믿고싶다.

그런데 지리산 계곡의 그 맑은 물줄기마저 오염되어 간다는 최근의 보도는 나에게 문자 그대로 날벼락과 같은 충격이었다.

하지만 수도자들의 바람직한 정체성은 변함없는 우리의 희망이다.

(문화일보, 2001. 4. 25)

집장을 찾아서

바깥마당 가생이 멀찍이 있는 퇴비장엔 치쌓인 풀더미가 날로 높아 갔다. 어린 나의 눈엔 그 거대함이 마치 스핑크스와 같았다고 할까. 그 어마어마한 풀더미는 이 땅이 산업화로 오염되기 전이었으므로 다음 해의 농사를 위한 준비이기도 했지만 일 년에 단 한 번 그 시기에만 가능한 천하일미 집장을 담으려는 정갈스런 기초 작업이기도 했다. 초복을 지나 중복 전후하여 더위가 절정을 향해 치달을 무렵, 논두렁이나 시냇가 산기슭에는 온갖 잡초들이 기승을 부리며 길로 자라났다. 그러면 논을 매고 피를 뽑던 머슴들이 들로 산으로 흩어져 그 무성한 풀들을 쳐서 바지개로 무너질 듯이 져나르는 거였다. 풀더미가 아득히 하늘을 가리고 그 향기가 온 동네에 가득한 가운데 마당에 맷방석이 깔리고 반들반들한 항아리 앞에서 새로 푸새한 옷에 흰 수건까지 쓰고 분망한 어머니는 그 항아리만치나 단아하고 청결한 모습이었다. 준비된 온갖 재료가 일사천리로 항아리 속에 담아지면 대비한 하얀 광목이 그 항아리를 빈틈없이 챙챙 감았다. 그 위에 다시 마대로 싸고 또 싼 항아리는 후견인처럼 처음부터 끝까지 그 광경을 지켜보던 할아버지의 지시에 따라 머슴들에게 들리어져 치쌓인 풀두엄 속 깊이깊이 파묻히었다.

음식을 잘 만드는 사람을 두고 지푸라기라도 그 손안에 들어가면 녹을 거라는 말을 흔히들 해왔다. 내 어머니도 그런 칭송을 받아오던 분이었다. 밀가루 반죽하면 전복살이 되었고 실고추와 파 등의 고명이 화려한 간납의 맛은 내 혀끝에서 평생 퇴색할 줄 모르는 빛깔처럼 살아 있다. 그 청초하고도 꾸밈이 없는 단순성과 재료의 본질을 있는 그대로 만날 수 있게 해주는 진솔성이 충청도 사람들의 검박하고도 맑은 정신에 닿아 있는 듯한 내 어머니의 맛을 어찌 다 일일이 들 수 있을까. 그중에서 흔치 않은, 내 기억 속에서도 가장 오래되어 멀고도 먼, 그러면서도가 아니라 그렇기 때문에 더 오묘한 매력으로 집착하게 하는지도 모를 그 음식, 이름조차 저 기억의 아련한 창고에서 가까스로 더듬어낸 집장에 대한 이야기는 그렇게 시작된다. 이건 그 어느 요리책에서도 보지 못했고 심지어 사전을 뒤져보아도 찾을 길 없는 음식이다. 내가 그나마 기록하지 않는다면 영원히 잊혀지고 말지도 모르는 그 우리 고유의 음식에 대해 얼마간의 사명감까지 느끼며 이제부터 추적해 써보려 한다. 추적이라는 말을 쓰지 않을 수 없는 건 하늘과 땅

사이에 오직 유일한 그 맛과 절기와 그에 연관된 아름다운 풍경화를 간직하고 있을 뿐 내가 직접 그 음식을 담아본 체험은 고사하고 구체적 관심조차 없었던 때문이다. 그도 그럴 것이 그 무렵의 나에겐 음식이란 그냥 밥상 위에서나 젓가락으로 집어먹는 대상일 뿐이었으니 말이다. 집장과의 내 마지막 추억은 아마도 잘해야 중학교 시절 정도이지 싶다. 그러니 그렇게 된 게 내 나이가 어려서라기보다는 음식을 만드는 데에 대한 적극적 참여 정신이 없었기도 하지만 원래 부모님들로부터 떠받들려 자란 감이 없지 않았던 탓일 듯싶다. 하긴 그 무렵에 우리 집 부엌엔 내가 들어갈 만한 공간이 없을 만큼 사람들이 버글거린 편이긴 했다. 어머니보다 두 살 위인 할머니에, 대처에 살다 들어온 작은어머니에, 큰언니, 작은언니(사촌)까지 있는 데다 심부름하는 아이도 있었으니까.

할머니는 물론 어머니도 세상 뜨신 지 어언 십여 년…… 다행히 늘 어머니의 공간이라 할 부엌에서 조수처럼 성장해온 작은언니가 구세주처럼 떠올랐다. 온양 근교 모산에서 홀로 뜰에 화초를 가꾸며 간혹 김치와 고추장, 청국장 등의 손맛을 나누어 보내오곤 하던 팔순의 작은언니에게 전화를 넣었다. 받지 않는다. 일부러 저녁 느지감치 해도 마찬가지다. 내리 사흘을 그렇게 시간 소모를 하다가 원고 마감기일을 생각하니 안 되겠어서 혹시나 하는 기대로 호주에 사는 큰언니에게 국제전화를 걸어보았다. 기관지 확장증 진단이 내려져서 시달리고 있다는 그녀는 첫마디가 말을 많이 해서는 안 된다는 거였다. 안타까웠다.

불면 사라질 것 같은 미미한 김발처럼 느껴지는 음성임에도 나는 포기하지 못했다. 전화의 본색을 여지없이 드러내고야 말았지만 소득은 별무였다. 큰언니 역시 나처럼 밥상 위의 체험, 그 이상도 그 이하도 아니었다. 다음날 나는 또다시 작은언니의 전화번호를 눌렀다. 이러다가 진정 내 어머니 고유의 그 기막힌 솜씨를 끝내 놓쳐 버리는 게 아닌가 하는 초조감을 느끼면서. 영 묻혀버린다면…… 이건 나 개인만의 손실이라고 볼 수 없다. 우리나라 음식문화 전체의 문제라고 여겨질 때 그 만드는 과정과 자세한 방법을 기록해 놓아야 한다는 강박관념에 나는 서두르지 않을 수 없었다. 특히 이번 음식을 테마로 한 수필집에 꼭 들어가야 한다는 생각이 나의 마음을 급하게 했다. 하나 작은언니의 전화는 여전히 신호만 갈 뿐 달라진 게 없어서, 아마 여행을 떠났나 보다 짐작하며 그렇다면 이번 수필집에 올리는 건 어쩔 수 없이 포기해야 되겠구나 싶어져 힘없이 송수화기를 떨어트리려 할 때, 바로 그때, 저쪽에서 반응이 왔다. 허둥지둥 숨 가쁜 목소리는 생경했다. 상대는 이쪽의 신원부터 궁금해 했다. 알고 보니 대전에 사는 작은언니의 며느리다. 촌수를 따지자면 내게는 종질부가 되겠다. 원래 소통이 없다보니 잠시 어색한 인사말이 오갔다. 운 좋아서 통화가 되었단다. 작은언니는 공주의 의료원에서 3주에 걸친 무릎관절 수술 중이고, 본인이 모산에 나타난 건 고장 난 전기를 해결하기 위한 거였는데 임무를 마치고 막 대문 밖으로 사라지려던 참에 전화소리가 나서 되달려 들어왔다는 거였다. 알려준 핸드폰 번호를 누르니 작은언니의 음성은 뜻밖에 분망한 기색이었다.

"애야, 지금 내가 일층에서 이층병실로 옮기느라 보따리를 싸는 중이다."

왜, 하필 또…… 그럼에도 나는 단 한 마디라도 들어야겠어서, 착한 동생의 문병전화임을 포기하고 기어이 본색을 드러내지 않을 수 없었다. 집장 이야기를 꺼내자, "하도 오래전 일이라……" 하더니 "나 전화 끊어야겠다." 하는 게 아닌가. 다음날, 다 저물녘에서야 나는 다시 작은언니와 대화를 시작했다. 어제 너무 서두른 데 대해 미안해하는 마음부터 전하자, "네 눈에 여기가 보였겠냐?" 성격대로 언니의 대답은 시원했다. 자초지종 병세와 수술결과에 관한 이야기부터 실타래처럼 솔솔 풀고 나서, 집장 이야기는 밤사이 오랜 기억을 충분히 살려놓은 듯 언니 쪽에서 자연스럽게 꺼내왔다. "먼저 지룩하게 쪄낸 찹쌀밥에다 미리 준비해놓은 재료를 버무리는 거지, 그 재료라는 게 뭐냐하면, 적당량의 곱게 빻은 메주가루와 엿기름과 고춧가루야. 이 중에 어느 것 한 가지도 빠져서는 안 된다. 안 되고말고, 하지만서도 더 빠져서는 안 될 것이 있어, 다른 거 다 잘 챙겨두 그걸 챙기지 못하면 헛일여, 헛일…… 이만하면 알아듣것지, 그게 뭔지…… 다름 아닌 바로 너의 정성이라는 거다. 알았지? 그러니께 처음부터 끝까지 정성스럽게 하라는 거지. 그렇게 정성스럽게 잘 버무린 찹쌀밥을 말그러지게 씻어놓은 항아리에 담는데, 몇 가지 야채가 들어간다. 계절 야채지, 오이, 가지, 고추 정돈데, 그걸 앞서 잘 버무려 논 찹쌀밥과 켜켜로 번갈아 얹으면 그만이야. 아차 간이 빠졌구나, 간은 천일염이면 돼."

"가무스름한 빛깔로 볼 때 간장도 좀 치지 않았을까?"

"내가 소금바가지 심부름한 건 분명한데 간장은 기억에 없구나. 하지만 그렇게도 해보면 저절로 알게 될 테지."

"두엄 속에서 익히는 시간은 얼마쯤 되우?"

"시간이라고? 족히 달포는 되지…… 산으로 들로 되 걸어갈 것 같던 퇴비장 풀잎들이 푹푹 삶아져서 시커멓게 발효되어 문드러져야 하니까."

"삶아진다고?"

"그럼, 떡시루처럼 두엄 위로 김이 무럭무럭 오른단다."

"그렇담 그 풀 썩은 액체가 항아리 속으로 스미지 않을까? 비닐도 없던 그 시절에……"

"천만에 말씀, 보송보송하단다, 막 파낸 항아리엔 근접을 못해유, 살 갗이 묻어나게 뜨겁거든."

"아, 그래서 그 맛이 은은하게 잘 고운 조청맛이 돌았나?"

"조청이라고? 농익은 연시맛이지."

작은언니의 침 넘어가는 소리까지 전파는 지척인 듯 전해주었다. 퇴비장 주위로 모여든 동네 사람들에게 그릇을 가져오게 하여 고루 나눠주던 일과 심지어 집장 담글 때 아예 몇 집의 항아리를 함께 묻어주기까지 한 푸근한 인심, 또 시집가서 들은 얘긴데 거기 어딘가에서는 귀한 찹쌀 말고 밀이나 보리로 담근다는 얘기도 들었다는 둥, 작은언니

의 이야기는 오랜 설화를 들려주는 듯 아득하면서도 끝날 줄을 모르게
술술 풀려나왔다. 이야기를 들어 갈수록 나는 내 어머니 손맛의 그 신
비스런 집장이라는 음식을 나의 생애에 단 한 번만이라도 꼭 직접 담
아 보고 싶다는 욕망을 뜨겁게, 뜨겁게 느껴가는 거였다.

(이대동창문인회 연간 수필집, 2008. 8)

딸의 짐 속에서 불거져 나온 나

해외 연수를 떠나는 딸의 준비물을 챙기는 일주일 남짓한 동안을 나는 감상에 흠씬 젖어 지냈다.

그 애가 좋아하는 음식을 만들면서, 혹은 창문 너머로 곱게 물든 노을을 바라보면서, 처음으로 혼자 집밖 멀리 떠나보내는 것이어서인지 자꾸 콧날이 시큰하게 절여들곤 하는 것이다. 그 애의 성장 과정에 화사한 보너스를 주듯 신바람이 나서 시작한 일인데 왜 이다지 변덕을 부리는 것인가. 출발 일정이 다가올수록 나의 감정은 미묘한 방향으로 꼬리를 저으며 나를 앞질러 가는 거였다. 짧으면 6개월, 길어봤자 1년 정도의 이별임에도.

장마 중에 다행히 해가 들어 사용하던 침구를 깨끗이 빨아 차곡차곡 싸 나가던 나의 손길은 그만 나도 모르게 힘을 잃고 파르르 떨렸다.

산 설고 물 선 수륙 수만 리의 미국이라는 생소한 나라에 도착한 그 애가 이 친근한 이불을 보는 순간 그 옛날의 나처럼 눈물을 떨구지나 않을까, 그리움이 슬픔을 이끌어내고, 그 슬픔을 삭이기에 벅차 쩔쩔매게 되지나 않을까 싶어지자 가슴이 메어오는 것이 아닌가.

아득히 오래전 내가 서울이라는 곳에 홀로 올라와 대학에 입학하여, 신촌역사로 가서, 고향에서 부쳐온 이불 보퉁이를 찾던 일이 바로 어제인 듯이 눈앞으로 펼쳐 왔다. 온통 시커먼 인상의 수하물 창고에서 튀어나온 불그무레한 이불 보퉁이가 준 충격을 나는 아직도 잊을 수가 없다. 그 보퉁이에 박힌 손바닥만큼씩 한 모란꽃 무늬의 촌스러움이 나의 온몸에 소름이 쫙 끼치게 만들지 않았던가.

당시 화려하기로 소문난 E여대의 세련된 서구적 분위기에서, 이질감을 삭이기 힘겨웠던 나는 차라리 그 촌스런 이불 보퉁이를 도로 기차에 싣고, 그만 고향으로 내려가고픈 심정이었다.

소름처럼 온몸을 자극해온 감정에는 창피함이 우선했지만, 창피함 이상으로 강렬하게 와 닿은 것은 서러움이었고, 그 서러움은 마치 의붓자식이 느끼는 콤플렉스와 같은 것이 아니었을까. 예나 지금이나 의붓자식처럼 버려진 농촌에 비해 눈부시게 현란한 서울로 공부를 해보겠다고 기어이 상경한 나는 그 두고 온 농촌을 대표해서, 억울함과 서러움을 감당하기라도 하는 듯, 물통처럼 출렁이는 가슴속의 걷잡을 수 없는 감정을 혼자서 삭이기에 내내 그 얼마나 버거웠던가.

이제 내가 공을 들여 깨끗이 빨고, 햇빛에 바삭바삭 소리가 날 만큼 잘 말려서, 되도록 부피를 줄이려 옹골지게 싸주는 자기 이불을, 미국이라는 세계 최강의 거대 국가 속에 가서 짐을 풀어 마주하게 될 때, 내 딸은 과연 어떤 느낌을 받게 될까. 나의 마음이 착잡해지면서 그 애가 한없이 안쓰러워져 왔다. 콧날이 절여들기 시작한 것이 그 이후부터이다. 그리고는 비로소 나를 그저 덤덤하게 떠나보내시던 내 부모님의 마음속을 헤아릴 듯싶어 이제야 가슴이 둔중하게 아려오는 것이었다.

유치하도록 야한 꽃무늬의 그 촌스러운 이불 보퉁이는 그때 나에게 단순한 이불 보퉁이로만 존재를 드러낸 것이 아니었다. 그 이불을 마주 잡고 한 땀 두 땀 꿰매주신 할머니와 어머니의 모습과 새벽 어스름에 30리 바깥 기차역까지 이불 보퉁이를 짊어진 머슴을 앞세우고 굳이 배웅을 해주신 인자한 아버지의 자태가 떠오르며, 반가우면서도 외면하고 싶도록 초라하고 측은한 모양새의 그 이불 보퉁이가, 그냥 내 어머니, 할머니, 아버지로 다가오지 않았던가. 그것은 바로 다름 아닌 나의 숨길 수 없는 자화상이었던 것이다.

교실 4칸짜리의 작은 시골 초등학교에서 공부를 좀 잘했다고 해서, 입을 것 먹을 것 줄여가며 남의 비웃음까지 받으면서 딸자식의 뒤를 끝까지 밀어준 나의 부모님들은 어리석을 만큼 너무도 순수한 분들이었다.

이제 부모 입장이 된 나 자신을 돌이켜 보면 볼수록 내 부모님들은 감탄할 만큼 머리가 숙여지는 분들이라고 여겨진다. 딸이 출발하는 그 당일에 벌어진 일 한 가지만 생각해도 요즘 잘났다고 하는 부모들에 비해 월등하게 생각이 깊은 분들임을 알 만하다. 단 하나의 외출용 핸드백을 넣으면서 딸은 영락없는 망태 그대로인 여름 가방을 고르는 것이 아닌가. 그것이 너무 크다는 이유를 조심스레 붙여 좀 더 여성스런 것을 택하라고 나는 권했다.

그러나 그 애는 오직 그것만이 마음에 든다고 했다. 나는 더 우겨 보아도 되지 않으니까, 끝내 목청까지 높이고야 말았다. 나의 의견에 대한 고집이라기보다는 자식에 대한 욕심이 나를 이토록 추하게까지 만드는구나 싶었지만, 때는 이미 늦어 있었다. 그 애는 어이가 없는지 묵묵히 있었다. 나는 다른 아담한 것을 하나 더 넣어주는 조건으로 그 망태를 허용했다. 그리고 나서 나는 나의 부모님들을 생각했다. 그분들 같으면 어찌 하셨을까.

나에게 온갖 정성과 전폭적인 신뢰를 보냈던 그분들은 늘 모든 것을 긍정하는 미소만을 나에게 남겨주지 않았던가. 그 얼마나 어질고 지혜로운 방법인가. 그럼에도 철없던 청년기의 나는 대도회의 현란함 속에서 첩첩산중의 나리꽃처럼 티 없는 내 부모님의 모습을 도리어 부끄럽게 여겼음에랴. 하물며 나처럼 부족한 어미의 모습을 푸르디 푸른 나의 딸은 어떻게 회상할는지 두렵다. 그 애 역시 나처럼 머나 먼 낯선 대륙에 당도하여 이불보퉁이를 대하는 순간 가슴에 물통처럼 출렁거리는 소리를 듣게 될까. 그 애가 느끼는 스스로의 자화상은 과연 어떤 것일까.

(삼성, 1996. 8)

사랑의 심지

내가 살고자 했던 시간의 거의 배나 되는 시간을 살아온 이즈음, 그 변화무쌍한 우여곡절의 세월을 통과해 오는 동안 끝까지 나를 잡아준 건 엄마라고 생각됩니다. 어릴 때, 그러니까 내가 말을 알아듣고, 그 의미를 씹을 수 있을 무렵 쯤이었을 듯 싶습니다. 넌 어떻게 마루 끝에 놓아도 고대로 있는거냐, 아그(아기)들은 엄마가 손을 놓기도 전에 꽝당하는 법인디. 엄마의 그 말이 나는 기분 좋았습니다. 아직도 내 귓속엔 그런 기분 좋은 말이 더 있습니다. 넌 아주 입이 무거운 애여, 너 있는 디선 상감님 흉두 볼 수 있으니께. 나는 빙그레 웃었을 것입니다. 엄마가 상감님 흉이라고 한 표현은 할아버지에 대한 불만을 의미하는 것쯤 이심전심이었기 때문입니다.

기나 긴 한 평생을 그런대로 살아낼 수 있었던 건 일찌기 그렇게 엄마와의 사이에 다져진 신뢰가 촛불의 심지처럼 나의 내면을 확고하게 형성해준 덕분이었다는 걸 깨닫습니다. 세상에 태어나 맨 첫번째 인간관계에서 나는 아주 괜찮은 사람을 만난 것이지요.

편안한 마음으로 콧노래까지 흥얼거리며 아늑한 일방통행 골목을 순조롭게 차를 몰고 나가다 별안간 전방에 역으로 과속질주 해오는 다른 차를 발견했을 때, 그 순간의 경악감. 그러나 경악감을 느낄 새도 없습니다. 곧 차는 번개처럼 부딪힐 것이고, 속력만큼이나 차체는 무섭게 산산조각이 나겠지요. 교통법규위반은 어느 쪽이 저질렀는지 모릅니다. 내 생각으론 피해자는 언제나 나였습니다. 상대방도 같은 생각이었겠지요. 미리 전혀 예견하지 못했던 거여서 위기일발의 순간은 늘 아슬아슬 했습니다.

낯선 환경, 낯선 사람과의 적응과정은 언제나 그처럼 느닷없고, 엉뚱하고, 억울해서, 절절매게 마련입니다.

학업을 위해 아무도 모르는 생소한 도시의 기숙사에서 도난사건이 발생했을 때, 가장 불리한 건 신입생이지만 소녀는 의연할 수 있었습니다. 고초당초 맵다는 시집살이에서 아오리 사과 때문에 가슴이 아팠던 기억. 당시 국내에 출시된 지 얼마 안되어 선호도가 높은 그 품종으로 친정에서는 선물을 보내왔건만 기호가 판이한 시댁에서는 완전 냉바람이었다고 할까요. 첫 수확의 우량품으로만 골라담았을 부모님을 생각하며 새새댁은 고개를 떨구는 것으로 그 순간을 넘길 수 있었습니다.

하루하루 다가오는 일상에서 그런 사사로운 갈등은 수없이 겪게 되는 것이지만, 마음 깊이 들어 있는 엄마가 심어준 사랑의 심지는 다름 아닌 아주 굉장한 함량의 면역성이었다는 생각이 듭니다. 작은 일에 감탄해 주고, 대륙이라도 발견한듯이 기뻐해주며 철통같이 믿어 줄 수 있었다는 건 엄마가 나를 하나의 인격체로 존중했기 때문입니다. 그 과정에서 나도 내 자신에 대해 꽤 괜찮은가 보다 싶어지며, 삶의 방향을 터득해 나가고, 스스로에 대한 믿음이 생기며, 나름 자신감도 조금씩은 얻을 수 있지 않았을까요. "상대가 다른 행성에서 온 사람처럼 당신과 다르다는 걸 알게 될 때 상대를 변화시키려 애쓰는 대신 그 차이를 받아들이면 더불어 잘 지낼 수 있을거라"는 인간관계 전문가 존 그레이의 말도 사랑의 심지 안에서 더 이해가 쉬워집니다. 그 차이를 받아들인다는 것은 서로가 다른 점을 존중해주는 것이 되겠지요. 그러면 나와 다른 그 행성을 이해하는 것이 될 테고, 이해한다는 것은 곧 자신의 세계가 그만큼 더 열려졌음을 의미할 것입니다.

자신의 잣대만 고집하는 사람은 캄캄한 감옥에 갇힌 거나 다름없습니다. 마음의 문을 연 만큼 세상의 아름다움은 다가올 것입니다.

(가톨릭 서울주보, 2000. 9. 10)

그 여름의 태풍

삼 년여에 걸쳐 완성한 신축교회의 축성식을 마치자 사목위원들은 주임신부님을 모시고 바다낚시를 떠났다.

단합이니 친목이니 하는 낱말이 걸린 공식적 야유회가 아니었으니 무슨무슨 피정이라는 가톨릭 특유의 표제 같은 건 물론 붙지 않았다. 그냥 파란 하늘 저 너머 하얗게 피어오르는 구름을 잡으러 가는 소년들처럼 그들은 해맑은 표정으로 신바람을 일으키며 떠났다. 목적지가 무인도여서 걸리버를 상상하지 않을 수 없었던 때문일까. 아예 걸리버가 된 것 같은 얼굴들이었다. 하긴 대절한 배가 어떤 사정에 의해서, 혹은 사정여하를 막론하고 인간의 불완전성에 의해 깜빡 약속 날짜에 데리러 와주지 않는다면…… 실제로 그런 일이 왕왕 있다는 걸 들은 바여서 그들은 더 오싹하는 아슬아슬함에 겨드랑이가 간질간질했을 법.

암암리에 조이게 되어 있는 그날이 그날 같은 일상에서 잠시나마 떠나본다는 설렘이 그처럼 커다란 파문을 일으킬 줄이야……

고기를 얼마나 낚아올지는 모르지만 떠나는 사람들 못지않게 남아 있는 가족들이나 신자들의 마음 또한 그들이 일으킨 파문의 여파로 아라비안나이트의 요술담요에라도 오른 듯 두둥실 들떠 있었다. 평소 스스로도 모를 무의식 속에 웅크려 엎드리고 있던 모험심과 낭만에 대한 열망이 그토록 강렬하리라고는 아마 아무도 상상하지 못했을 터. 그 강렬한 열망이 현실과 접점하는 순간 일은 실제로 벌어지고야 말았다.

핸드폰도 없던 그 꿈같은 시절, 덕지덕지 몸을 휘감은 문명의 그물을 홀가분하게 벗어던지고 그들이 무인도로 잠적한 그날 밤, 뜻밖에 엄청난 태풍이 휘몰아쳐 온 것이다. 일기예보에도 없던 이변이었다. 태풍의 눈이 급조된 때문인지, 그 태풍에는 이름조차 붙을 새가 없었던 듯싶다. 어디선가 문짝들이 메부쳐 요란한 소리를 내고 나무들이 사납게 흔들리며 꺾여져 떨어져 나가는 듯했다. 허술한 광고판이라도 떨어져 뒹구는지 세상이 발칵 뒤집어지는 것만 같았다.

창문을 열고 밤새 기습한 폭풍우의 기세를 확인한 나는 낚시 떠난 사람들이 걱정되었다. 그들이 새벽같이 서둘러 떠나간 그 오후부터 바람이 일면서 구름이 몰려들기 시작했지만 대수롭지 않게 넘기려 했는데, 기어이 뒤통수를 맞은 느낌이었다. 당시엔 자주 어긋나는 것이 예사였던 일기예보였지만 그래도 일주일 전부터 가장 신경을 써온 것이 날씨였건만 내가 특별히 더 마음을 조이는 데엔 이유가 있었다. 새 영세자의 꼭지도 떨어지기 전에 사목위원회의 기획분과 위원직을 갓 맡은 남편이 그 낚시여행의 리더격이었기 때문이다. 제5공화국 초기, 해직 칼바람에 직장을 잃은 남편은 전국의 산으로 바다로 발길 닿는 대로 헤매 다니던 무렵이어서, 이제 겨우 낚싯바늘을 꿸 줄 아는 정도의 경험이 있다는 이유였다.

그만큼 그 낚시 일행은 거의가 낚싯바늘조차 구경하지 못한 문외한들이라는 것이 입증되는 이야기였다. 남편은 지인들을 따라 이번 행선지인 목섬에 서너 번 다녀온 듯싶다. 그때마다 씨알이 좋은 감성돔을 가져오곤 했었다. 목섬은 전남 여수에서 거문도행 여객선을 타고 당시로는 두어 시간 가까이 가다가 나로도에서 하선하여 대절할 배를 구해야 한다고 들었다. 거기서는 배로 삼십 분 정도 걸리는 거리지만 정규 노선의 여객선이 닿을 리 없기 때문에 개인적으로 배를 대절해야만 갈 수 있는 무인도여서 선주를 잘 만나야 한다는 말에 힘을 주었다. 거기에 변수가 숨어 있는 것이다.

어차피 뱃삯은 선불이라 했다. 어떤 사람들은 선주가 약속을 지키지 않아 막막한 무인도에서 낚싯밥으로 연명을 했다고도 하고, 어쩌다 지나가는 배를 향해 옷을 벗어 휘두르거나 봉홧불을 올리어 구사일생으로 돌아올 수 있었다는 얘기도 들린다. 그만큼 위험이 따른다면 그 근처에 얼씬도 말아야 하는데 그와 역행하는 것이 인간심리인가 보다. 역행이든 직행이든 일기는 좋은 걸 기본으로 하는 소리가 아닌가.

방송에서는 전국 해역의 뱃길은 모두 끊기었으며, 출어를 전면 금지한다는 속보만이 지속적으로 나오고 있었다.

태풍이 언제쯤 걷힐 것인지…… 불확실한 일기예보를 믿을 수도 없고…… 비상식량을 얼마나 준비했는지……. 손에 쥔 확실한 정보는 아무것도 없는 터라 나는 무작정 귀동냥한 여수의 낚시점 전화번호를 수소문하여 가까스로 연결이 되었다. 그러나 거기서 얻어낼 수 있는 정보는 일행들이 자기 점포에서 필요한 도구와 미끼 등을 구입했다는 것과 어제 오후에 섬으로 들어간다는 말을 들었다는 정도가 전부였다.

답답한 나머지 나는 그 멀고도 까탈스러운 목섬이라는 곳으로 애당초 남편을 안내해 주었던 지인을 원망하다가 내친 김에 그에게 전화를 넣어보았다. 혹 떼러 갔다가 혹 붙인 꼴이 되었다. 그는 깜짝 놀라며 펄쩍펄쩍 뛰었다.

"거긴 특수한 지형입니다. 쥐도 새도 모르게 파도에 휩쓸리게 되어 있어요. 바다가 눈앞에만 있는 것 같지만 얕보았다가는 큰코다칩니다. 파도가 전방위에서 달려드는 곳이니까. 더군다나 이런 날씨엔…… 초심자 터수에……."

심장이 멎는 듯한 공포에 나는 부들부들 떨었다. 주임신부님만 모시지 않았어도…….

조용히 시간이 흐르기를 기다리다가 저녁 미사 때 성당으로 향했다. 성당엔 아무런 이상기류가 보이지 않았다. 평온하였다. 모든 신자들의 아버지라고 할 수 있는 주임신부님이 모처럼 바다낚시를 떠나자 바로 태풍이 몰아쳐 왔건만 아무에게서도 염려하는 기색을 느낄 수가 없었다.

나는 주위를 살펴보았다. 미사가 끝나자 미친 듯한 비바람 속으로 우산과 씨름을 하며 돌아가기 바쁜 모습들이었다. 드디어 내가 찾고 있던 대상이 시야로 들어오자 나는 부리나케 달려갔다. 연만하신 주임신부님의 어머니는 밝게 웃으며 반겨주었다.

"걱정되시죠? 날씨가 이래서요." 나는 큰 죄라도 지은 심정으로 위로를 드리려 조심스레 말을 건넸다. 그분은 머리를 가로저었다.

"아무 걱정 안 해요. 사목위원님들하고 가셨는데요, 뭐." 정말 염려하는 빛이라곤 씨알만큼도 느낄 수 없는 화사한 안색이었다. 돌아 나오면서 그분의 자세에 비해 나의 모습이 경망스러워 부끄러웠다. 성직자니까 당연히 절대자인 하느님께 의탁하려니 했던 기대와 달리 사목위원들에 대한 신뢰를 보여주는 데에 가슴이 뭉클해왔다. "그렇지, 하느님은 사람과 사람 사이에 존재하신다고 했지."

태풍이 걷히고 예정했던 대로 사흘째 되던 날 밤늦게 남편은 무사히 귀가했다. 낚시 여행의 일행들이 목섬에서 찍었다는 사진을 이십여 년이 흘러간 지금도 나는 오래 들여다보곤 한다. 그들은 모두 비바람에 떨어져 섬 전체를 덮다시피 했다는 동백꽃만큼이나 화려하도록 행복해 보였다. 고기를 단 한 마리도 잡지 못했지만 그들은 무언가 더 소중한 보물을 얻은 것만 같은 빛들이었다.

돌이켜보면, 내 생애에서 세례를 받은 그 시절만큼 좋은 의미의 태풍을 맞이해본 적도 없는 듯하다.

(레지오 마리애, 2006. 7)

나의 보물 1호

나는 되도록 특정한 물건에 대해서 유별난 애착을 갖지 않기로 노력하고 있다. 지나친 관심 속에는 애, 증이 공존되어 나를 편안하지 못하게 할 뿐만 아니라, 대상 자체나 주위에 본의 아닌 피해를 끼칠 우려마저 있는 때문이다. 그래서 우리 집에는 특별한 수집품 같은 것이 있지도 않을 뿐더러 보물급으로 지정하여 그 앞에서 벌벌 길 정도의 물건 또한 없다.

우연히, 또는 필요에 의해서 기왕에 나의 주변에 모아진 물건들에 대하여는 나는 되도록 원만하게 거느려 보려는 자세를 취하는 편이다. 늘아름다움을 유지할 수 있는 사물 사이의 거리를 생각하면서…… 부담없는 애정을 언제까지나 잃지 않을 인간관계를 모색하듯이…….

3년 전쯤, 고향 집에 내려갔을 때다. 근대화 바람으로 동네 자체가 너무 많이 변모되어 내 어릴 때의 추억을 찾아 차라리 광 속이나 다락방 같은 곳을 기웃거려 보았었다. 그때 다락방 바닥에 아무렇게나 뒹굴어 있는 조그만 물건들이 나의 시선을 긴장시켜 왔다.

어머니의 말씀에 따르면 담배함과 물을 떠 마시는 표주박이라는 것이었다. 대과(大科)에 장원급제하여 통정대부(通政大夫)를 지내신 나의 5대조 할아버지의 유품이었다. 흙먼지 속에 폐물이 다 된 그것들을 조심스럽게 닦아 보았다. 무쇠 통으로만 보이던 담배함에 고운 문양이 드러나기 시작했다. 섬세하고 정교하게 파 넣은 은상감 박쥐와 완자무늬였다.

두 개의 표주박 중에 하나는 나무열매로 단순하게 만들어진 것이었으나 다른 하나는 구리로 되어 안팎에 옻칠과 주칠의 흔적이 있고, 안쪽 바닥에 금박물이 황홀하게 노출되어 나왔다. 그곳에는 달과 구름과 파도와 잉어 두 마리가 새겨져 있고, 바깥쪽 가에도 역시 금박물로 당초문양이 둘리어 있다. 변색을 모르는 금, 은 무늬에서 약 2세기 저편의 선조의 숨결을 나는 듣곤 한다. 그리고 그 숨결 속에서 그분의 고독과 그 고독을 다스렸을 의지를 만나기 위하여 나는 이 물건들을 자주 만져 보곤 하나 보다.

(여원, 1975)

내 마음속 수호천사

    세상을 눈부신 환희로 가득 채웠던 온갖 꽃들이 시들어 떨어지며, 막 신록의 계절로 접어드는 무렵이었다. 봄이 이울고 여름으로 넘어가는 길목…… 비가 억수로 퍼부었다. 절기가 무색하게 찬 비였다. 사나운 비바람에 맥 못 추는 찢어진 비닐우산을 받쳐 든 나는 그 우산만큼이나 초라한 꼬락서니로 한 생소한 건물 앞을 배회하고 있었다. 생전 들어보지도 못했던 낯선 장소이며, 기다리는 대상 또한 생면부지의 인물이었다. 하룻밤 새, 뇌성벽력과도 같이 몰아닥친 어둠의 볼모가 되어 버린 식구를 구해 보려 발을 동동 구르던 안타까웠던 시기의 일이다. 새로운 집권자로 부상한 신군부와 연줄이 닿는다는 그 애매모호한 지인을 끝내 만나지 못한 채 물에 빠진 생쥐 모양 비에 젖어 아슬아슬하게 통행금지 직전에서야 겨우 귀가한 나는 무엇보다도 혼자 달랑 남은 미취학의 어린 딸애가 걱정스러워 허둥거렸다.

아파트 경비원 말로는 얼마 전까지 엄마를 기다린다고 빗줄기가 들이치는 경비실 앞에 서 있어서, 춥다고 안으로 들어오라고 해도 요지부동이더라고 했다. 어린것이 얼마나 당황하고 외로웠을까 하는 마음이 들자 가슴이 저리어 오며 목구멍까지 울음이 차올라오는 걸 겨우 참고 집안으로 들어서니 냉바람이 휭 돌았다. 아이는 보이지 않았다. 어느 구석에 쓰러져 꼬부리고 잠이 들었을까 싶어 방마다 문을 열고 샅샅이 살펴보았으나 집안은 텅 비어 있었다. 불길한 예감에 비에 젖은 옷조차 갈아입지 못한 채 나는 밖으로 되 뛰쳐 나섰다.

자정이 넘은 아파트 주위는 그새 더 거세진 빗줄기만이 사정없이 후려쳐 내릴 뿐, 외등조차 맥을 못 추고 가물거리고 있었다. 비바람에 몸부림치는 나무들 사이사이를 혹시나 하는 심정으로 훑어보았으나 아무것도 눈에 띄는 건 없었다. 미칠 것만 같았다. 딸애의 친구들이 떠올랐으나 한밤중에 여기저기 전화를 걸어 볼 수도 없는 노릇.

새벽부터 밤중까지 소재지를 알 길 없는 바깥식구의 행방을 수소문하느라 천방지축으로 헤매다가 딸애마저 보호를 못한 셈이니 그때처럼 스스로를 자책해 본 적이 또 있을까. 발등을 찍고 싶다는 표현만으로는 부족했다. 바보 같은 머리통을 그만 깨부수고 싶었다.

하늘이 무너져 내리는 듯한 절망감에 눈앞이 캄캄했으나 딸애의 안위를 생각하면 단 일 초도 허송할 수 없다는 생각에 나는 빗속으로 뛰어들었다. 내가 아파트 단지 뒷문으로 들어왔으니, 혹 정문 쪽에서 어린것이 눈이 빠져라 하고 명색이 엄마라는 이 미련스런 존재를 기다리고 있는 건 아닐까 하는 한 가닥 요행을 바라며 거기도 없으면 그땐 어쩌나, 어쩌나 하면서……. 바로 그 순간이었다. 등 뒤에서 누구인지 분명치 않게 부르는 소리가 났다. 돌아보았을 때 어두운 복도 난간에서 상체를 구부리고 손짓을 해대는 모습이 희끗하게 시야로 들어왔다. 거센 빗줄기 소리에 무슨 말을 하는지는 제대로 전달이 안 되었지만 바로 이웃집에 사는 딸애 친구 세영이 엄마라는 건 알 수 있었다.

"경화가요, 글쎄. 경비실 앞에서 달달 떨면서 서 있더라고요. 엄마 기다린다고 절대로 안 뜨려고 하는 걸 그냥 두었다가는 감기 걸리기 십상이겠어서……"

딸애는 세영이와 나란히 쌔근쌔근 잠이 들어 있었다. 땟국 흔적이 지도처럼 얼룩져 있는 경화의 천진한 얼굴을 보자 나는 그 며칠 새 내 방심의 증거 같아 마음이 아팠다.

상냥한 세영 엄마는 내가 미처 어쩔 새도 주지 않고 선뜻 아이를 들어 안고는 우리 집을 향해 앞서 나가는 것이 아닌가. 아이들을 보면 하도 예뻐 안아주지 않을 수가 없다는 사랑 많은 그녀는 유아원 원장이어서 평소 나에게 늘 어깨가 아프다고 호소해 온 사람이라 내가 더욱 뜨겁게 감격했을까. 불이익이 두려워 시대의 바람을 타는 우리 같은 부류를 못 본 체 스쳐 버리는 것이 당시의 보편화된 인심이어서, 나는 그 흔한 고맙다는 인사말조차 제대로 할 수 없었는지도 모른다.

부조리한 세상이 조금씩이라도 더 밝아지고 따스해지고 평화로워지리라는 내일에 대한 희망을 나는 가장 힘들었던 그 시기에 세영 엄마에게서 확실하게 얻어낼 수 있었다.

수호천사는 우리가 볼 수 없는 아득히 먼 곳에 있는 것이 아니었다. 사람마다 각자 자신의 내면에 분명 다른 이를 위한 수호천사의 씨앗을 가지고 있다고 나는 말하고 싶다. 그러니까, 누구라도 그 어느 곳에서건 세영이 엄마가 될 수만 있다면…… 우리가 가장 바라는 꿈의 세상이란 바로 그런 것이 아닐까.

(참 소중한 당신, 2006. 2)

인정스런 느림 속에 평화와 행복이

내 고향 잔실에서는 여름밤을 대체로 마당에서들 지냈다. 종일 물에 빠진 사람들처럼 푹푹 찌는 더위에 갇혀 농사일에 쫓긴 그들이 잠시나마 어깨의 짐을 부리고 해방감을 맛보기에는 답답한 방구석보다는 시원한 바람이 부는 마당이 자연스러운 선택이었으리라. 아예 저녁밥도 거기서 먹고, 잠도 거기서 자는 사람들이 많았으니까.

우리 집은 초저녁에 잠깐 동안만 마당에 나 앉곤 했다. 보송한 밀짚자리에 누워서 보는 모기장 속 같은 달밤의 푸르름과 쏟아질 듯한 별들이 더 또렷해지는 그믐밤의 기억이 아직도 생생하다. 특히 하늘 한복판으로 깃털처럼 사르르 끝 간 데 모르게 아득히 가르마를 타 가던 은하수의 신비스러움은 불행히도 지금은 볼 수 없게 되었지만 내 가슴 안에서는 환경에 대한 열망만큼 확실하게 흘러가고 있다. 그렇게 자연 속에서,

자연의 일부로 몰아경에 빠져 있던 나의 귀를 스쳐오던 부드러운 말소리. "으르신, 진지 잡수셨시유우?" 동네의 연장자에 속할 뿐만 아니라, 박학다식하여, 어른 아이 할 것없이 존경과 신망을 한몸에 받고 있던 할아버지는 가족들에게는 "진지 잡수시어유우"라는 표현보다는 "진지 이으쮜유우(여쮜유)"를 권해오고 있었지만, 어둠 속에 희미하게 서 있는 동네청년의 인사말에는 반기는 기색으로 응수하는 거였다. "으음, 자네두 들었나아?" "야아" "논은 다아 매구우?" "으림 읎는디유우, 피가 지천이래서유우"

그 먼 내 어린 날의 한 조각 단상이 더 없는 그리움으로 와 닿는 건 충청도 사투리의 인정스런 느림 속에 평화와 행복이 흠씬 묻어 있기 때문이라 여겨진다.

(문학의 집 · 서울, 2009. 10. 7)

푸새

"얼릉 푸새버텀 해야는디"

밀려오는 일에 쫓기어 늘 종종걸음을 쳐야 했던 어머니와 할머니의 말씀이 아직도 귀에 들려오는 것만 같다. 농번기에 일꾼들 밥 내가랴, 참 챙기랴, 정신없이 돌아가는 틈새에 해 넌 빨래도 풀을 먹여야 했다. 풀 먹인 빨래는 햇살이 좋아야 향기롭게 말랐다. 빨래에 풀을 먹이는 일을 푸새라고 했는데, 그 어감 자체에 잘 된 빨래의 내음이 그윽하다.

손수 목화 심고, 누에 쳐서, 길쌈을 하는 데도 자아낸 실에 푸새가 잘 되어야 바디질이 순조로웠다. 그렇게 공들여 짜낸 무명이나 명주, 삼베, 모시 등을 가위질해 식구들의 옷을 지어 입히고, 때가 타기 무섭게 빨고, 삶고, 말리어 푸새하고, 다리미질하고, 홍두깨에 말아 쇳소리가 나도록 밤새껏 다듬이질도 하고, 섬세한 옷솔기는 빨 때마다 매번 뜯어

다시 꿰매야 했던 우리 어머니 할머니들은 위대하시다.

　푹푹 찌는 더위가 가까스로 좀 수그러든 여름 밤, 둘러친 산들이 수묵화처럼 어둠 속에 깊숙이 젖어들 무렵, 할아버지는 바깥마당에 밀짚 자리를 펴고 사서삼경을 좔좔 암송하고, 할머니와 어머니는 마른 빨래를 풀섶에 널어 이슬을 받으며 다리미질을 하고 있었다. 아직 세상 걱정 몰랐던 어린 나의 눈엔 하늘에서 긴 줄을 그으며 떨어져 내린 별똥별이 그 다리미 속에 모여 반짝이는 것처럼 보였다. 내 기억 속의 할머니와 어머니는 언제나 그렇게 밤늦도록까지 일을 하고 또 했다. 21세기 찬란한 문명을 누리고 있는 우리는 내 할머니와 어머니가 헤어나지 못하던 그 하 많은 일들을 거의 하지 않거나, 쉽게 처리해 버린다. 물론 옷이나 홑청에 풀을 먹이는 시대도 사라졌고 푸새라는 말 또한 아득해져 가고 있다. 아무래도 시들부들해진 성싶은 우리의 속을 빳빳하게 푸새를 해야 할 것 같은 생각이 든다. 한데, 왜 이다지 허둥지둥 바쁜지……

(문학의 집 · 서울 우리말 우리글, 2008. 10. 13)

먹물

고등학교 일학년 때였다.

여름방학이 막 끝나고 첫 번째로 맞는 운동장 조회시간.

교장 선생님과 몇 선생님들의 인사말과 금과옥조 같은 훈화가 지나간 다음이었다.

당시 국어 교사셨던 시인 한성기 선생님이 문예작품 감상이 있겠다고 한 끝에 학생 하나를 호명했다.

호명된 그 이름이 바로 나였다.

너무나 뜻밖의 일이라 나는 속으로

'왜 부르지?'

하는 의문을 가진 채, 앞으로 나갔다.

선생님이 들고 있던 얄팍한 원고지철을 나에게 건넸다.

'아니, 이건?'

그건 내가 방학숙제로 써낸 「장마일기」라는 원고였다.

아마도 그 순간 나의 얼굴은 분홍빛이었으리라.

교정에 피어있는 패랭이꽃을 보는 순간 같은 가벼운 환희가 내 몸을 관통해 흘러가는 걸 느꼈기 때문이다.

설레는 가슴을 자제하면서 나는 침착하게 조회대의 계단을 올라갔다. 계단은 왜 그리 끝이 없으며, 조회대는 또 왜 그다지 높던지…… 마침내 조회대 위에 올라선 내가 고개를 들었다. 순간, 내 눈앞에서 먹물이 팍 터졌다. 캄캄했다. 먹물은 한없이, 한없이 번져 나가고 있었다.

내가 쓴 글씨를 있는 힘을 다해 잘 읽는다고 했지만, 나에게서 원고를 돌려받은 한 선생님이 조회대로 바람처럼 올라가 큰 소리로 다시 읽어 나갔다. 교정이 쩌르릉 쩌르릉 울리었다.

내 원고지만 선생님의 멋진 낭독을 통해 들으니 그럴 듯 했다.

겁을 집어먹으면 먹물이나 터트리는 한 마리 오징어 꼴이 되어버린 나는 자리에 돌아와 함초롬히 서 있는 수밖에.

대전사범이 그해 처음으로 남녀공학이 되어, 높은 비율을 뚫고 들어간 한 학급뿐인 여학생들은 소수에 몰리어, 어디에 있는지 잘 눈에 띄지도 않았다. 운동장을 가득 메우고 있는 숯검정 같은 제복의 남학생들 위력에 파르르 떨었던 나의 몰골이 지금 생각해도 가련하다.

아마 그때 나는 처음으로 장차 내가 글쟁이가 될 수도 있을지 모른다는 작은 희망 같은 걸 주먹 안에 살며시 쥐어 본 것 같다.

내 머리 위에 두께를 헤아릴 길 없는 완강한 얼음 층이 있다는 걸 나라고 모를 리 없었다.

『속솔이뜸의 댕이』라는 처녀작을 써 문단에 나의 얼굴을 겨우 내비쳤을 때, 나는 머리 위의 그 두텁디 두터운 얼음층을 여지없이 깨어버린 줄만 알았다.

아니었다. 그건 착각이었다.

그 완강한 얼음층을 내가 천신만고 끝에 깨기는 깬 모양이다. 하지만 나 자신이 착각이 아닐까 싶을 만큼 또 다른 얼음층이 나를 기다리고 있었던 것이다. 방금 깬 건 맨 첫 번째의 것에 불과했다. 두 개, 세 개, 깨어 갈수록 보다 더 완강한 얼음층이 내 머리 위에서 나를 내려다 볼 것이다. 그러면서 크게 웃을 수도 있다. 어디쯤에서 상대가 웃고 있는 걸 발견했을까. 시커멓게, 땡땡, 얼어붙어 있지 않았던가. 그래서 내 가슴도 시커멓게 땡땡, 점점 더 땡땡 얼어붙어가기만 했다. 한데 그것이 아니었던가 보다. 먹물의 눈에는 세상이 다 시커멓게 먹물로만 보인 모양이다. 주어진 삶을 거의 다 살아낸 사람이 세상을 그렇게 시커멓게만 보아 왔다면 어떻게 될까.

한쪽에서 웃으면 상대방도 대개는 다 맛 웃는다.

(나의 등단이야기, 공동 지음)

나라와 백성의 맥을 잇는 장서
— 백순재 서지학자의 선견지명

　나는 꽤 오래전에 쓴 소설 한 편을 잃었다. 이미 십육 년 전에 없어졌음에도 그 작품이 공중 떴다는 사실을 발견한 것은 딱하게도 금년 초였다.

　당시 취재차 해외여행을 떠나면서, 어느 출판사에서 소설가들의 작품 전집을 낸다고 하여 그 원고를 급히 전하고는, 귀국하여 바쁘게 돌아가다 보니…… 나는 그 작품전집이 의당 나왔겠거니 여겼던 것이다. 헌데 유산되고 말았다는 얘기여서, 아직도 권위 있게 건재해 있는 그 일을 주선했던 단체와 출판사 측에 문의를 해보니 양쪽이 다 긴가민가였다.

　인제 와서 누구를 탓할 것인가, 불찰은 나 자신에게 있는 것을. 그러나 이쯤 선에서는 나는 희망을 아주 잃지 않았다. 그 소설을 6개월 동안 연재했던 잡지사로 문의해볼 일이 아직 남아 있었기 때문이다. 그 잡지는 지금 없어졌지만, 그 발행사는 당시보다 더 번창일로에 있어서, 당연히 자기들의 간행물만큼은 자랑스럽게 보관하고 있으려니 했다. 그러나 아니었다. 자료실이 있지만 그 잡지는 창간호 단 한 권만을 보관하고 있을 뿐이라고 했다. 나는 눈앞이 캄캄해왔다.

나의 작품이 아닌, 바로 나 자신이 우주공간에 분해되어 완전히 증발한 듯한 기분이었다. 작품의 소재나 주제는 아직도 또렷하지만 이제 와서 되짚어 쓴다면 다시 태어나는 새로운 작품일 뿐 바로 그 작품은 되지 않을 것이기 때문에 나의 절망은 더 컸다.

어찌 애석함이 내 작품에만 한하랴.

그 잡지를 만든 기고 나는 민완기자들이 오늘의 우리 사회를 이끌어가는 장년의 나이로 엄연히 생존해 있음에 그들 뜨거운 청춘의 결실은 그 소멸이 너무 빠르지 않았는가. 너무 빨리 소멸된 것은 그들 뜨거운 청춘만이 아니다. 그 잡지가 살아 있었던 그 시대의 우리의 생생한 삶과 문화와 시대정신과 역사가 송두리째 함몰되어 버린 것에 걷잡을 수 없는 허무 속으로 나는 빠져들어 갔다. 급경사의 비탈을 한없이 구르는 수박덩어리처럼 제동을 걸 수 없는 현기증이었다. 가속이 붙어 더욱 빠르게 굴러 떨어질 뿐인 수박덩어리를 문득 가로막으며 나타난 분이 있으니, 오랫동안 나의 뇌리에서 까맣게 잊혀졌던 서지학자 백순재(白淳在) 선생님이다. 은사이신 그분은 젊은 나이로 서울사범에 근무할 때 대학생인 나를 가끔 불러내 주셨는데 그때마다 데리고 가는 곳은 청계천변이나 인사동 골목의 퀴퀴한 냄새 풍기는 침침한 헌 책방이었다. 거기서

30년대 전후의 잡지 1권이라도 발견한 날은 흥분하여 눈빛이 반짝거리던 백순재 선생님의 모습이 새벽 별이나처럼 또렷이 떠오르는 게 아닌가.

"귀중한 자료가 다 사라져 가고 있단 말이다. 이게 큰 문제다. 알겠니?"

입버릇처럼 하시던 말씀, 그래서 당신이 그 귀중한 자료들을 두 팔 벌려 가슴 가득 끌어안으려 작정했을까. 곡마단의 아슬아슬한 공중묘기를 위해 늘여놓은 구멍 그물처럼 그분은 사라져 가는 시대의 자료들을 정성껏 받아 안으려 애를 썼다. 그때는 내가 선생님의 훌륭한 뜻을 잘 이해하지 못했으나, 지금 생각하면 세상 모든 것의 운명을 거두어주신다는 보이지 않는 분의 손길만큼이나 백순재 선생님의 선견지명은 성스럽기까지 하다.

그로부터 1세대의 세월이 흘러 선진국 대열에 진입하게 되었다는 오늘에도 물신(物神)에만 흠씬 젖은 우리들은 문화유산의 자료보관에는 여전히 등한할 뿐이니 지하의 백순재 선생님은 얼마나 처량해하실까.

헌책방 골목에서 사시다시피하며 월급봉투를 거기에 털어 올리곤 하던 선생님은 다 해진 구두에 낡은 바바리코트로 일관하며 당시 학자들이 들고 다니던 커다란 오리가방은 항상 너무 무거워 기우뚱한 모습이었지만 언제나 자상하고 때 묻지 않은 진지한 표정이었다.

생활은 거의 사모님의 가냘픈 어깨에 던져두고 반 미치듯이 소멸되는 자료들을 안타까이 맨몸을 던져 안다시피 한 백순재 선생님의 선각자적 희생과 정열과 노력으로 수집된 저 방대한 장서들을 생각할 때 새삼 머리가 숙여졌다. 특히 잡지들을 소중하게 보듬으시던 백 선생님은 우리의 근대사에서 모든 부면에 연구의 맥을 이어주는 유일한 공로자가 아닐까 싶다.

개인의 영달이나 생활의 안정 따위는 외면한 채, 평생을 사라져 가는 희귀고서 수집과 그 연구에 몸 바친 선생님의 공적을 기려 백순재 도서관이 당연히 있어야 하는 게 아닐까. 기념도서관은 고사하고 백 선생님의 장서는 지금 어느 과도기적 공간에 밀폐되어 있다시피 하다니 통탄할 일이다.

내가 애타게 찾는 잡지의 경우도 발행인이나 필자는 그들을 버렸을지라도 또 하나의 백순재 선생님이 떨어져 내리는 그것들을 받아 안고 있으리라는 희망은 적확했다. 문제의 잡지는 국립중앙도서관에서 기적처럼 만났고, 나의 작품은 되살아나 햇빛을 보게 되었다. 그 순간 국립중앙도서관은 나의 구세주였다. 백순재 선생님의 그 귀한 장서들도 하루빨리 많은 사람들의 구세주가 되어, 그분 뜻대로 이 나라 발전에 기여할 수 있게 되기를 간절히 바라면서……

(도서관계, 1994. 5)

저 푸른 들판에 솔잎을 보라

— 큰 스승 윤원호 선생님

우리는 한때 눈이 있어도 보지 못하고 귀가 있어도 듣지 못하며, 입이 있어도 말하지 못하던 세월이 있었다. 모든 정보는 조작·날조되었고 진실을 말할 표현의 자유는 무참히 박탈되었던 그 폭압하에서 사람들은 호흡조차 힘이 들어 헐떡거리질 않았던가.

그 살벌한 시기를 어떻게 벗어 나왔는지…….

사람들은 끔찍한 사실일수록 얼른 잊어버리는 습성이 있는 듯하다. 너무도 빨리.

그만큼 고통스러운 기억이기에 체내에서 얼른 지워버리고 싶은 것이 우리의 공통된 본성일까.

그러나 그 암흑기의 어둠은 저절로 사라진 것이 아니다. 대부분의 사람들이 엎드려 숨을 죽이고 있을 때, 푸르른 젊음들이 그 칠흑의 어둠을 향해 목이 터져라 외치고, 돌을 던지고, 마지막엔 자신의 목숨까지 바쳐서 싸워낸 결과로 오늘의 이 정도의 밝음을 맞게 된 것이다. 분명히 우리는 민주화를 위해 투쟁한 사람들의 희생으로 그만큼의 결실을 얻어낸 것이라는 걸 잊어서는 안 된다. 앞으로 더욱 발전시켜 내야할 과제는 단계적으로 이루어나갈 우리 모두의 임무이다.

어느새 삼사 년이 흘렀나보다. 나는 그 불의했던 시대를 『몸부림치는 소나무 느티나무 아가위나무』라는 표제의 장편소설로 구성하여 한 문예지에 연재를 했다. 부끄럽지만 뒤늦게나마 역사의 현장에서 기록의 몫이라도 거들어보려는 의도로.

원고 쓰는 일이 힘들다는 건 누구나 다 아는 상식이다. 하지만 이 작품은 원고 쓰는 일보다 취재가 더욱 힘에 겨웠다고 말하고 싶다. 집필과 취재를 동시에 해나갔던 때문이기도 하지만, 이십여 년이라는 무서운 시간의 벽이 요지부동으로 가로막혀 캄캄한 절망을 느낄 때도 있었다. 당시 이십대들이 사십대가 되어 취재원이나 취재자가 다 같이 너무도 버거운 작업이었지만, 부닥치고 보니 그건 기억과의 투쟁이라기보다 정서적 문제였다. 너무도 몸서리쳐지는 기억 때문인지 여간해서 입술이 열려지질 않는 거였다. 피차의 작업이 또 하나의 운동이라고 서로를 나무 흔들 듯 끈질기게 보챘을 때서야 그 시절이 바로 어제인 듯 다 같이 몸을 떨었다.

지금은 훌륭한 의사가 되었지만, 당시는 단과대학 학생회장으로 시위 대열을 선도해야 했다는 명석하고 꼼꼼한 이화영 씨의 자료에서 그분의 이름 석 자를 발견하고 나는 놀라움과 경외심으로 얼마나 가슴을 진정시켜야 했던지.

윤원호(尹元鎬).

이화학창시절, 그분은 물샐틈없는 성실한 강의로 우리를 꼼짝 못하게 만든 교수였다. 그 이상도 그 이하도 우리는 그분에 대해서 알지 못했다. 칼로 베듯 하도 깔끔하시고 근엄하셨던 때문에 허튼 수작으로 휴강을 조른다든지 어리광조차 부려볼 수 없는, 한마디로 근접이 어려운 대상으로 낙점이 된 분이라 할까.

일찍이 선생님은 독실한 기독교인으로 방학마다 농활(농촌활동) 지도교수로 맹활약하셨다. 그럼에도 나는 집이 농촌이라는 철딱서니 없는 오만으로 한 번도 그 선생님의 농활에 동참하질 않았다.

방학이 끝나면 농활현황 사진이 학생회관 벽면을 가득 채웠고, 여름이건 겨울이건 석탄처럼 까맣게 탄 피부에 유난히 빛나던 그분의 눈빛은 인상적이었다. 그분과 함께 했던 학생들 역시 그을린 얼굴로 빠릿빠릿해진 동작과 또렷한 목소리로 떠들어대던 광경.

"우리가 가서 도운 것보다 얻은 것이 컸어."

그런 소리를 들었을 때 나는 속으로 '느네가 배우긴 뭘 배웠다는 거야, 그 짧은 기간에.' 하며 콧방귀를 뀌어대지 않았던가. 대대로 농촌에 뿌리를 내려 살아오고 있던 나의 입장에 나는 필요 이상의 삐딱한 감정을 갖고 있었던 듯싶다.

자료를 제공해준 이화영 씨나, 또 한 사람, 농활의 총대장으로 윤원호 선생님과 함께 하루에 백여 리씩이나 걸어서 대원들이 활동하고 있는 마을을 일일이 순회 점검하여 현황과 문제점, 앞으로의 방향 등을 짚어 나가면서 느낀 바가 있어 자신의 학업 따위는 즉시 제치고 소외되기는 농촌이나 다름없던 청계천 피복 공장에 위장취업까지 한 경력을 가진 출판사 사장 김철미 씨도 같은 대답이었다.

"솔직히 그분들에게 해드린 건 없어요, 밭 맨 것밖에는. 거기 비하면 우린 참 많은 걸 배웠죠."

겸손해서인지, 체감으로 느낀 것이 그 정도여서인지는 모르지만 땀을 실컷 쏟아 붓고 온 농활대원들의 말은 왜 다 한결같을까. 아마도 농촌 현실의 참담함이 너무도 컸던 때문이라 짐작된다.

그들의 사전교육을 위한 자료를 보면 농민에 대해 일할 자세와, 현장에 나가 해나가야 할 활동에 대해 구체적으로 기록되어 있었고, 농촌 상황에 대한 학습은 그 다각적인 분석과 심도에, 나 자신이 숙연해지지 않을 수 없었다. 나는 거기에서 그 자료의 작성자인 윤원호 선생님을 외람된 표현이지만 새로이 발견하게 되었다. 그때까지 내가 알고 있던 윤원호 선생님은 한 덩어리의 바위였다고 생각된다. 한 덩어리의 바위를 보기 위해서도 많은 사람들이 고개를 넘고 계곡을 건너, 가파른 절벽을 기어오르지 않던가. 땀 흘리며 가쁜 숨을 몰아쉬고 나서 시야에 들어오는 하나의 바위덩어리는 우리에게 얼마나 새로운 감격을 주던가.

내가 졸업을 하고 그분을 뵈온 지 어언 반세기를 바라보는 시점이었다. 학창시절 자체가 그저 아스라할 뿐이라 해도 과언이 아니었다. 까마득히 거의 잊다시피 한 그분을 다시 기적처럼 경이로움 속에 만나게 된 것이다. 뒤지나 불쏘시개로 사라져, 두터운 망각의 무게에 영원히 잠들어 버릴 수도 있는 그 얄팍한 팸플릿과의 만남이 허공에서 폭파하는 섬광을 잡은 듯 아슬아슬했다. 팸플릿에 담겨 있는 그분은 저절로 버그러진 석류알처럼 황홀하게 빛나는 진수, 단단한 바위를 쪼아낼 수 있는 자만이 접하게 될 바로 그분의 내면이었다. 아아, 선생님은 시대를 꿰뚫어보신 사상가셨구나. 그리고 그 사상을 실천하신 개혁 운동가셨구나. 지난 날 우리는 몸이 비비틀리는 교과서와 노트 필기를 통해 그를 한 덩어리의 바위처럼 완강하게만 느껴오지 않았던가. 잘 보아준다면 바위 중에 수려한 바위였다 할까.

그는 이 사회를 매서운 시선으로 보고 있었다. 농민의 눈초리엔 원망이 가득 서려 있다고 표현하고 있었다. 나는 그 한 구절을 읽는 순간 코허리가 시큰 저려왔다. 그 시절 누가 농민을 이만큼 이해하고 또 감히 그렇게 표현해낼 수 있었던가. 그 누가 불공정한 이 사회를 이처럼 예리하게 절개해 낼 수 있었던가. 아무도 없었다. 있었다 해도 표현하지 못하면 없는 것이나 다름없다.

국가시책이 산업화로 경도되어 농촌은 열악한 이 나라 경제의 시루밑 역을 맡은 희생물이 된 시기였다. 배추가 흉작이어서 값이 조금 들먹이면 도하의 언론들이 서민생활 위축이니, 김치가 아니라 금치라느니 하며 엄살 일변도로 때려대고, 수해나 한발, 병충해 속에서 농민의 피땀이 배가되는 것과는 상반되게 수확이 부진하여 곡가가 다소 상회할 기미가 보이면, 정부에서 즉각 쌀을 수입해 버리곤 하던 상황에서, 해마다 빚만 늘어가던 농촌 실정은 바로 정부의 음험한 시책 그 자체였던 시절이다. 농민은 아무리 노력하고 기를 써보아도 가난의 수렁에서 벗어날 길이 없게 되어 있었다. 당시 경제개발 5개년 계획이라는 것 자체가 농민의 등을 발판으로 딛겠다는 잔혹한 설계였던 때문이다. 해가 갈수록 농민들의 노력과는 반비례로 상황은 더욱 피폐해져 갈 수밖에 없었다.

　대체로 수준급의 가정환경에, 세계적으로 꼽히는 굴지의 상아탑 안에서 어려운 걸 모르고 자라난 학생들에게 사전훈련을 통해 농촌을 인식하게 하고, 그 현장에 직접 이끌고 나가, 어떻게 하면 농촌이 열악한 상태에서 조금이라도 벗어날까 함께 고심하며, 물심양면으로 최선을 다해 투신을 해온 운동이 바로 윤원호 선생님이 이끄는 농활이었다. 6·25의 전흔이 아직 곳곳에 처연하게 남아 있던 1956년에 그 일을 시작하여, 정년퇴직을 할 때까지 한결같이 사명감을 갖고 일로 매진해 온 세월이 삼십여 년이다. 학교에 건의하여 학점을 딸 수 있는 사회교육의 선택과목으로 농활을 승격시켜 놓으면서 호응도가 더욱 높아져 방학마다 한 기에 사, 오백 명의 대 부대를 이끌고 전국의 오지라는 오지는 다 섭렵하며 농활을 펼쳐나갔다. 우량종자 구입에서부터 농기구 개량과, 사방공사에 관한 적극적인 관여와 들판에 직접 뛰어들어 농사일을 돕는 것은 물론 구석진 촌락에 요지부동으로 관습화되어 있는 남존여비 사상 등 전근대적 사고 타파와 생활 개선에 관한 계도를 위해 밤잠을 설치면서까지 성과 열을 다 기울여 왔으며, 특히 너무도 오지라서 의무교육이건만 초등학교 취학조차 못하는 아이들을 위해 학교를 세우고, 그 운영까지 맡아오셨다고 한다. 그러나, 더 큰 성과는 대원들이 농활을 통해 모순된 사회현실을 직접 체험케 하고 그 구조를 통찰할 수 있는 눈을 뜨게 이끌어주셨다는 사실이다. 우리의 그 불행했던 현대사의 어둠을 걷어내는 데 농활대원들 쪽의 저력이 막중했음을 떠올리며, 농활 지도교수 윤원호 선생님이 시대의 약자였던 농민을 위해 선생님이 척박한 농토에 직접 뛰어들어 김을 맬 때, 그 호미 날에서 민주화의 터전도 함께 갈고 닦아온 결과라고 나는 생각을 했다.

제3부

가을

가을에는 홀로 있게 하소서

어느 핸가 수사님들을 따라 단출하게 피정을 간 적이 있다. 강원도 소금강 쪽이었다. 감이 빨갛게 익은 만추였다. 저녁 식사 후 산등성이에 다달았을 때는 숲이 깊어 많이 어두웠다. 누가 무어라고 한 것도 아닌데 일행은 자기도 모르게 발걸음들을 멈추고 숲의 고요에 잠겨 들었다. 바람소리, 서걱이는 숲의 속삭임이 있을 뿐, 나무들 사이에 서서 아주 나무가 되어버린 듯 모두들 고요했다. 그 고요함이 어찌나 귀하게 여겨지던지……

얼마나 지났을까. 여기저기에서 하나, 둘 뒤척임이 이는 듯 싶었을 때, 어디선지 "가을에는 홀로 있게 하소서…" 하는 시 암송이 잔잔하게 번져 왔다. 귀로 들려오는 것이 아니라, 가슴으로 스며드는 기도처럼…… 그 주인공은 박완서 소설가셨다. 초저녁 별처럼 파르르 떨었던 그 기억을 나는 잊지 못한다.

김현승의 시 「가을에는 홀로 있게 하소서」를 발견하기 전부터 유난히 나만의 오붓한 가을을 갖고 싶어 해왔기에 그 시는 처음 본 순간부터 마치 내가 쓴 것처럼 가슴에 와 닿았었다. 헌데 소금강에서의 그 어둠을 가르던 낭송이 뼛속으로 스며든 뒤로 더욱 절절하여 이맘때만 되면 나는 번거로운 현실로부터 도망쳐 자신의 내면으로 깊이깊이 빠져들고 싶어 했다. 그런 모색의 저 끝자락에서 내가 떠올리는 사람이 있다. 고질적인 천식의 고통 속에서 혼자이기를 갈망한 나머지 벽에 코르크를 붙이어 외부의 소음을 막고도 부족하여 창문에 두터운 담요를 쳐야만 했던 사람, 마르셀 푸르스트. 일찍이 소년기에서부터 파리의 사교계를 누볐던 화려한 생활을 청산하고 스스로 칩거에 들어간 것이 그의 나이 사십을 바라볼 즈음이었다. 마르셀 푸르스트에게 있어서 코르크나 담요는 혼자만의 시간과 공간을 확보하기 위한 몸부림의 상징이지 싶다.

나는 또 때때로 저 『1984년』의 작가 조지 오웰을 생각해 보기도 한다. 대도시와 소음, 자동차, 라디오, 깡통음식 따위를 체질적으로 싫어한 그는 만년에 헬트포드샤이어에서 전원생활을 하였다. 그러나 아내와 사별하고 폐병이 든 몸으로 어린 아들을 데리고 더 깊숙이, 슈퍼마켓조차 없는 외딴 섬으로 들어간 그는 마침내 그의 대표작 『1984년』을 써낼 수 있지 않았던가. 조지 오웰의 그 외딴 섬은 또 무엇을 의미하는 것일까. 그것은 지리적 공간적 특수성보다 내면적 의미가 더 컸다고 본다. 폐병의 말기적 고통 속에서(1948년에 작품을 탈고, 다음해 간행, 그 다음해에 49세의 그는 세상을 떴다) 어린 아들의 양육 의무까지 짊어진 터에 끝까지 그가 찾아간 그 외딴 섬은 혼자가 되기 위한 의지적 공간이었다.

지나온 시간을 뒤돌아볼 때, 나의 영혼도 "굽이치는 바다와 백합의 골짜기"를 분명 지나왔건만 특별한 깨달음이나 감회가 새로운 것은 아니었다. "마른 나무가지 위에 다다른 까마귀 같이" 웅숭그리고 조망해 본 나의 작은 역사는 항상 나를 그림자처럼 따르는 만성적 피로와 운명적 불안에서 오는 아슬아슬함과 천부적인 소극성으로 일관되어진 느낌이었다. 이제 앞으로는 무언가 다르게 살아야겠다는 생각이 번개처럼 나의 뇌리 속으로 꽂혀 왔다. 그러기 위해서는 무엇보다도 우선 자기 자신에게 진실할 것을 나는 다짐하였다.

보다 아름다운 일, 보다 가치 있는 일을 위해서 컨베이어 벨트처럼 돌아가는 무심한 일상에 과감히 코르크 벽과 담요 가리개를 치고 오직 자기만의 외딴 섬을 만들어 사유와 행동을 소신껏 해낼 수 있게 되기를…… 이 가을에 기대해 본다.

(한기, 1994. 10)

무자격 화부(火夫)

한 수도자는 말했다. 말끔히 닦아놓은 마루에 엎질러진 물을 보면, 먼저 본 사람이 그냥 얼른 닦는다고. 누가 이랬을까, 왜 그랬을까를 따지지 않는다고.

그 말을 한 수도자를 나는 그윽하게 바라보았다. 후광이 번지는 듯 그 수도자의 초월의 경지가 한없이 아름답게 느껴졌다. 그분이 한 말씀을 둘도 없는 경구인 듯 가끔 나는 뇌어보곤 한다.

바닷가에서, 갓 껍질을 벗겨낸 삶은 계란처럼 곱게 닳아 있는 조약돌을 만났을 때, 나는 생각한다. 그 수도자도 이런 모습일까. 그런 초월적인 생활 자세를 가진 분은 사람과 사람 사이에서 빚어지는 부딪힘이 평범한 사람들보다는 적을 것이라고 얼핏 생각되어서다. 그러나 나는 곧 그 생각을 바꾸었다. 그처럼 초월적인 생활 자세를 터득해 받아들이기까지 그분의 수련과정에 생각이 미친 때문이다. 모르면 몰라도 그분을 조약돌에 비유하자면, 닦이고 닦이어 가장 작아진 것 중의 하나가 아닐까 싶다.

한 개의 조약돌을 만날 때, 그래서 나는 더욱 친근감을 느끼며, 그 조약돌들을 어루만져 보나 보다. 얼마나 아팠을까, 이렇게 되기까지는. 파도를 넘느라 살점인들 오죽 많이 떨어졌을까. 자갈돌끼리 부딪치며 부딪치며, 또 얼마나 많은 피를 흘렸을까. 그 매끄러운 조약돌의 역사는 바로 사람의 삶을 표본한 것만 같다.

더불어, 더불어, 관계를 맺으며, 살아가야 하는 세상에서 우리는 또 그 얼마나 숱한 파도를 넘고 또 넘는가. 그 수만, 수억, 백억, 천억, 아니 헤아릴 수도 없는 천문학적인 수의 하 많은 파도 중에, 보드라운 것, 따스한 것, 간지러운 것, 시원한 것, 싸늘한 것, 차가운 것, 깔끄러운 것, 뜨거운 것, 딱딱한 것, 무거운 것, 무서운 것, 풍지박산으로 곤두박질시키는 변덕스런 그 많고 많은 파도 더미 중에, 가장 겁나는 파도가 여자들에게는 뭐니뭐니해도 시집살이다. 그 가장 겁나는 파도가 몰려옴에도 세상물정 모르는 나는 아무 겁 없이 시집을 갔다. 어린애처럼 무얼 몰라서 겁을 안 내는 사람을 우리 고향에서는 천둥벌거지(천둥벌거숭이)라고 한다. 내가 바로 그 격이었다.

내가 시집을 간 것은 1967년도, 그 해가 다 저물어가는 늦가을이었다. 만으로 내 나이 서른이었으니, 천둥벌거지라고 하기엔 너무 오진 노처녀였다. 모교에 출강을 할 때여서, 교정을 무심히 지나치다가, 모교의 교수이며, 문단 대선배인 정충량 선생님을 만났다.

"아니, 어떻게 살려고 그래?"

발을 구르다시피 안타까워하는 그 선생님의 얼굴엔 측은한 빛이 가득했다. 내가 약혼했다는 소식을 들은 모양이었다.

그만큼 나의 시어머님은 여성 문학인들 사이에서, 아니 전체 문단에서 만만치 않은 분으로 군림하신 모양이다. 우리 근대문학 여명기를 이끌어낸 선각자 중의 한 분이시므로 남다른 패권을 상상해보지 않은 것은 아니지만, 그 엄격한 완벽주의에 특이한 성품을 어찌 감당할 것이냐고 염려들을 하는데도 나는 웃기만 하였다. 불안이 아주 없는 것은 아니었지만 나는 나 자신을 믿어 보기로 했던 모양이다.

시댁에서, 새벽에 내가 눈을 뜨자, 맨 처음 해야 하는 일은 사과 2개를 강판에 가는 거였다. 별로 세된 일을 해보지 않은 나는 그 정도도 힘에 부쳤다. 냄비에 삶아 소독한 삼베 보자기에 간 사과를 배틀어지게 짜면 노리께한 대접으로 사과즙이 찰름하였다. 내가 오기 전에 그 즙을 만들던 사람은 즙을 짜낸 삼베 보자기 속의 찌꺼기를 먹었다고 하였다. 과수원집 딸인 나도 사과를 무척 목마르게 먹고 싶은 계절이었지만, 그 찌꺼기는 먹지 않았다. 사과즙 과정이 끝나면 나는 아침밥을 짓느라, 콩 튀듯 하고 나서, 연탄집게를 들고 집을 뱅뱅 돌며, 네 군데 아궁이에 연탄을 갈았다. 독한 가스 때문에 숨을 제대로 쉴 수가 없어, 물에 빠진 사람 허우적거리듯 고개를 외로 꼬고, 푸푸 숨을 뱉으면서. 그중 아궁이 1개가 레일식이었는데, 레일이 바닥에 박히기는커녕 아궁이의 쇠문틀이 척 도드라져 가로놓여, 여간 고약하지가 않았다. 벌겋게 단 연탄 통을 집게로 미느라면 쇠문틀에 바퀴가 걸려 나는 쩔쩔 매었다. 천신만고 끝에 겨우 바퀴가 쇠문틀을 넘어가나 보다 싶으면, 그만 연탄통이 덜컥 넘어지는 게 아닌가. 넘어진 연탄 통을 일으켜 세우려 벌건 불덩이를 덥석 잡기도 하고 고래구멍 속으로 몸의 절반쯤을 들이밀고 엎치락뒤치락, 매번 그런 터여서 몹시 힘이 들었지만, 사정해볼 생각은 감히 엄두를 못 내다가, 갑자기 내린 소낙비에 물이 차서 어차피 그 아궁이 공사를 하게 되어, 가로놓인 쇠문틀을 없애야 한다고 건의하자, 집안 식구 아무도 그 이유를 알아듣지 못했다. 그때의 그 특별한 호젓함도 꽤 괜찮았다.

그 무렵 나는 기관차를 움직이는 기관사라고 나 자신을 감히 위로하곤 하였다. 특히 연탄을 집게로 들고 물에 빠진 사람처럼 허우적허우적 집 안을 돌 때는 그런 생각을 더 하게 되었다. 나 자신에 대한 객관화작업을 잔인하리만치 해보면서. 그 결과 나는 기관사도 못 되었다. 기관사는 기관차를 움직여야 하는데, 나는 그렇지 못하였다. 그저 화부라는 표현이 더 적절할 듯싶었다. 그래, 화부, 화부가 더 좋았다. 화부란 아궁이에 불이 꺼지지 않도록 풀무질을 잘 해야 한다. 자칫 풀무질을 소홀히 했다가는 지구의 자전과 공전이 멈출 것만 같은 그 조심스러웠던 계절……, 서툰 가사노동으로 절망할 때마다 화부는 화부이되 무자격 화부라는 자각이 기둥 모서리에 부딪듯 머리를 아찔하게 하던 기억……, 그 시기의 풋풋함도 참 그럴 듯 했구나 싶다.

튼실한 파출부가 들어와도 나는 화덕 언저리를 떠나지 못하였다. 무자격의 엉성한 화부에게는 어디까지나 친근하고 따스한 아랫목이 화덕 언저리였으므로.

햇살이 옥양목처럼 하얗게 나부끼던 날, 이른 아침에, 고향에서 아버지가 올라오셨다. 시집보낸 딸이 못내 궁금했던지, 식 올린 지 얼마 안된 즈음이었다. 채반 보따리를 마루에 내려놓고, 아버지는 묵묵히 서 계셨다. 하얀 햇살을 등 뒤로 받아서인지 아버지는 그냥 검은 빛으로만 보였다. 가까이 다가가 자세히 보니, 아버지의 얼굴은 더 새까맸다. 과수원을 경영하는 아버지는 여름내 땡볕에서 살았을 테니까. 아버지는 빙그레 인자한 미소를 띠고 있었는데, 어색하고 멋쩍어 하시는 품이 처음 온 사돈댁이어서만은 아닌 듯싶었다.

아버지의 채반은 사과 1상자와 그만한 크기의 석작이었다. 석작 속에는 화전이 차곡차곡 얌전하게 가득 담겨 있었다. 찹쌀가루에 노란 국화꽃을 넣어 햇기름으로 지진 화전은 팥고물 속이 혀끝에서 녹아나는 우리 집 특유의 음식이어서, 보기에도 먹음직했다. 솜씨 좋기로 소문난 친정어머니가 떠올라 나는 가슴이 뭉클해 왔다.

사과 상자를 열어 보았을 때, 나는 아버지의 어색하고 멋쩍어 하시는 표정의 까닭을 짐작하였다.

사과는 그해 첫 수확을 했다는 파란 아오리였다. 당시로는 갓 선보이는 신품종이어서 값도 좋고 귀한 것이라고, 큰 덩어리로만 특별히 담아 들고 오신 게 틀림없었다. 사돈댁에서는 즙이 많이 나오는 국광이나 홍옥이 더 환영받는다는 사실을 나의 아버지는 알 턱이 없는 거였다. 당시 고향 과수밭에서는 신품종에 밀려 국광이나 홍옥은 천덕꾸러기로 굴러다니는 판이었으니.

시댁 쪽의 풍습은 좋아하고 싫어하는 것의 경계가 분명하였다.

나의 친정 부모님은 좋고 싫은 일을 여간해서 내색을 하지 않았다. 자식들의 교육도 그런 식으로 가르쳤다. 그래서 그때까지 내 부모님은 자식들 앞에 정체가 분명치 않았다. 마치 공기처럼. 그래서 우리는 마냥 편안하였다.

옥양목 같은 햇살을 뒤로하고 묵묵히 서 계시던 아버지, 그때, 볕에 타 까만 용모였지만, 등 뒤의 옥양목 햇살보다 더 순수하여, 맑게 느껴지던 모습은 아버지에게서 처음으로 느껴보는 감격이었다. 희생과 헌신으로 드러냄 없이 살아오신 점에서는 어머니 또한 부창부수이다.

등잔 밑이 어둡다고 그분들 슬하에 있을 때는 전혀 보이지도 깨닫지도 못했던 것들이 정반대의 다른 공간으로 떠나와, 뒤를 돌아보았을 때, 배팅에서 밑그림이 드러나듯 선명해져, 그 새로운 발견 앞에서 나는 소리없이 많이 눈물 지었다.

내 부모님을 회고할 때면 언제나 거룩한 생애를 보내신 분들이라는 감격으로 나는 숙연해지곤 한다. 언젠가 나에게 소중한 경구를 주어 후광이 번지는 듯 여겨졌던 수도자는 내 부모님에 비하면 도리어 너무 화려하다는 느낌이 들 만큼.

내 부모님은 자식들을 기르면서, 꾸중보다는 칭찬에 후하셨던 것 같다.

나는 꾸중 맞은 기억은 거의 없고, 늘상 칭찬 속에서만 자라왔다.

시댁은 그와 전혀 다른 분위기에서 나는 많이 고독했다.

"오냐, 네가 내 딸이다."

라는 시어머님의 말씀을 내가 들은 것은 시집온 지 20년이 다 되었을 무렵이었다.

나는 친정과 시댁의 고정관념은 갖고 있지 않다. 대상이 누구건, 꾸준한 관심과 정성을 쌓다 보면, 샘물처럼 우정은 고이게 마련이라고 나는 믿고 있기 때문이다.

(동기동창 글모음집, 1997)

낙엽을 지르밟으며

가족들이 분주하게 현관 밖으로 나간 뒤, 매일 그렇듯이 혼자가 된 아침, 나는 집 안이 무엇인가 확연히 달라져 있는 걸 느꼈다. 창변이 신기하리만치 맑아져 있었다. 마치 바깥쪽 가까이에서 불길이라도 타오르듯. 하도 이상하여 나는 유리창에 얼굴을 붙이고 바깥을 내다보았다. 그곳에는 너무도 놀라운 정경이 펼쳐져 있었다.

플라타너스와 유사한 튤립이라는 거목이 고층아파트의 높이를 따라 잡을 듯이 잘 자라 여름내 짙푸른 녹음을 드리우며 우리 집 발코니에 엇비슷이 비켜서 시원스런 그늘을 드리우고 있었는데 어느샌지 그 나무 전체가 샛노랗게 물이 들어 있질 않은가.

부서지는 햇살 속에서 그 나무는 너무나 화사하였다. 아니 그 나무 스스로가 빛을 뿜고 있는 듯하였다. 그 나무가 발산하는 황금빛으로 우리 집은 내부 깊숙이까지 환하게 밝아져 있었던 것이다. 어찌 그 튤립나무 뿐이겠는가. 곧바로 건너다 뵈는 은행나무, 단풍나무, 까치밥나무, 자작나무…… 등등, 모두가 다가가고 싶은 대상들이다.

그날부터 나는 산보를 시작하였다. 며칠간 내쳐 비가 내리니 낙엽이 떨어져 대지는 온통 잎사귀로 뒤덮이었다. 아기자기한 신나무 잎과 은행나무 잎들이 헷갈린 위로 손바닥만큼씩 넓적한 진황색 튤립나무 잎과 플라타너스 잎, 그리고 시원스럽게 큰 후박나무 잎들이 잔디 위나 아스팔트 위를 가릴 것 없이 현란한 이불인 듯 푸근하여 만추의 추적거리는 비에도 우울하지 않았다.

어릴 때 어머니와 할머니가 대청마루에 이불을 활짝 펼쳐놓고 꿰매실 때면, 으레 그 위에 뒹굴어보아야만 직성이 풀렸던 나는 망설일 것 없이 푹신하게 쌓인 낙엽을 따라 빗속에도 산보를 하였다.

과소비 풍조의 이즈음 인기품목이라는 수천만 원대의 중공산이나 페르시아 산 카펫이 무색하게 나는 혼자서 마냥 사치스러움을 만끽하였다. 이름 모를 새빨간 야생 열매들이 다닥다닥 열린 가지 위에서 새떼들이 재잘거리는 소리를 들으며 베토벤의 전원 교향곡을 연상하기도 하였다.

하늘을 가린 숲 속에 앉아 상긋한 낙엽의 내음을 맡으며 새들의 지저귐을 들으며 이 거룩한 가을을 우리에게 안겨주시는 분에게 감사를 하면서도 솔직히 나는 마음이 편안치가 않았다. 낙엽을 한 발자국씩 밟아나갈 때 특히 눈이 아리도록 고운 단풍잎을 지르디딜 때 내 마음 저 깊은 곳에서는 현을 당기듯 나도 모를 울림이 번져 올랐던 것이다.

'사람도 마지막엔 이처럼 최선을 다해 자기 발산을 해내겠지요' 하던 후배의 말과 '어떻게 이런 아름다운 종말을 누구나 가질 수 있겠어요'라고 대답한 나의 말을 독백처럼 떠올려도 보았다.

그러나 내 마음 저 밑바닥에 엎드려 있는 무어라 표현이 잘 안 되는 느낌은 그런 조락의 정서만이 아니었다. 아, 이나마 낙엽 한 잎을 주워 들고 가을을 생각해보는 것이 몇 해 만이던가…… 산천도 변하는 만큼의 지난 세월의 공포와 좌절과 무기력 속에서 원망과 저주와 자책으로 얼룩진 절망감과 초조함으로 뒤척거리던 생활을 어찌 다 말할 수 있으리…….

눈에 보이게, 안 보이게 접하게 되는 억눌림의 그 어마어마한 불쾌감. 식욕을 빼앗아 가고, 소화불량을 가져오고, 마침내 위장을 헐게 하여 체중이 무섭도록 줄고, 통증으로 시름시름 앓게 하던, 죽지 못해 살아온 그 지나간 시간의 중량으로 나는 허탈하였다. 경험이라기엔 너무나 가혹하고, 그 세월 또한 엄청난 분량인 것을. 이 가을에 시작한 산보도 실은 중첩된 그 세월의 얼룩을 씻어보려는 의도에 불과하지 않던가.

80년 언론통폐합과정에서 생긴 해직 기자 몇몇 분들이 주말이면 한결같이 오르던 관악산엘 얼마 전에 가보았다. 그중 한 분이 어느 일간지에 쓰시기를 '살기 위하여' 그 산에 올랐다고 표현하였다.

나는 단풍이 화려한 관악산 기슭을 처음으로 밟으며, 기나긴 세월 동안 그곳을 찾아 비로소 질식할 것 같은 숨통을 틔웠을 그분들 한 분 한

분의 발자국을 생각하니 그곳이 더 없이 의미 있게 느껴져 절로 숨이 뿜어나왔다.

그날 밤 TV화면에는 동물학자들이 밀림에 찾아가 맹수들의 생태를 관찰하는 인상적인 프로그램이 방영되고 있었다. 물가에서 물을 마시는 사자떼들 가운데 몸이 야위고 털이 꺼벙하며 걸음마저 비실비실하여 첫눈에 병색이 완연한 암사자가 한 마리 나타났다. 그 사자는 갈증으로 물을 마시려 해도 마실 수가 없었다. 큼직한 멧돼지 갈비뼈가 이빨에 박히어 아무것도 먹을 수 없었다.

동물학자들은 그 사자를 마취시켜 이빨에 박힌 장애물을 제거해주고, 마취에서 깨어날 때까지 위험을 무릅쓰고 이 그늘에서 저 그늘로 옮겨주며 폭염이 다시 찾아들면 휘장까지 쳐서 보호를 하고, 다른 맹수들의 공격을 막아주기 위해 밤을 꼬박 새워가며 그 한 마리의 앓는 짐승을 원상회복시키느라 갖은 고생을 다하였다.

마침내 사자가 정신이 들어 밀림으로 어슬렁어슬렁 걸어 들어가는 마지막 장면을 잊을 수가 없다. 이리와 양떼가 한데 어울리고 칼을 빌어 보습을 만든다는 말은 바로 저러한 세계를 두고 하는 말이 아닐까.

최근 우리는 공안 정국에 접어들며 지나간 시대보다 감옥에 갇힌 사람들의 수가 배도 넘는다는 실정을 생각할 때, 낙엽을 밟으며 걷는 산보길이 마냥 민망스럽기만 하다.

(신동아, 1989. 12)

환갑굿

흔히 나이를 잊고 산다고들 말한다. 그렇게 말하면서 초월한 사람이나 된 듯 음성을 높이기도 하고 아주 계면쩍어 하는 사람도 있지만, 둘다 나이에 대한 거부반응임엔 틀림없다. 현실적으로 너무 바빠서, 자신에 대해 무심한 편이라, 등등의 허술한 이유를 대면서 심드렁한 태도들을 보이는 거지만, 언제까지 그럴 수만은 없는 모양이다. 혹 사람에 따라서는 마지막까지 그렇게 생리적 나이를 정면으로 대면하지 않으려는 경우가 있을지도 모른다.

허나 선인들이 만들어놓은 나이의 그 이정표를 막상 마주해 보라. 이정표라고 무슨 팻말이 길가에 붙어 있는 것이 아니라, 지울 수 없는 문신처럼 제 몸 자체가 이정표가 되어 있는 바에야. 온몸으로 너무나 선명하게 드러내고 있는 두 글자, 환갑. 그 지경이 되면 몸과 마음이 온통 새빨갛게 달아오르게 된다. 따가운 가을날에 익은 고추처럼. 이유는 여러 가지리라. 부끄러움, 후회, 혐오, 아픔, 허무…….

그 이정표를 맞고 즐거워 할 사람은 아마 모르면 몰라도 이 지상에 존재하지 않을 것이다. 그만큼 그 이정표는 부정적 요소를 띠고 있다. 물론 그 지긋한 나이까지 살아올 수 있었던 것에 대한 겸허와 감사는 따라야 하겠지만 곧 땅바닥으로 떨어져야 할 나뭇잎처럼 초라한 초조로움을 인정해야 하기 때문이다.

자신에게 다가온 죽음을 인정하고 정면으로 받아들이는 사람은 지극히 드물다고 한다. 세계적인 저명인사나 위인들의 경우도 그 문제에 와서는 완강해진다고 들었다.

죽음을 인정하고 받아들이는 자세와 부인하며 거부하는 자세의 차이는 크다고 보지만, 어느 쪽이 옳고, 어느 쪽이 옳지 않다고 단정 지을 수는 없는 것. 어차피 힘들기는 두 가지가 다 마찬가지일 것이기 때문에.

노쇠와 죽음의 고통을 암묵적으로 내포하고 있는 환갑이라는 이정표를 우리 동기동창들은 비교적 양성적으로 받아들이는 듯싶었다.

그녀들은 어느 날 문득 놀랍게도 환갑기념문집을 내기를 희망하였다. 그것은 환갑이라는 나이의 이정표를 인정하고 받아들이는 자세를 의미하는 것이 아니겠는가. 나는 혼자 속으로 그야말로 감히 아무 표현도 못하고 끙끙거리며 환갑을 앓고 있을 때, 그녀들은 모두 그 과정을 통과해낸 표정들 같았다.

졸업 이후 근 40년을 만나오던 동기동창 40여 명이 문집을 내었다. 제목은 『꿈맛, 맹물맛, 땡감맛』. 그렇게 오랜 시간 동안, 그렇게 많은 동기 동창들이 지속적으로 모여오기도 어려운 일이지만, 또 그렇게 많은 동기동창이 문집을 묶는다는 것도 쉬운 일은 아닌 듯싶다. 문집을 내면서 우리는 상상 이상으로 내면적인 깊은 만남을 체험했다. 얼핏 스쳐간 느낌이 아니라, 여러 번 거듭된 진한 감동으로.

문학에 대한 집념이 있어 국문과를 졸업한 사람들이 한평생을 살아오며 각기의 파란만장한 체험 중에 가장 절실했던 이야기를 써보자고 한데다, 여태는 이 눈치 저 눈치 남의 이목이 조심스러워 차마 발설조차 못하고 가슴속에 꽁꽁 뭉쳐 두었던 곰팡난 사연, 그중에서도 꼭 집어 '시집살이'에 관한 실토 모음집을 내자는 의견이 통과되었다. 겹겹이 봉하고 또 봉해버린 그 일급 비밀을 햇볕에 내어 놓자니 눈이 부시었다. 그 눈이 부신 과정도 우리는 잘 참아내었다. '한 시대를 살아온 여성으로서의 증언과 다음 세대에게 조금이나마 보탬이 되어지이다' 하는 바람으로.

평생을 미덕처럼 오무려 도사리고만 지내온 속내를 여는 데 무엇보다도 힘이 들었다. 마치 열려고 하면 더욱 굳게 다무는 조개껍질을 벌리는 일만큼이나. 그처럼 힘겨운 작업을 끝내 해낸 동무들의 노력에 나는 머리를 숙인다. 개개인의 삶이 진솔하게 가슴에 와 닿는 순간 엄숙해지지 않을 수 없었다. 모두가 자기 나름의 고유한 하나의 우주를 이루고 있었기 때문이다. 일단 개방된 조개껍질 속에 숨은 진주를 거머쥐는 것은 이제 독자의 몫이라 하겠다.

문집을 간행하고 나서, 다시 모인 우리 동기동창들의 모습은 많이 달라 보였다. 한결 성장한 빛이었다. 삼복 중에 원고를 쓰느라 땀을 뻘뻘 흘리며, 그 복더위보다 더 힘든 자기 성찰을 해낸 때문일까. 실오리 하나 걸치지 않은 동무들 내면의 알몸을 서로가 한 번씩 다 끌어안아 본 터수여서일까. 진실한 고백, 그 이상 아름다운 것이 어디 있을 것이며, 아름다운 것 이상 엄청난 충격이 또 어디 있을까.

우리 동기동창들은 문집을 낸 뒤, 서로 반해서, 서로서로 우러르게까지 되었으니 환갑굿을 한바탕 억척스럽게 해낸 셈이다.

(이화동창, 1998. 봄호)

내 생애 최고의 드레스

　모처럼 늘 만나고 싶었던 분들과 강원도 홍천의 펜션으로 하룻밤 가을여행을 떠났다. 우리 손으로 직접 딴 옥수수와 감자, 호박 등을 가마솥에 삶아 먹고 나서, 어둠 속에 하얗게 구부러져 나간 개울 둑길을 걸어 나갔다. 오랫동안 그려온 곳답게 산이 가리어 북두칠성도 찾을 수가 없는 적막한 곳에 반딧불이가 둥둥 떠다녀 나는 내 고향 두메에 온 것 같은 아련한 감상에 젖어들었다.

　거기서 느닷없는 그 질문을 받게 될 줄이야. 장소와 너무 어울리지 않았다. 내 마음의 고요를 흔들어 놓았으니까. 아니, 그런 이야기가 꼭 나올 법한 곳일지도 모른다. 내밀한…… 저 깊은 바닥에 가라앉아 잊혀졌던 무엇이 문득 되살아날 법한…… 그래도 그렇지, 아득한, 그 먼, 반세기나 흘러버린…… 그러니까 반세기만의 질문이라 할까. 반세기라는 시간을 지상의 거리 개념으로 측정할 때, 태평양을 건너 미국을 지나 다시 대서양을 넘어 유럽을 거쳐 인도양이나 실크로드로⋯⋯ 그렇게 지구를 몇 바퀴나 돌면 될까. 아찔했다. 나로서는 헤아릴 수 없는 천문학적인, 아마도 그건 우주에 떠 있는 별들을 헤아리는 것과 맞먹는 불가사의로 느껴져 오지 않았을까. 그토록 아득한, 그래서 혼미하기까지 한 시간을 달리고 또 달리고 거듭 달려서 그 질문은 나에게 도착한 거라고 생각할 때 결코 비면하게 영접을 할 수는 없는 일이었다. 그렇게 오랜 동안을 의혹 속에 누군가를 가두어 놓다니, 하물며 그것도 내가 은근히 선망하며, 아끼는 대상이라니⋯⋯ 하지만 감히 의혹의 감옥까지야, 눈곱 부스러기라고 하면 알맞을 것 같았다. 좋은 관계엔 눈곱만큼의 의혹이 도사려서도 안 되는 거니까.

"그 드레스는?" 하는 물음 앞에 나의 입술은 천근이나 되는 것처럼 무거웠다. 멍하니 어둠 속을 응시하고만 있을 뿐.

"시상식장의 드레스 말야."

나는 다 알고 있었다. 어떤 드레스를 말하는 것인지. 질문의 의중까지도. 거의 전 생애를 통해 그동안 끊이지 않고 심심찮게 들어온 질문이건만, 나는 매번 깜짝깜짝 당황하고 쑥스러워했다. 아마도 얼굴이 살그머니 붉어졌을지도 모른다. 그 옷과 나와의 거리가 메울 수 없는 것이듯 나의 이 어색한 기분은 아마 끝내 떨쳐낼 수가 없을 것이다.

근래에 들어, 더 새록새록 듣게 되는 질문이어서, 나는 그 오래전의 풋풋한 시절을 옛 영화를 다시 감상하듯 매번 뒤돌아보며 미소를 머금게 되었다. 우연의 일치인지는 몰라도 질문자들이 모두 내가 믿고 존경해 마지 아니하는 분들이어서 그 시선을 따스하게 느끼곤 하면서.

대학 졸업을 하고 이 년 반만의 일이었다. 『속솔이뜸의 댕이』가 『동아일보』 장편소설 모집에 당선되었고, 숫기 없는 내가 그 시상식장에 나갈 일을 걱정하자 친구들이 나를 명동의 한 양장점에 데리고 갔다. 서울에 와서 그럭저럭 한 육 년이 넘어선 셈이지만, 그런 곳을 실제로 들어가 보기는 처음이었다. 그 시절의 유행을 좌지우지할 만큼 몇 안 되는 정상급 양장점 중의 하나였다. 특히 그곳은 주인이 그때만 해도 드물게 파리 유학을 했다는 설로 해서 관심이 더 쏠렸을지도 모른다.

휴전이라는 미봉책으로 포성이 멎은 지 겨우 이태 째인 55년도에 대학입학원서를 사러 내가 처음으로 상경했을 때 서울의 인상은 어두웠다. 전쟁의 상흔이 그대로 널브러져 있는 거리는 매서운 바람 속에 굳어져 있었다. 포탄에 무너진 건물들과 더불어 살아야 했던 그 시절의 젊음들은 메마른 가슴을 달래려 뒷골목 창고 속 같은 음악실을 찾아 헤매기도 했다.

다행히 이화 캠퍼스는 건재해서 주변 환경과 대조적으로 눈이 부시었다. 이화의 전경은 마치 신데렐라의 궁전인 듯 환상적으로 다가왔다. 그런 이화의 깊숙한 내면의 중요한 면모라고 할 기숙사에 나는 입사했다. 예상 이상으로 그곳은 어수선했다. 악센트가 강한 지방 사투리가 주로 분위기를 잡고 있었는데, 그들 중에는 몇 고리짝씩 옷을 가지고 와 하루에도 여러 차례 치장을 바꾸는 부유층들도 많았다. 그들은 지역상 전쟁의 피해가 아니라 오히려 덕을 본 부류들인 듯 화려한 만큼 행동 거지도 발랄했다. 나는 장롱 속에 곱게 간직되었던 세루치마로 엄마가 손수 내 치수에 맞게 지어준 옷을 입은 터수였다.

너나없이 힘들었고 옷도 귀해서 일주일 내내 입은 단벌옷을 일요일에 빨아, 궂은 날이면 세탁실에서 다리미로 말리느라 애를 태우던 시절이었지만 결코 초라하진 않았다. 그것이 곧 젊음의 특권이 아닐까. 그러나 암암리에 무언가 속박감이 아주 없진 않았을 터, 아마도 우리는 시상식장에서 입을 나의 드레스를 위하여 국내 최고 반열에 든다는 양장점 문턱을 넘으며 무의식 속 그 속박감의 끈이 끊어지는 소리를 저저끔 들었을지도 모른다.

내 생애 최고의 그 드레스는 그 시절의 우리네 삶과 내면의 분출 같은 퍼포먼스 같기만 하다.

(이대동창문인회 연간수필집, 2010. 11)

애상에서 사색으로

햇살이 옥양목 빛으로 창백해져 가는 가을이 오면 내 가슴은 그 햇살보다 더 앞질러 여리어지다 못해 엷은 바람결에도 잘그랑 깨어지는 살얼음 같은 아픔에 겨워 진종일 베개를 가슴에 끌어안고 엎드려 끙끙 소리도 내지 못하는 홍역을 치르곤 한다.

가을을 몹시 탄다고 할까……

가을을 앓는다고 하는 편이 더 적절할 것 같다. 어찌된 셈인지, 이 가을 병은 면역성도 없는 걸까?

해마다 되풀이 앓게 되고, 해를 거듭할수록 더 깊어져만 간다. 의술이 제아무리 발달해도, 백약이 무효이니 과학문명으로 세상이 어떻게 바뀐다 해도 그거와는 상관없이 건재할 가을 병은 오만불손하기 짝이 없는 마음병이다.

어떤 사람은 말하기를 너무 팔자가 좋아서 앓는 병이라고도 한다. 화끈하게 바쁘다 보면 그따위 애상적인 엄살은 발붙일 곳이 없다고……

그러나 제아무리 바쁜들 옷섶을 파고드는 가을 기운을 어찌 막으랴. 아직 동도 트기 전, 바깥에 외등도 꺼지지 않은 신새벽, 학교 시간을 맞춰 아이의 도시락을 싸는 초를 다투는 촉박함에도 또르락또르락 귀뚜라미 소리의 청량한 초가을 음률이 내 가슴 저 깊숙한 곳까지 흔들어오지 않던가.

물론 꼭 필요한 일용품마저도 구입할 시간이 없어 쩔쩔 매는 사람들이 허다하게 많다는 것을 알고 있다. 나 또한 한때 그런 미친 것 같은 생활을 경험하였으니까.

그러나 그처럼 숨 가쁘게 바쁜 중에도 계절만큼은 잠깐씩 그 어느 순간을 비집고라도 나의 내면으로 투영되어 오던 것을…… 화장실 속에서 듣는 빗소리라든가, 차창 밖으로 떨어져 내리는 낙엽 같은 것에서……, 임의동행의 경우로 밀폐된 공간에 달포나 갇혀 있다가 눈을 가린 채 차량으로 시가지를 통과하던 중에도 재잘대는 아이들의 높은 음색과 피부에 스치는 바람만으로도 계절을 가름하였다는 어느 피압박자의 말을 들을 때 계절감각이란 매서운 것이며, 눈물겹기까지 하다고 생각하였다.

제아무리 각박한 경쟁사회라 해도 계절조차 느낄 새 없이 자기를 몰아붙이는 생활이란 찬성할 수 없다. 계절을 느끼지 못하는 인간의 내면이란 상상하기조차 두렵다. 주변의 풍경을 드리우기를 거부하는 수면

이란 있을 수 없듯이. 만약 그런 것이 있다면 그것은 주검을 뜻하리라.

그러나, 자신의 내면을 파고드는 계절의 설렘을 밀어내고 오로지 일에 몰두하는 인간의 모습이란 또 그 얼마나 아름다운가. 이럴 때, 인간의 의지의 힘을 실감하게 되리라. 나의 가을 병도 종당에는 이 의지력에 의해 그 기세가 수그러들게 마련이다. 애상에서 사색으로 단계적 발전을 통하여.

유달리 주책스러울 정도로 삭여내지 못해 전전긍긍하고 있는 금년도 가을 병은 뜻밖에도 빨리 그 단계적 성숙을 서두르는 조짐이 느껴진다.

어미라는 것이 어찌 생각하면 달콤할 수도 있는 계절의 감상주의에 빠져 시들비들하고 있자니까(아니, 나의 작금의 내면상태는 결코 달콤한 계절의 감상주의 정도로만 지칭하고 싶진 않다. 이 암울한 시대의 그늘이 그 무게를 점점 실감케 하는 버거움에 나 스스로가 낙엽처럼 바스러져 가고 있는 때문이다.) 아무튼 내가 그 어느 해보다 빛바랜 심정으로 까부라져 있을 때, 중2짜리 딸아이가 한마디를 던지는 거였다.

'나, 요절하고 싶다'

나는 기겁을 하여 아이를 쳐다보았다. 순간 머릿속이 텅 비어나감을 나는 느꼈다. 그리고 최근 대학생들의 연이은 투신 산화 말고도 인간성을 외면한 점수 위주의 교육 풍토에 중고생들의 빈번한 자살 보도가 번개처럼 떠올랐다.

'우리 친구들도 다 요절하고 싶대.'

아이는 책을 들여다보는 자세 그대로 별 표정의 변화도 없이 빠른 말씨로 종알거렸다. 그때서야 나는 빙긋이 미소를 머금을 수 있었다.

'그래? 엄마도 너희 때 그런 생각을 했었지……'

그러자 아이는 나를 빤히 바라보았다. 나는 말을 이었다.

'엄마는 인생을 길게 잡아서 마흔까지로 보았단다. 그때 생각으로는 많이 봐준 거지, 마흔 이상은 절대로 허용하지 않을 생각이었어, 아주 확고부동했지……'

나를 바라보는 아이의 눈빛이 반짝 빛났다.

'정말, 엄마도 그랬어요? 엄만 우리보다 길게 잡았네, 우린 딱 그 절반인데……'

아이의 얼굴에 동지적 반가움 같은 것이 떠오르며 웃음이 활짝 번졌다. 나는 말을 계속 이었다.

'그런데, 그것이 아니었어, 막상 그 나이가 되고 보니 그토록 너절하고 재미없게 느껴지던 40세 이후의 삶이 더 진짜처럼 다가오는 데는 어떡할 거야, 대수롭지 않은 풀포기 하나의 의미도 그때 터득하게 되고, 무미건조하고 혐오스럽게 생긴 대상들까지 끌어안고 싶도록 좋아지고…… 아름다움이라는 것이 어떤 것인가, 사랑의 진수가 무엇인가 하는 것들이 조금씩 보이기 시작하는 나이, 세상을 바라보는 눈이 그때부터 여태와는 다르게 트여오거든…… 헌데, 누가 감히 마흔 이후의 생을 포기할 수 있겠니, 얼간이 바보 천치가 아닌 바에야, 오래 살면 살수록 신비스런 미지의 세계를 맛보게 되는 거지, 산을 오를수록 점점 펼쳐지는 비경……, 그것도 기가 막히겠지만, 우리의 생은 거기에 비교할 수 없는 차원의 것이니, 그쯤에 열리는 마음의 눈을 아무도 미리는 상상할 수 없는 거니까. 아마, 사람에 따라서는 그 느끼는 폭과 깊이가 거의 신의 경지에까지 도달할 수도 있지 않을까……'

나는 일단 거기서 말을 그치고 아이를 살며시 끌어안았다. 아이도 나를 마주 안아왔다. 이러한 포옹은 우리 사이에 조금도 특별한 것이 아니다. 우리 모녀는 걸핏하면 서로 한 덩어리로 끌어안는 습벽이 있으니까. 백 마디의 말을 무색케 하는 따스한 행복감을 우리는 그 포옹을 통해 확인해오고 있으니까…….

내 딸 아이에게도 마침내 가을 병의 독한 바이러스가 전염되었던 모양인가.

인생의 가을은 불타는 단풍처럼 우리의 사색을 승화시키어, 우리 자신을 끝없는 그 어떤 경지로 맑고 밝게 익혀 주거늘…….

이 가을, 주기적으로 밀려오는 가을 병의 물굽이가 몇 차례나 되풀이될지 모르지만, 나는 결코 사양하지 않고, 매번 그 파도에 내 몸을 맡기고 싶다.

가을 병, 그것은 상상할 수 없는 세계로 우리를 들어올려 성숙시켜 주는 때문이다.

(스위트홈, 1988. 10)

왕벚나무·겹벚나무

거실 앞에 서 있는 나무가 오늘따라 고요하기만 하다. 아마도 깊은 명상에 잠겨들기라도 하는 듯.

나뭇잎 하나가 떨어져 내린다.

또 하나가 떨어져 내린다.

나뭇잎들은 어떤 질서에 순명하듯 소리 없이 있던 자리를 비워낸다.

잡고 있던 손길이 풀리듯.

입었던 옷을 벗어 내리듯.

나무는 서서히 알몸이 되어간다.

모든 걸 다 털어버린 텅 빈 몸.

나는 그것이 이 세상에서 도달할 수 있는 열반이라 짐작되어, 늘 동경해 마지않았다.

오랜 아파트 생활을 정리하고 주택으로 이사하면서 제일 먼저 서두른 건 나무 주문이었다. 나무를 한 그루나마 심을 수 있는 땅을 가지고 있다는 데 대해 감사하면서.

　먼저 식구들과 수종(樹種)을 상의했다. 만장일치로 왕벚나무(벚나무 중 우량종)가 뽑혔다. 벚꽃이 한꺼번에 활짝 피어나는 계절에는 온 세상이 눈부시리만큼 밝아지고 우리의 마음도 덩달아 한결 따스해진다면서 우리 집에서 담장 밖까지 뻗어나간 벚나무가 꽃을 피운다면 우리 골목 안이 한결 화사해질 거라는 기대감과 사명감까지 나는 미리 뿌듯하게 맛보는 거였다.

　사람들이 잠도 덜 깬 이른 새벽, 우리 집 앞에서 트럭 한 대가 멎더니, 장정 둘이서 담장 위로 올라서 큼지막한 나무 하나를 집 안으로 내려놓는 것이 아닌가. 드디어 왕벚나무가 왔구나 싶어 나는 후다닥 뛰쳐나갔다.

　나무는 거실 바로 앞에 심어졌다. 나무 표피가 반짝거릴 만큼 윤기가 흐르는 것으로 보나, 나뭇가지의 모양새로 보나 왕벚나무임이 틀림없었다. 헌데, 아니라고 했다. 이만한 크기(높이 5m짜리 10년생)의 왕벚나무를 구할 길이 없었다고 했다. 우리 식구들이 선정했던 왕벚나무 대신 겹벚나무를 받아들일 때, 우리는 솔직히 서운한 마음이 지나쳐 허탈감마저 느껴야 했다. 생각지도 않던 겹벚나무를 받아들이기로 작정을 해놓고도 체념의 씁쓰름한 맛은 여간해 사라지지 않았다.

　새봄, 왕벚나무하면 잎이 나오기 전에 꽃봉오리가 수줍게 보시시 올라오련만, 겹벚나무는 잎순부터 피어올랐다. 연두가 아닌 자색으로.

거리의 왕벚나무들이 있는 힘을 다해 일제히 피어나 세상을 발칵 뒤집어 한바탕 사람들의 가슴을 설레게 하고, 그 잔해가 이리저리 아쉽게 흩날릴 즈음, 왕벚나무를 기어이 어느 구석에라도 한 그루 꼭 심고 싶은 굴뚝 같은 생각에 배회하다가 문득 고개를 들어보니, 겹벚나무의 보송보송한 새순에서 꽃사과 같은 새빨간 열매들이 조랑조랑 매달려 있질 않은가. 저것이 꽃이라는 건가. 일찍이 겹벚꽃을 보기는 했으나, 그 피어나는 과정은 보지 못했으므로 더욱 씁쓰름한 기분을 삼키며, 하루하루를 기다려 갔다. 이 친구, 저 친구에게 물어 보아도 모두들 잘 모르겠다는 대답뿐이었다. 우리의 인내력을 지치도록 시험하고 나서야 그 튼실한 덩치의 나무는 꽃사과 같은 새빨간 방울들을 이차로 터트려 마침내 연분홍의 소담진 꽃송이를 현실로 가져다주었다. 다른 꽃들과는 달리 이중 과정을 거쳐 특이하게 개화하는 겹벚꽃들은 마치 발그레 홍조를 띤 방년 17세 소녀라 할까. 누구나 그 야실야실한 볼에 자신의 그것을 대어보고픈 충동을 어떻게 막을 수 있을까. 인상파 그림인양 낭만이 녹아내리는 겹벚나무가 골목 안에 화사한 빛깔을 뿜어내며 오가는 사람들의 마음에 달큰한 행복의 물을 들여 주는 성만 싶었다. 우리 식구들은 그 나무를 마냥 사랑하게 되었다. 불청객 취급을 하며 억지로 마지못해 정붙여 보려 애쓰던 걸 미안스러워 할 만큼. 겹벚나무, 그가 우리 집에 온 건 불청객으로서가 아니라, 우리 집과 우리 식구들을 환히 다 아는 어떤 기류의 작용이나 배려로까지 받아들이는 나의 마음은

이 가을에 더욱 확고해졌다.

그야말로 온 세상을 삼켜버릴 듯 노을이 불탈 때, 그 노을 속에서 활활 함께 타고 있는 붉은 단풍의 그 나무를 상상해 보라. 그러나 그것도 잠시. 동안거(冬安居)를 준비하는 수도자처럼 제 몸의 불을 재워, 한 떨기 잎새도 용납하지 않는 나목으로 돌아간다. 눈보라 삭풍 속에 단호히 알몸으로 서 있는 겹벚나무의 참선에 나도 동참하고 싶다. 그를 따라 끝이 보이지 않는 통토를 맨발로 통과해 낼 수 있을까.

고행·참선을 얼마나 쌓으면, 저 찬란한 새봄에 부활할 수 있는 것인가. 아니, 그 봄을 이끌어낼 수 있는 것인가.

한 그루 나무가 있는 한, 한 포기 풀이 있는 한, 사람은 아주 불행할 수만은 없다고 나는 감히 말하고 싶다.

(문학의 집·서울 자연사랑 문학제, 2002. 11)

모교 방문기

충남 아산시 음봉면 삼거리에 있는 음봉초등학교를 내가 찾아간 건 1999년 11월 15일이었다. 100권이라는 책 선물을 들고 한국소설가협회 주최의 모교 방문 독서운동 "읽으면 행복합니다"의 임무 수행을 위해서지만, 그리움이 앞서기에 제반사를 제치고 그곳으로 향했다. 멀지 않은 거리였지만 교통편이 쉽지 않아 남편의 차를 타고 함께 갔다. 잘한 일이라 여겨졌다. 모교라고 고향집처럼 애틋한 심정이었으나, 막상 당도해 보니 너무도 큰 새 건물이 튼실하게 버티어선 교정은 마침 낙엽이 뒹구는 늦가을이어선지 을씨년했다. 한참 주산을 놓다보면 다들 떨어져나가고, 나와 선생님, 오직 그 단 둘만 남게 되던, 그런 희열을 안겨주신 한철수 선생님, 나를 붙잡아 지겹도록 잡무를 시켜먹던, 그래서 익명의 학생이 소원이게 만든 그 여러 선생들, 이제 모두가 보이지 않았다.

우리가 뛰놀던 운동장 한 가운데의 튼실한 노거수도 사라져 휑덩그렁한 느낌을 어쩔 수 없이 맛보아야 했다. 찬바람만이 가슴으로 몰아쳐오는데, 양관직 교장선생님과 도서담당 선생님이 마중을 나오신다.

긴 복도에 내 머리통만 한 꽃을 피운 국화 화분이 끝까지 줄을 서 있는 것이 인상적이었다. 교장실에서 잠시 차를 마시는 동안 화제는 반세기 저편의 내 성적을 찾아보았다는 것과 나이에 비해 젊어 뵌다는 등등의 상식적인 대화 끝에 교장선생님은 독서캠페인보다는 내가 다니던 시절의 추억담을 당부해 왔다.

그렇다고 나의 임무를 아주 망각할 수는 없는 노릇.

강당에는 4, 5, 6학년 학생들이 150여 명 정도 모여 있었다.

나는 우선 그곳의 상징물인 뒷산의 이순신장군 묘소에서 자치회나 야외수업 등을 하던 이야기를 했고, 일제 강점기 마지막 단말마의 숨을 몰아쉬던 무렵의 고통스러웠던 몇가지 상황을 실감나게 들려주었다.

우리말 말살정책에 의해 한국판 「마지막 수업」의 서러움과 그나마도 수업을 전폐하고 1학년 고사리 손으로 면내를 두루 다니며 새벽부터 밤중까지 모를 심고, 쇠붙이 연장을 들기엔 너무나 연약한 손목으로 험한 산속을 헤매며 배당 받은 분량의 광솔을 채취해야 했던 어두운 내용에 이르러서는 한정된 시간이 안타까울 정도로 진지하면서도 적극적인 관심을 나타내던 내 사랑스런 후배님들의 모습은 대도시의 어린이들과 전혀 구분이 안될 만큼 세련되고 여유로운 표정들이었다. 하지만, 자기들보다 더 꼬마였던 내가 모를 심고 광솔을 따면서 가장 끔찍하게 쩔쩔

매야 했던 나의 고충이 무엇이었던지를 그들은 짐작조차 하지 못했다. 나이에 걸맞지 않은 육체노동의 고통은 그들의 상상력이 어느 정도 따라잡을 수 있었는지도 모른다. 식민지라는 억압의 슬픔까지도……

그러나 나와 내 또래의 그 시대 그 고장 어린이들이 직접적으로 피부로 느낀 그 현장의 질겁한 사건들에는 그들의 접근이 불가능했다.

왜냐하면 내 어린 시절과 그들의 환경에는 분명한 선이 그어져 있었기 때문이다. 그들은 살충제, 제초제, 기타 화학적인 농약 등등의 오염 세대이고, 나는 그 엄청난 오염 이전의 순수한 생태에 뿌리를 박은 세대라는 차이는 컸다. "망치로 소나무를 쳤을 때, 무슨 일이 일어났겠어요?" 하고 내가 질문을 하자, 아무도 대답하는 사람이 없었다. 그냥 교교했다. 이번에는 나의 질문이 조금 구체적으로 들어갔다.

"무엇이 우수수 떨어졌을까요?"

그제야 짐작되는지 너도나도 손을 들었다. 그중에 문예반이라는 아이를 지명했다.

"솔방울요."

나는 머리를 저으며 엄지 손가락을 들어올렸다.

"이거만한 송충이들이야."

가지마다 바글거리던 그 벌레들이 내 몸으로 쏟아져 옷 속으로 스며들어 쏘아대는 바람에 살이 벌겋게 부르트고 가려워 잠을 못 자던 기억 때문에 나는 몸서리를 쳤다. 모 심을 때 장단지 위로 까맣게 달라붙던 거머리 얘기도 해주었다. 아이들도 감이 오는지 눈살을 찌푸리며 몸을 떨었다.

그렇게 가난하고 답답하기만 했던 오지에서 암담한 나날을 보내고 있던 나에게 구원의 손길이 뻗쳐 왔다. 구원의 손길은 다름 아닌 친구였다는 말이 내 입술에서 떨어진 그 순간, 나의 귀에 찡하는 이명이 울리었다. 강당 안이 그야말고 숨소리조차 멎은 듯 무섭도록 엉겨붙는 집중력을 나는 한몸에 받아야 했다. 조금 전 나를 소개하며 "여러분들, 꿈 많죠?" 하던 교장선생님의 말씀을 떠올리지 않을 수 없게 반짝거리는 오십 년 후배 새싹들의 호기심과 동경의 수면에 나는 절호의 기회라 생각하면서, 돌을 던졌다.

"나를 구원한 그 친구는 바로 다름 아닌 책이었습니다"라고.

책이야말로 이 세상 그 누구보다 가장 진실한 언어로 지혜와 지식과 사랑을 나눠 주는 친구라는 말로 그날의 내 이야기의 마무리를 했다.

교장선생님은 내가 다녀간 충격이 일주일이나 갔다고 후일담을 보내왔다.

등잔불 밑의 내 어린시절보다 전기불처럼 환한 문명을 누리고 있는 그곳 어린 후배들이 더 행복하다고 나는 느껴지지 않았다. 나에게는 밤하늘의 찬란한 은하수가 있었지만 그애들은 그걸 잃은 세대라는 걸 생각하면 가슴이 찌르르 빠개지는 듯 아파왔다.

(한국소설가협회 〈작가와 모교 고향과 책 읽기〉, 2000)

기도

얼마 전, 형제 중 한 사람이 저희 곁을 떠났습니다. 그가 처음 그 운명적인 병마를 얻었다고 할 때, 형제들은 모두 놀라 달려갔습니다. 우리는 서로 끌어안고, 제일 젊은 사람이 무슨 소리냐고, 힘을 내라고, 꼭 회복이 될 거라고, 용기를 돋궈 주려 애를 썼습니다. 비통한 마음을 감추면서.

수술과 재발, 그리고 마지막 선고를 받았을 때, 그는 독백처럼 뇌었습니다.

"인제 학교도 그만두어야 하겠지요."

문학박사인 그는 학문의 전당에서 내려선다는 사실이 사실상 생을 마감하듯 안타까운 모양이었습니다. 차분하게 가라앉은 그의 말소리는 저의 애간장을 끊는 것만 같았습니다. 학문에 대한 그의 뜨거운 집념과

열정과 자부심을 지켜보아온 저이기 때문입니다. 그 누구보다도 착실하고 모범적이며 명석했던 그로서는 충분히 후회 없는 업적을 쌓아 올렸겠으나, 이제 막 쉰 줄에 접어든 그의 나이는 활짝 시원스레 개화를 시키지 못하고 떨어져 버린 꽃송이를 연상하게 했던 것입니다. 부엌의 개수대 앞에 나란히 붙어 서 있었건만 저는 그의 모습을 차마 바로 보지 못했습니다. 겨우 그를 위해 한다는 소리가,

"우선 붙박아 있을 사람을 구해야겠어."

저는 무엇보다도 그것이 그의 몸을 위해 급선무라는 생각에 한 말이었습니다만 그는 괴로운 자신의 몸보다는 남아 있을 가족들을 더 염려해 극력 사양하였습니다. 움직일 수 있을 때까지 그는 천연스레 가사노동을 손에서 놓지 않는 거였습니다.

어느 날은,

"병원에서 치료 하나도 안 해줘요."

비교적 냉철하면서 이성적이었던 그는 담담한 표정으로 말했습니다만 그의 눈동자는 아마도 슬픔과 분노로 동요되고 있었을 것입니다. 그 어떤 위로도 무기력할 뿐인 그런 순간엔 저 자신마저도 그를 슬픔과 분노에 빠뜨리는 세력과 한패가 되는 것 같아 눈앞이 답답하였습니다. 왜 그다지 그를 위로할 말 한마디가 떠오르지 않는 걸까요. 어쩌면 그런 때에 환자의 마음을 다독여줄 최상의 언어는 엄밀히 이 지상에 아예 없는 것인지도 모릅니다.

그러고 나서, 뜸을 잔뜩 들여 한참 지난 후, 더 많이 쇠약해진 그가 미

음을 조금 쑤어 들고 간 저에게 분명한 발음을 건네 왔습니다.

"세상에 태어나기도 힘드는데, 가기도 힘이 드네요."

그는 미소 짓고 있었습니다만 저는 그의 야윈 손을 잡을 뿐, 또다시 할 말을 찾지 못하는 거였습니다. 지상의 그 숱한 말들 중에 설마 그런 순간을 위한 적절한 용어가 그렇게도 없겠습니까만 문제는 저의 그릇이 나뭇잎만도 못하게 연약한 탓이겠지요. 그 절체절명의 시간을 헤아리고 있는 사람의 심중을 미리 짚고 그만 얼어 버리는 저의 모양새는 더 이상 비겁할 수가 없는 것이었습니다.

저는 절박한 심정으로 성서를 열어 보았습니다. 수난예고가 눈에 들어왔습니다. 첫 번째 수난예고에서 스승 예수가 제자들에게 자신이 반드시 예루살렘에 올라가 원로들과 대사제들과 율법학자들에게 많은 고난을 받고 그들의 손에 죽었다가 사흘 만에 다시 살아날 것임을 알렸을 때, 베드로는 예수를 붙들고,

"주님, 안됩니다. 결코 그런 일이 있어서는 안 됩니다."

라고 말하면서 말렸지만, 두 번째 수난예고에서는 제자들이 매우 슬퍼하였다고만 기록되어 있고, 세 번째 수난예고에 이르러서는 제자들의 반응 같은 것은 아예 나타나 있지도 않습니다. 사흘 만에 다시 살아날 것이라는 전제가 깔려 있기는 하지만, 그 전제 이전에 그들의 절대적 존재인 예수가 거쳐야 할 온갖 수모와 고초 끝에 죽게 되는 예언을 들은 제자들치곤 무심하게 느껴지는 반응이 새삼 인간적으로 가슴에 절실하게 와 닿았습니다.

병상에 있는 사람이야말로 이 세상에서 가장 고통스럽고 가장 고독한 사람입니다. 오직 혼자서 짊어질 수밖에 없는 그 힘겨운 과정을 거쳐 죽음에 이르는 동안 사람은 다 성화(聖化)되어질 거라는 짐작까지 저는 일찍이 해본 적이 있습니다. 그런 저의 짐작대로라면, 그가 차츰 성화되어 갈 즈음, 여태 시원스런 답변 하나 건네지 못한 저는 그를 위해 이제 진정 무엇이라도 해야 한다는 바쁜 마음이 되었습니다.

고심 끝에 그에게 줄 마지막 선물을 마침내 골랐습니다. 예수 수난을 묵상하며 우리 자신의 삶을 성찰할 수 있는 '십자가의 길'이라는 기도입니다. 서툴게 곡조까지 살리어 14처의 기도가 다 끝났을 때, 그는 고즈넉하게 까실한 입술을 열었습니다.

"감사해요."

그를 잡고 있는 저의 손길은 떨렸습니다. 기력이 다해 어렵게 보내온 그의 한마디 인사말에조차 저는 끝내 응답을 주지 못했습니다. 그 무엇이, 진정 그 무엇이, 그를 위한 위로를 가져올 수 있는 것인지, 그것은 이미 사람의 힘으로 닿을 수 있는 범위를 벗어나 버린 듯하여 저는 깊은 슬픔에 젖어 들었습니다.

(가톨릭 서울주보, 2000. 9. 24)

그곳에서는 무슨 꽃을 피워내실 건가요

"벚꽃 피면, 거기 가자 우리, 구름처럼 둥둥 떠오르는 거기 말야."

불과 몇 시간 전의 그 약속이 마지막 통화가 되리라고는 꿈에도 생각하지 못했던 일이었다. 내 귀엔 그토록 반갑게, 그토록 신선하게 와 닿았던 박완서 선생님의 음성이 아직 생생하게 살아 있다.

팔순 턱을 내고 싶다고, 공식적인 건 싫다며, 소규모 인선까지 해논 터여서, 이때나 저때나 하다가 뜻밖에 우환 소식을 접한 나에게 끔찍했던 6 · 25가 환갑이 되어서까지 나를 흔드는 거라며, 경인년(음력)이 이제 며칠 안 남았다고, 되레 이쪽을 안심시켜 주시려 애쓰던 선생님이 아니었던가.

나는 선생님이 이번 위기를 반드시 딛고 일어서시리라는 확신을 갖고 있었다. 왜냐하면 선생님은 내 주변의 그 누구보다 강단이 좋으셨던 때문이다. 당신 자신도 그 점에 대해서는 동의를 했다. 자랄 때, 화롯가에는 늘 미삼물이 자글자글 끓어 맹물은 별로 마시지 않은 덕분 같다는 구체적 근거까지 알려주면서. 그럴 때 약골인 내가 드릴 수 있는 말은 젖배를 곯았다는 것과 유모 역시 쭉정이 젖만 가지고 와 몇 번 칭얼대다 잠이 들곤 했다는 시원치 못한 내 갓난애 적 얘기를 하면, 그랬을 거다, 세상에서 간이 젤 쬐끄만 사람이니까, 그러고는 유쾌해하셨다.

내가 박완서 선생님을 처음 뵈온 건 1975년 『동아일보』 광고탄압사태 때였다. 거대 공권력에 대항해 동아일보 출신 문인들이 작은 촛불이라도 보태겠다고 모인 자리였다. 그때 선생님의 인상은 소박하고 겸손하였으나 불의에 대한 태도는 단호했다. 그 뒤, 우리의 인연이 발전한 건 1980년대로 접어들어 홍윤숙 선생님이 가톨릭문인회 회장을 맡으면서 힘을 기울인 성서공부 모임을 통해서다. 혜화동 신학대학과 신촌의 서강대학, 장충동의 분도수도원을 십여 년 동안 순차적으로 거치며, 성서에 대한 지식은 얼마나 도움이 되었는지 모르지만 인간관계 면에서는 암암리에 끈끈해져 간 게 사실이다. 더욱이 선생님의 생애를 통해 가장 힘들었던 일들이 그 무렵에 일어나 우리는 부족하나마 되도록 함께 해보려 노력을 기울였던 시기이기도 했으니까.

시냇물 소리가 담장을 넘어 집 안으로 시원하게 흘러 들어오는 계절이 오면 마당에 매화꽃, 목련꽃, 살구꽃, 자두꽃, 감꽃…… 꽃이란 꽃은 다 피워놓고 선생님은 우리를 간간이 초대를 했는데, 가장 기억에 강하게 입력된 건 파릇파릇 돋아나는 머위를 우리 손으로 직접 뜯어서 살짝

데쳐 쌉싸름한 계절의 미각을 만끽했던 일이다. 이때 빼놓을 수 없는 뽀글뽀글 끓인 전대미문의 박완서표 양념된장 맛은 두고두고 잊지 못할 것이다.

나는 선생님 댁 초대를 꽤 받은 셈이어서, 나도 언젠가는 대거리를 해야지 하며 속으로 별러왔지만 끝내는 이루지 못했다. 기회가 없었던 건 아니었다. 내가 지금 살고 있는 동선동으로 이사를 했을 때, 소위 집들이라는 걸 하기는 한 셈이니까. 그러나 그 모처럼의 모임은 마음과는 달리 결국 시류를 따라 편의적인 것이 되고 말았다. 이삿짐 정리로 지친 나는 정성이 담긴 손맛 대신 선생님과 문우들을 동네의 음식점으로 모셔야 했다. 점심을 마치고 바깥으로 나오자, 여기 성북경찰서가 어딘가? 하고 뜬금없는 질문을 한 사람은 선생님이었다. 내가 알려드리니, 즉시 그쪽으로 향하는 선생님의 자태는 한 마리 새가 날개를 펼치듯 상큼했다. 마치 무엇엔가 씌인 사람 같기도 했다. 영문을 모르는 일행은 그 뒤를 따라 어슬렁어슬렁 움직이는 수밖에 없었다. 성북경찰서가 바라다보이는 지점쯤에서 방향을 꺾어 복개된 안감내를 따라 걷던 선생님이 성북구청을 등지고 문득 걸음을 멈추었다. 목욕탕 앞이었다.

"와아, 신안탕이다, 동그란 간판까지 그대로네, 아낙네들이 빨래하던 안감내는 상전벽해가 되었건만……"

그 순간의 선생님 표정은 조금 과장해서 솟아오르는 해와 같았다고 할까. 보문동에만 오래 사신 거로 알고 있던 나는 우리 동네와도 깊은 인연이 있었다는 새로운 사실이 반가웠다. 그것도 아주 중요한 선생님

문학의 기반이 되고 있는 6 · 25 전후를 보낸 지역이라는 데에 더욱 의의를 두며, 그 순간부터 거기 모인 우리 몇 사람의 한 행보 한 행보가 박완서 문학의 현장답사라는 의미를 갖는다고 생각했다. 결혼해서 보문동으로 이동하기 전까지, 그러니까 소녀가장으로 살던 그 마지막 집은 신안탕 바로 뒤였다고 했다.

신안탕을 끼고 뒷골목으로 들어선 우리 일행, 아니 우리 답사반은 선생님의 동작만을 주시하고 있었다. 한데, 선생님의 어깨는 축 쳐져 있고, 고개를 숙인 채 주춤거리고만 있다. 그 시대엔 조촐한 한옥 골목이었겠으나 답사반의 시야엔 삼 층짜리 다가구 주택 일색이었다.

마침내 고개를 든 선생님이 발로 땅바닥을 치며 아마 여기쯤일 겁니다, 했는데 그 말소리는 희미했고, 희미한 만큼 그저 허무한 느낌만 들었다.

이제 볼일이 다 끝난 것처럼 우리 집을 향해 되짚어 오던 중 선생님이 찾아 헤맨 또 하나의 집이 건재해 있어서 답사반은 다시 활기를 띠웠다.

연세대 축구선수였다는 그 푸르른 청년, 그와 걸을 땐 발바닥 밑에 공이 들어 있는 것 같았다는 바로 그 이루지 못한 첫사랑의 집이었다. 그 집 대문 너머를 기웃거리며 우리는 한동안 그 자리를 뜨지 못했다. 들어가면 오른쪽에 홍예문이 있어요. 이팔청춘으로 되돌아간 듯 앳되어진 선생님의 목소리에 내 가슴마저도 설레던 기억. 얼마 쯤 뒤, 간행된 『그 남자네 집』이라는 장편소설을 선생님은 나로 해서 쓰게 되었다는 말을 했는데 그건 아마도 그날의 감동이 너무도 절실했다는 의미로 나는 받아들였다. 소설은 우리 집을 방문하는 길에 옛 추억을 두드리게 되는 그날의 답사반 풍경으로 아예 시작되어지고 있었다. 작품을 발표할 때마다 그렇듯 『그 남자네 집』도 대성공이었다. 마당 가득 온갖 꽃을 아름답게 피워내듯 이 땅의 뭇 사람들 가슴에 소설 꽃을 활짝 피워 심금을 울려주신 박완서 선생님. 이제 그곳에서는 무슨 꽃을 피워내실 건가요. 부디 영원한 빛과 평화를 누리시옵소서.

(참 소중한 당신, 2011. 2. 9)

지따 성녀

밤하늘의 별만큼이나 수많은 성인들 중에서 단 한 분을 선택한다는 것이 참으로 어려운 일이었다. 하물며 그분의 생애나 업적, 신심에 대하여 전적으로 공감하고 추앙하며 더 나아가 찬미드릴 수 있는 분을 택함에랴. 하느님 보시기에 썩 만족을 드릴 수는 없더라고 그런대로 보아줄 수 있는 정도의 나날을 엮어 보려는 평범한 소망쯤은 지닌 터에 나의 거추장스러운 체중을 때로 받쳐 줄 수도 있는 만만한 지팡이를 골라 잡으려니 나는 너무 의미심장하였던가 보다. 더군다나 그 많은 성인들은 모두가 그야말로 밤하늘의 별처럼 제각기의 고귀한 빛을 발하는 거룩한 분들이니 그 가운데 딱 한 분만 골라잡기가 어찌 쉬울 수 있겠는가. 흔히들 신부님이나 수녀님께 본명을 지어 받는 경우가 많다고 하고 또 그 의미도 그럴 듯하였으나, 그렇게 의뢰하는 분이 얼마나 많으랴 싶어 주제넘게도 바쁘신 신부님과 수녀님을 도와드린다고 함께 교리를 한 우리 가족은 스스로 각기 자기 주보성인을 찾아 순례의 길에 올랐다. 가톨릭 출판사에서 나온 상·하권으로 된 『가톨릭성인전』이라는 두툼한 책을 처음으로 독파해 내는 일은 지구상의 여러 나라를 돌고 도는 순례의 길과 다름없었다.

그리고 아무의 간섭도 받지 않고 나 스스로가 선택한 주보성인이 지따(St. Zita V)이다.

대체로 성녀들의 신분이 귀족이나 부호 출신이 많았던 데 비해 지따는 이탈리아의 몬데세그라디라는 시골의 가난한 가정의 태생이라는 것이 시골 출생인 나에게 친근감을 주었고, 12살부터 죽을 때까지 일평생을 종으로 살았다는 사실이 나의 가슴에 뜨겁게 충격으로 와 닿았다.

그 자신 가련한 종의 신분이면서 지따는 가난한 이와 고생하는 이에게 언제든지 자모와 같이 따스하게 최선을 다하였다고 한다. 자기가 받고 있던 적은 보수나마 거의 전부를 가난한 이에게 나누어 주었고 빈민 구제를 위해서는 주인의 허가를 얻어 자신 몫의 음식까지도 절약한 때도 있었다고 한다.

지따의 겸허하고 성스러운 생애를 통하여 그때까지 걸어온 나 자신의 삶을 돌아보지 않을 수 없었다. 나는 과연 나 아닌 남을 위해 노력하는 자세가 그 얼마나 있었던가. 기억을 더듬어 볼 때에 떠받들리어 일방적으로 사랑을 받아오기만 하며 자라온 과거에 대하여 많은 것을 생각하였다. 그때까지 살아온 일들이 전체적으로 한꺼번에 떠오르며 내가 죽으나 사나 부여잡아야 할 분은 비록 현실적으로는 남루하지만 영성적으로 더 없이 고귀한 지따 성녀임을 깨달았다.

어느 날 병고로 쇠약해진 거지가 집 문밖에 와서 한 모금의 포도주를 청하였는데, 때마침 포도주는 한 방울도 없었으므로 지따는 할 수 없이 정성스러운 마음으로 냉수 한 잔을 주었더니 그 거지는 무척 맛있게 마시는 거였다. 냉수는 어느새 비싼 포도주로 변하여 있었던 것이다. 열과 성을 다할 때 사람과 사람 사이에 일어날 수 있는 기적이란 바로 이런 것이리라. 물이 포도주가 되었듯 새로운 변화를 가져올 수 있는 노력은 누구든지 기울이기만 하면 얼마든지 가능하다고 본다. 나만 쉽게 한탕해서 호화판으로 살면 그만이라는 잘못된 풍조로 푹푹 썩어진 오늘 우리의 풍토를 바로잡는 데에도 근본적으로 우리가 상실한 이러한 가난한 정성의 자세로 되돌아가야 한다고 본다. 나는 늘 나 자신이 못마땅하여 견딜 수 없을 때 지따 성녀를 생각하고 기도하는 마음으로 살아가기를 염원한다. 그 길이 곧 스승의 가르침이기에…….

(평화신문, 1993. 4. 24)

이 죄인을 진실하게 하옵소서

흑인 영가인 〈주여 나를 진실하게 하옵소서〉를 내가 만나게 된 건 1980년대 중반이었다. 신 영세자 반열이어서 나이와 상관없이 눈초리가 반짝반짝 빛나던 시기였다. 그 무렵 구역 대항 합창 경연 대회를 체험하게 된 건 내 생애에서 참으로 행복한 일 중의 행복한 일이었다고 말하고 싶다.

지정곡은 주임 신부님 애창곡인 〈주 예수와 바꿀 수는 없네〉로 정해졌는데, 가톨릭 성가 61번인 그 곡은 당시 잠원동 본당 노래처럼 되어 행사 때마다 불리었고, 특히 신부님이 임기를 마치고 떠나실 때 송별가로 부르며 눈물바다가 된 기억이 새롭다. 그 뒤로 교우 모두의 애창곡이 되어 그 노래를 부르면 당시의 주임 신부님을 떠올리게 되었으니, 이기헌, 베드로 신부님 노래가 된 셈이다. 우리 부부는 교회 모임이 아닐지라도 부득이 사양하기 어려운 자리에서 그 곡을 이중창으로 부른 적이 있으니, 감히 우리 집 성가라고도 말할 수 있을는지…….

여기까지는 하나의 성가가 우리 자신도 모르게 우리 생활 속으로 깊숙이 파고들어와 익숙해져서, 많은 추억과 더불어 떼려야 뗄 수 없는 불가분의 유대를 맺으며 공동체 안에서 암암리에 신앙을 키워준 이야기였다면, 이제부터는 내 개인의 내면으로 가장 짜릿하게 영성적으로 꽂혀 온 표제로 내건 음악 차례가 되겠다.

〈주여 나를 진실하게 하옵소서〉는 그 구역 대항 합창 경연 대회에서 우리 구역의 자유곡으로 선정되어 내 앞에 눈부시게 나타났다는 표현을 감히 해본다. 그 정도로 나를 많이 떨리게 한 곡이라는 뜻이다.

서너 달을 두고 밤 9시 이후의 고요한 시간대에 모여 사중창의 화음을 연마해 가면서 성음악이란 이런 것인가 차츰차츰 깨달아 가게 되었다. 그 음악의 섬세하고도 심오한 호소력에 엎드려 무릎을 꿇고 낮은 곳으로, 더 낮은 곳으로, 더 더 가장 밑바닥까지 자기를 처절하게 몰아가며 기도와 고해를 바치는 동안 맑은 물에 씻기고 거듭 씻기는 풀잎처럼 이 세상 그 어느 누구보다 절절한 수도자인양 거룩한 절정이 보이는 듯하지 않았던가.

선천적으로 폐활량도 약한 데다 절대음감과도 거리가 먼 내가 그런대로 울림이 괜찮은 공간에서 얼마나 오래오래 자기도취에 젖어 있었던지, 이웃 친구 안칠라가 "참, 노래 잘 부르시던데요." 방실방실 소리 없이 피어나는 꽃송이처럼 건네 오던 말에도 나는 얼굴을 붉히지 않았다. 염치없이 그냥 만족스럽게 받아들이곤 했다. 유난히 고운 피부처럼 아름다운 마음씨의 소유자인 그녀가 나에게 베푸는 자비임을 잘 알고 달콤하게 받아들이기만 하면 되는 거겠지만, 나는 거기서 머물지 않고 다소 자만심까지 가져보며 응답으로 오페라의 명장면을 본떠 그녀를 향해 '내가 원치 않는 죄를 범치 않게 하옵시며……' 하고 혹해 버린 그 노래를 열창해 주었던 계절……. 그처럼 터무니없는 나를 전폭적으로 받아들여 주던 그녀는 이제 지상에 없고, 노래 또한 그 어디에 가서 단 한 소절이나마 찾아내야 할 것인지 모를 암담한 지경에 이르렀다. 그새 몇 번의 이사로 흐트러진 집 안을 온통 뒤집어 보아도 악보는 온데간데없고, 멜로디와 화음에 부합하는 그 절실했던 아름다운 가사를 분실해 버린 내 기억의 창고는 더 이상 희망이 없는 것 같다.

당시 우리를 인솔했던 성가 단장님을 비롯하여 솔로였던 후배와 몇몇 음악을 사랑하는 동료들에게 문의해 보았으나 나보다도 더 감감해진 상태였다. 심지어는 그런 행사가 있었던가 하는 반문까지 나오는 정도였다. 아아, 세월의 참혹함이여, 어느새 사반세기의 물굽이를 타고 멀리멀리 아득하게 떠내려 온 걸 실감하며 간곡한 고해성사를 드리는 바이다.

부디, 이 죄인을 진실하게 하옵소서.

(참 소중한 당신, 2011. 1)

잊혀진 기억의 저 깊은 골짜기에서

서울을 벗어나, 수도권 작은 읍 규모의 '화정'이라는 소도시로 이사를 온 뒤, 여러 가지 좋은 점을 하나 둘 발견해가고 있는데, 쾌적한 우체국도 그중의 하나다. 서울의 중앙우체국과 거의 맞먹을 공간에 손님도 붐비지 않을 뿐더러, 서비스도 좋아 가기만 하면 즉시 용건을 마칠 수 있지만, 새로 지은 상큼한 건물인데다, 창 밑으로 길게 놓인 분홍빛 의자에 시선이 닿으면 거기 잠시 머물고 싶은 유혹을 나는 번번이 느끼곤 한다. 중심부에 널찍한 테이블이 세 개나 놓여 있는데, 거기엔 소포 포장용 종이와 두툼한 봉투와 노끈과 테이프와 가위, 풀 등이 비치되어, 누구나 언제라도 무료로 사용할 수가 있다. 먼 거리의 우체국까지 갔다가서너 뼘의 노끈을 깜박하여 집에까지 다시 다녀가야 하는 불편을 그 얼마나 많이 겪어야 했던가. 우편물 포장이 통과되지 않아 마감시간에 쫓기며 문방구를 찾아 나서야 했던 그 황당함이라니. 우체국에 갈 때마다 오늘은 무엇을 퇴짜 맞게 될까, 기계적이고도 쌀쌀맞은 담당자들 앞에서 주눅 들어야 했던 그 많은 시간들…… 해마다 연말이 가까워지면 넘쳐나는 인파로 줄서기의 행렬이 열대지방 원시림의 구렁이만큼이나 서리서리 돌아나가 끝날 줄을 모르던 그 징글맞은 경험은 또 얼마나 우리를 지치게 했던가. 그처럼 우리 모두가 참을성 있게 겪어야 했던 숱한 괴로움의 대가가 드디어 현실로 보상처럼 나타나 준 것일까.

오랜만에 소설집이 나와서, 그동안 일방적으로 받아만 온 책 빚을 갚으려고 분홍빛 의자가 기다리는 우체국에 갔다. 한 수수한 중년 남자가 앞으로 지나치다가 문득 발길을 멈추고 우편번호부를 당기어 펼치더니 내가 가져온 우편물 하나에 우편번호를 기재해 주는 게 아닌가. 급히 서두르다 보니 빠진 것이 있었던가 보았다. 무언의 친절만을 남기고 자리를 떠버린 그 사람이 대체 누군가 물었더니 과장님이라고 했다. 거드름이나 부리며 회전의자에나 앉아 있을 줄 안 과장님의 솔선수범이 어찌나 상쾌하게 다가오던지 한 사흘은 살맛이 다 날 정도였다. 여기까지 쓸 때만 해도 나는 그냥 신이 나서 펜을 휘날렸다. 우리의 여건이 비단 우체국만이 아니라, 각 분야에서 이처럼 발전해간다면 자연스럽게 선진국 수준의 삶의 조건이 갖추어지게 되겠거니 싶어서였다. 그러나, 나와 우체국과의 관계를 더듬어 소급해 보다가, 그만 나는 잊었던 저 기억의 까마득한 골짜기에 이르게 되고 만 것이다. 거기서 마주친 수묵화 같은 풍경 앞에 나는 멈칫 몸을 떨었다. 그리고는 펜을 놓아 버린 것이다. 더는 쓸 수가 없었다.

내가 우체국을 드나들던 역사를 생각하면 대처로 유학 나간 중학교 시절부터라 짐작된다. 학교와 바로 옆 기숙사만을 뱅뱅 돌며 지냈던 그 무렵엔, 낯선 도시에서 미처 우체국이 어디쯤에 있는지도 모른 때라, 내가 최초로 부친 편지는 빨간색 우체통으로 허무하게 사라지는 수밖에 없었다. 뒷맛이 미심쩍고 불안했지만 도리 없는 일이었다. 그런 숫된 시기를 출발점으로 해서 나의 우체국 편력은 꽤나 굴곡이 심한 편이었다. 먼지를 뒤집어 쓴 답답한 골방을 거쳐 코딱지처럼 풀이 덕지덕지 말라붙은 불결한 뒷골목쯤으로 나와, 제법 조촐한 오솔길을 지나 숨이 턱턱 막히는 산 고개를 넘어 간신히 신작로에까지 나선 격이랄까. 내가 전전해온 우체국들의 수준은 그 정도에 머물렀다. 서울에서의 내 마지막 단골 우체국도 지하 1층의 한 평짜리 정도였으니까. 그런 저런 우체국들의 추억을 더듬다가 나는 그만 그 계곡에 이르게 된 것이다. 까맣게 잊혀졌던 깊이를 알 길 없는 기억 저편의 계곡. 내 고향 두메의 이십 리 밖, 둔포 우체국. 한 번도 내가 현장을 가본 적은 없이, 그곳에서 사나흘 만에 나오는 우체부를 통해 외부와의 교신이 이루어지던…… 그 고즈넉한 산골에 어느 날 갑자기 사건이 터진 거였다. 한 처녀가 모 일간지에 소설을 써내어 뽑혔다는 것. 그 자체만도 사건이었지만, 전국 각 처에서 그 소식을 듣고 쏟아져 오는 편지의 홍수. 그 먼 거리를 땀을 흘리며 도보로 걸어온 우체부는 무거운 배낭을 처녀네 집에다 몽땅 부려야 하는 사태가 벌어지고, 그렇게 쌓인 편지는 다락으로 가득 차고,

마침내 놀라버린 둔포 우체국 직원 일동이 축전까지 보냈다니…… 주인공 처녀는 소설 당선 소식을 받자, 그곳을 떠났건만, 심장이 약한 그녀는 낯선 문단말석에서 겁에 질려 파르르 떨고만 있을 뿐이었는데. 왜이제야 그 두메의 우체부가 나의 뇌리에 바늘처럼 꽂혀온 걸까. 나는 움찔했다. 아프면서도 두려웠다. 마음 저 밑바닥까지 아려온 여운이 좀체 가실 줄을 몰랐다. 두메산골에서 벌어진 한동안의 소동보다도 그 사실을 말짱 잊고 있었다는 것에 나는 더 충격을 받았다. 삼십여 년의 기억 저 밑에서 끌어올린 그 우체부 아저씨의 수고는 이자에 이자가 더덕더덕 붙어 나왔는지 내가 감당할 수 없을 만큼 커져서, 내 고향 앞산 국수봉의 높이보다도 더 높아 하늘에 닿을 듯만 싶었다. 때 묻지 않은 둔포 우체국 직원 일동의 순수한 마음도. 뭇 별떨기처럼 쏟아져 온 그 수많은 편지의 관심들도, 그분들에 대한 보은은 고사하고 감사하다는 마음조차 별로 느껴볼 새 없이 그만 망각의 골짜기를 건너버렸던 나. 이제 와서 발을 동동 구른들 그분들을 어디 가서 어떻게 만날 수 있단 말인가. 나는 아무것도 손에 잡히질 않았다. 그렇게 얼마가 지났다. 그동안 우체국에 대한 불편으로 마음속으로나마 불만이 늘 있어온 편이었는데, 그런 모든 언짢았던 감정이 봄눈처럼 사라져 버렸음을 나는 느꼈다. 내 가슴속에 분명하게 자리 잡은 그 우체부 아저씨와 둔포 우체국 직원 일동, 그리고 뭇 별떨기 같은 그 수많은 분들에 대한 고마움이 세상 모든 것에 대한 나의 관심을 조금은 부드럽게 너그럽게 아름답게 만들어 줄 것 같은 예감을 나는 느꼈다. 그러나 그분들에 대한 고마움이 그것으로 상쇄된 것은 아니다. 그것은 그렇게 될 수도 없거니와 그렇게 되어서도 안 된다. 반세기 가까이 저 엄청난 망각의 두터운 골짜기 밑에서 문득 기적처럼 건져 올린 내 고향 두메의 그 순수했던 시절의 소중한 기억은 혼탁한 세상에서 쉽게 지쳐버리는 내 가슴에 각성제로 살아 숨 쉴 것이다. 영원히 갚을 길 없는 사랑의 빚으로.

(라 뿔륨 봄호, 1999)

보이지 않는 탯줄

― 나의 문학의 뿌리

나는 충남 아산시 음봉면 신정이 210번지, 잔실에서 1936년 동지날에 이희종(李熺鐘) 님과 김복흥(金福興) 님 사이의 셋째 아이로 태어났다. 하지만 엄마에겐 원치 않은 아이였다. 유산을 시키려고 엉겅퀴를 진하게 달여 마셨다고 했다. 누룽지를 긁는 예리한 달챙이로 뱃가죽을 빠득빠득 쥐어 뜯는 듯한 통증에 엄마는 진종일 네 방구석을 헤매야만 했다고 들었다.

유산을 시키려던 이유는 여러가지 복합적이겠으나, 위로 남매가 있는데, 고령인 양시할아버지와 할머니, 친시할아버지와 할머니, 철옹성 같은 시아버지와 두 살 위인 계시어머니 등을 모시며, 농사 뒷바라지를 해야 하는 힘겨운 시집살이 속에 젖까지 귀해, 이미 한 아이를 잃은 쓰라린 전력만으로도 충분히 고개가 끄덕여지지만, 뭐니뭐니해도 타관으로 나간 남편의 소식이 감감하다는 사실이 결정타였으리라는 짐작이다. 내가 이런 사실을 알게 된 건 초등학교 때였는데, 언짢거나 서운하다는 기분보다는 도리어 대견해 하는 생각이 앞섰다. 할아버지(李範允)와 엄마 사이는 흔히 냉기류가 감돌았는데 이때도 역시 그런 때였다고 한다. 한데 갓난애의 관상이 좋다고 할아버지의 얼굴에 웃음이 가득해졌다니 얼마나 다행한 일인가. 두 사람의 불화에 대해서는 어린 나도 잘 알고 있던 터라, 단 한 번일지라고 본인이 그 지긋지긋한 냉기류를 풀어내는 동기 부여가 되었다는 사실에 큰 숨을 뿜어내기까지 했다.

할아버지는 기분에 따라 흔히 식사를 거부해오는 때문에, 그때마다 밥상을 들고 사랑방 앞에서 석고대죄를 해야 하는 엄마의 모습은 너무도 안타깝고 비참하게까지 느껴져 왔다. 잘못이 없는데 용서를 구해야 한다는 사실은 해본 사람만이 알 것이다. 자존심 붕괴 정도의 문제가 아니라, 자아 자체가 그냥 송두리채 말살되어 버리는 흉폭한 순간이라고 나는 감히 말하고 싶다. 이런 슬프다 못해 처절한 풍경을 떠올릴 때, 단 한 번의 화해에 대한 울림도 그만큼 컸던 것이다.

이야기 책을 고리짝으로 혼수 속에 가지고 왔다는 엄마는 고된 노역을 잠시 내려놓은 저녁이면 어린것들을 양팔에 뉘고 이야기를 풍요롭게 들려 주었다. 특히 엄마의 괴로웠던 의지와 반하여 세상에 나온 나에게 제일 어린 때문이기도 했겠지만 사랑과 관심을 아끼지 않았다. 바쁜 나머지 마루 끝에 아슬아슬하게 던져 두어도 한 번도 떨어진 적이 없다는 정도의 사실이 큰 칭찬이 되고, 식구 간의 말도 철부지 꼬맹이답

지 않게 이리저리 옮기지 않는다며 믿음을 심어주고, 취학 전, 내 이름을 붓글씨로 쓴 듯 볼륨을 넣어 수를 놓았더니, 수 본도 없이 상상만으로 기특하다고 벽에 걸어놓고 온 식구가 박수를 쳐주던 장면 등, 엄마를 비롯한 온 가족들의 따뜻한 사랑을 듬뿍 받으며 자랄 수 있었다는 사실이 다행스럽고 고맙다는 생각을 나는 늘 갖고 있다.

이십여 호 정도의 잔실에서 우리 집은 한가운데에 자리했고, 규모는 가장 컸으며, 형세는 중농 정도였는데, 인근에서 제일 나은 편이라고 알려진 건 당시 농촌 현실이 무척 열악했다는 입증이 된다.

조선조 끝자락 쯤에 대과에 장원급제 한 오대조 할아버지(李國淵)의 후손답게 할아버지는 여름 밤이면 대마당에 나 앉아 앞산이 울리도록 사서삼경을 좔좔 암송하고 농한기엔 초저녁에 안방으로 행차하여 위인들의 일화와 고사성어를 중심으로 재미가 있으면서 교훈적인 요소가 들어 있는 이야기들을 일과처럼 성의껏 가족들애개 풀어내었다. 전국의 명산대찰을 즐겨 섭렵하면서, 감농(監農)도 철저하게 챙겼고, 향교에선 중심인물이었으며, 말년엔 내가 다닌 초등학교의 이사장직을 역임하였다. 그는 자연히 의관에 신경을 쓰게 됐고, 식도락도 수준급인 소군주의 풍모로 품위를 유지하여 일대에선 어른이나 아이나 그만 나타나면 허리를 깊숙이 굽혔다.

엄마는 그런 할아버지의 비범한 침모요 찬모 격이었다. 그 높은 두벌대를 번개처럼 넘나들며 드넓은 뒤란의 장독대와 부속 광들을 직접 돌고 돌면서, 농번기엔 하루에 세네 번씩이나 스무 사람 서른 사람 몫의 일밥을 지어내던 엄마는 그 손길에 닿기만 하면 그 어떤 재료든 혀끝에 착착 붙는 최고의 요리로 둔갑이 되고야 만다는 설이 자자할 정도로 맵고도 똑 떨어졌다. 그뿐이 아니었다. 모든 것을 자급자족해야 하던 그 시대에 목화 농사를 잘 지어서 실을 굵게 자아, 두툼하게 무명을 짜내어 물감을 들여서 정성껏 두루마기를 지어드렸더니, 서울 친구가 자기 세루 두루마기와 바꾸자고 조르는 걸 간신히 뿌리치고 왔노라는 말을 전할 때의 세상을 다 얻은 것처럼 보였다는 할아버지의 모습을 회상하는 엄마 역시 횡재라도 만난 사람처럼 매번 느껴져, 나 또한 흐뭇해지곤 했다. 근검절약은 기본 정신이었고 대쪽 같은 성품에 창씨개명을 끝까지 거부하여 학교에 갔던 언니 오빠와 일가 아이들이 울며 쫓겨 온 기억도 눈에 선하다.

되짚어 생각해 볼 때 한 가문의 수장(首長)으로서나 그 지방을 대표하는 토호로서도 존경을 많이 받았고 훌륭한 면모를 적지 않게 지닌 할아버지가 하필 당신의 수발을 깔끔하게 맡아온 며느리에게는 왜 그토록 박절했는지 모르겠다.

외할아버지의 고희 때였다. 찹쌀 두 말만 선물해 주시라고 청을 드렸다가, 칼로 자르듯 단호히 거절을 당한 엄마는 하는 수없이 딸 노릇을 접을 수밖에 없었다. 그렇게 발목에 채워진 보이지 않는 쇠고랑은 너무도 무거웠다. 처음이 아니어서 자포자기는 쉬웠으나 오장육부를 비틀어 짜내는 쓰라린 피눈물을 엄마는 삼켜야 했다. 연세 많으신 부모님이라 이대로 영 못 뵙는 것이 아닌가 하는 안타까움에 문서 없는 노비라는 말을 절감하며 탄식, 또 탄식할 수밖에 없었다고 했다. 할아버지는 단 며칠일 망정 엄마의 부재가 몹시 불편했던 모양이었다. 계시어머니는 의관은 물론 음식은 더더욱 손방이었던 때문이다. 대신 장에 나가는 일이거나, 외부와의 접촉 관계는 모두 그쪽 담당이어서 엄마는 꼼짝없이 집 안에서만 뱅뱅 돌며 갇혀 지내야만 했다. 하지만, 넘치면 터진다고 숨을 쉬는 사람이 언제까지 그렇게 엎드려 지낼 수 만은 없는 법, 엄마의 출애굽이라 할까. 마침내 엄마는 삼남매의 손을 잡고 시집살이 열두 대문을 열어젖혔다. 세상에 태어난 지 우리 나이로 다섯 살이 되도록 아빠가 누군지 얼굴을 모르는 나를 보기가 너무나 애처로웠다는 것이다.

삼십 리 길을 걸어서 성환에서 삼등 완행열차에 실리어, 밤낮으로 닷새 동안이나 달리고, 또 달려서, 마치 지구의 끝에 당도한 것 같은 그곳은 흑룡강성에서도 최북단이라고 했다. 어린 눈에도 자작나무 숲이 환상적이었다. 하지만 우리 가슴속 환상은 거기서 산산이 부서져 버렸다.

그곳엔 우리를 반기는 사람이 아무도 없었다. 결국 거기서 우리는 이산의 쓰라린 아픔을 안고 각기 흩어져야만 했다. 위로 남매를 남겨 두고 엄마는 제일 어린 나의 손목만을 잡은 채 하얼빈 친척집으로 물러 나와야 했다. 신문 연재소설로 심화를 겨우겨우 달래보려 애를 쓰던 엄마가 한숨을 깊게 내쉬면서 토하듯 말했다.

"소설가나 만나봤으면……"

그 말이 무슨 의미인지도 모르면서 철부지 나는 그 순간 소설가라는 씨앗을 그만 목 너머로 삼켜 버린 모양이다.

외독자인 장손 오빠의 학업에만 독선생까지 모셔다가 총력전을 펼치던 할아버지의 시선이 내 통지표에 머물더니 "전교 일등을 해라, 그러면 중학교 보내주마" 내 귀가 의심되는 말씀이 떨어졌다. 폭력이라면 굉장한 폭력일 텐데, 운이 좋아 나에게는 기회가 되었다. 대전여중을 거쳐, 대전사범학교에서, 나중에 서지학자로 우뚝 서게 된 백순재 선생님이 국어담당이었는데, 날벼락 같은 방학 숙제를 내었다. 소설을 한 편씩 써오라는 일방적 명령이었다. 우등상은 꼭 타던 모범생 기질인 나는 비지땀을 흘리며 생전 처음 단편소설이라는 걸 써서 제출했다. 「단념」이라는 제목이었다. 그 원고가 현지 지방신문인 『중도일보』의 고교생 문예작품 공모에 당선이 되자, 해방 후 귀국해 농촌근대화에 힘을 쏟고 있던 아버지가 나의 후원자가 되었다. 무조건 대학진학을 권유해 온 것이다. 아직도 철통처럼 신부감 순위 1위라는 2급 정교사 발령만을 바라보고 있던 나였건만.

아버지는 아마도 당신이 할 수 있는 일 중에 그 일이 가장 힘든 것이지만, 가장 행복한 일이라고 판단되었던 듯했다. 내 부모님의 문학에 대한 동경, 그 맹목의 열망이 나이 들어가며 더 절절하게 가슴에 물결쳐 온다.

고개 하나 너머로 장가가고, 고개 둘 너머로 시집와, 눈만 뜨면 고된 노역에 땀을 뻘뻘 흘리면서도 평생 가난이라는 감옥에서 수인(囚人)처럼 살아가는 내 고향 이웃들의 삶이 너무 팍팍하게 느껴져, 나는 탈옥의 기회만 노려왔다. 가장 견디기 힘들었던 시기가 초등학교 때였다. 만약 할아버지의 제안이 없었던들 어디로 튀었을지 나도 모를 일이었다. 그곳을 벗어난다는 사실, 오직 그것만이 나의 희망이었으니까. 하지만 그곳을 벗어나 타관에서 학업을 닦으며 성장해 갈수록 그것이 아님을 생리현상처럼 깨달아 갔다. 내가 태어났을 때, 엄마와 연결된 탯줄은 싹둑 잘리었겠지만 눈에 보이지 않는 내 마음속에 그처럼 질기디질긴 탯줄이 견고하게 연결되어 있다는 사실을 나는 미쳐 몰랐던 것이다. 내가 아무리 멀리 달아난다 해도 나의 그리움은 고향 밖으로 한 발짝도 떼어놓질 못했던 것이다. 나는 그 진한 모태회귀본능에 의해 장편소설 『속솔이뜸의 댕이』를 써서 1963년 동아일보 창간기념 장편소설 공모에 당선이 되었다.

당시 김팔봉, 박화성, 백철, 안수길, 박영준 다섯 분의 심사평을 인상 깊게 다시 살펴 보았다. "얄미울 정도로 건실하고 끈질겼다"는 박화성 심사위원의 평가에서 이십대의 나로서는 전혀 그런 걸 염두에 두진 않았던 때문에 새롭게 다가왔는데, 한 문학행사에서 황현산 평론가는 나를 "가혹한(혹은 엄혹한) 사실주의자"라고 지칭한 것이 바로 그런 면과도 연계해서 표현한 것이라고 말했다. "농토를 지키고 기름지게 해야겠다는 의지가 사상화된 작품으로서 근래에 못보던 훌륭한 작품"이라는 김팔봉 심사위원의 극찬을 비롯하여 모든 말씀들이 감사하면서도 죄송하고 많이 부끄러웠다.

주린 창자를 틀어쥐고 천정에 매단 씨앗 뒤웅박을 유일한 희망으로 바라보며, 무자비한 이농의 삭풍 속에서도 목숨을 내놓을 망정 땅을 끌어안고 여우와 뜸부기, 살쾡이 등등과 어우러져 자연의 일부로 살아내는 나의 처녀작을 다시금 읽어 보지 않을 수 없었다. 반세기라는 시간의 두께를 실감했다. 우리 모국어의 어휘영역을 확장시켜 놓았다는 말을 여러 사람에게 들었는데, 당시 나는 그런 평가를 덤덤하게 받아들였다. 한자에서 온 단어를 의식적으로 피한 것뿐인데, 하면서. 그 어휘들은 내 엄마와 할머니의 것이었고, 그 두메 사람들이 무심히 사용하는 말이었으며, 또한 나의 언어였기 때문이다. 물씬한 향수 때문인지, 나는 마치 구슬이라도 움켜쥐듯 두 손으로 그 어휘들을 끌어모아 만져 보고 싶은 충동마져 느꼈다. 일일이 사전을 찾아 확인하고서야 쓰다가 때로는 그런 번거로운 작업 없이도 사용했음을 고백한다.

당시 경제구조에서 방기되다시피 된, 아니, 희생제물화된 농촌현실을 세세하게 널리 알려야 한다는 의무감이 급선무였지만, 쥐에게 빼앗길 식량 한 톨조차 찾기 어려운 극빈의 밑바닥에서도 오히려 더 정제되어 가는 인간정신의 순수성을 기리고 싶었던 건 집필 내내 시종일관된 마음이었다. 또한 아무리 가난래도 자신의 노동력에 긍지를 갖는 떳떳한 농민상을 그려내려 노력했다.

비단 나의 처녀작만이 아니라, 내가 쓴 모든 작품은 다 나에게서 떼어내려야 떼어낼 수 없는 그 질기고도 질긴 내면의 탯줄에 의해 이루어낸 것이라고 말하고 싶다.

1980년대로 접어들어 나는 우연히 학생시위대와 마주하게 되었다.

운동가를 부르며 대로 가득 밀물져 가는 행렬과는 달리, 내가 서 있는 인도 곳곳에서도 손나팔로 무어라 외치고 있는 가녀린 목소리들을 대하는 순간, 강의실에 있어야 할 학생들이 시대의 어둠을 녹여보려 거리로 나와 저처럼 애를 쓰는데, 나는 무얼하고 있는가. 이 폭압의 시대를 간과한다면 살아 있는 거라고 말할 수 있을까. 그런 반성 속에 장편소설 『그리움이 우리를 보듬어 올 때』는 씌여졌다. 어려운 취재와 자료 수집으로 한 걸음, 한 걸음을 겨우, 겨우 떼어, 십 년이 걸려서야 간행할 수가 있었다. 구성을 폭정사회 특징에 따라 단순하게 압박자 계층과 피압박자 계층으로 양분했고, 다시, 자아에 갇힌 사람들과 대아를 위해 기꺼이 낙화의 길을 선택한 사람들로 분류했다. 이 작품의 모든 사건과 상황은 사실에 준하여, 그 시대와 사회상을 살려내는 데 최선을 다했다. 물론 이 작품에도 나의 보이지 않는 탯줄은 처음부터 끝까지 깊숙이 관여되어 있다. 정의와 평화라는 가치가 독자들을 그리움처럼 보듬어주기를 바라면서 써나간 작품이다.

가톨릭문학상 심사위원 김용성 소설가는 이 작품을 두고, 작가의 생애에 있어서, 기념비적인 작품으로 평가될 만하다고 전제를 하면서, 이른바 신군부 시대로 일컬어지는 어둡고 엄혹한 현실을 배경으로 인간의 존엄한 가치를 위해 저항하는 사람들의 행위를 처절하고 긴박감 있게 묘사하고 있음과 어려운 취재로 치밀하고도 구체적인 자료가 이 소설의 리얼리티를 획득하게 만들었다고 평하면서 마지막에 명지와 세라가 두 어머니의 생애를 추적함으로써 통합에 이르게 한 것이 깊은 공감을 준다고 언급하였다.

　문학은 시행착오가 불가능한 우리의 일회적 생애에서, 삶의 숨결을 봉인하여 나누는 소중한 작업이라 여겨진다. 그런 의미에서 나의 작업이 한 줌의 양식이 되기를 바란다.

(문학의 집 · 서울 수요문학광장, 2013. 10. 23)

제4부

겨울

엄마의 겨울

해마다 겨울이 오면 변함없이 나의 뇌리로 밀려들었던 생각, 거의 쫓기듯이, 강박관념처럼 나를 흔들고, 꾸짖고, 열화 같이 독촉하고⋯⋯ 그것은 엄마를 모셔와야지 하는 일념이었다. 바꾸어 말하면 엄마에게 금년만큼은 추위를 좀 면하게 해드려야지 하는.

오랜 고옥이 되어, 사괘가 물러나 더러는 문틀조차 제대로 맞지 않는 데다 담장마저 허물어져 가니, 한겨울 매운 북풍을 만만한 이불이나 뒤집어쓰고 견디실 엄마의 모습에 스산하게 뒹굴어가는 낙엽만 보아도 나는 언제나 초조하였다. 엄마의 연세 구순을 바라보실 무렵엔 내 마음은 더욱 그 한 생각으로 골몰했었다. 대단할 것도 없는, 당연할 뿐인 그 정도의 일에 나는 왜 그다지 시원스럽지 못했을까. 캄캄한 새벽에 일어나 아궁이에 재를 치우고 거친 나뭇가지를 꺾어 불을 지피며 잠시도 일

손을 놓지 않고 지상에 계신 동안 거의 마지막까지 농촌의 가사노동에서 헤어나지 못하신 나의 엄마……

단독건물이 여섯 채나 들어앉아 있는 크낙한 대종갓집의 그 힘든 노역은 엄마의 운명이었을까. 덩그러니 높다랗게 지어 올려진 전통적 반가의 안채, 그 불편한 두벌대를 오르내리실 엄마의 구부정해진 허리와 바짝 야윈 몸을 생각하면 늘 내 마음은 초조하다 못해 아파왔다. 눈이라도 내리는 날이면 지세 사나운 고향 집 구조가 눈에 선하게 떠올라 조바심치는 마음에 전화다이얼이나 돌려대던 나. "엄마, 대문 밖에는 나가지 마셔요, 방안에서라도 오락가락 걸음은 걸으셔야 해요. 피곤하시면 무리는 마시고요." 민망해서 목소리조차 변변치 못한 딸의 말에 엄마는 "응, 응, 그래" 한결같은 고른 음조의 대답이시었다. 하지만 방에만 계실 분이 아님을 나는 잘 알고 있었다. 그래서 나는 거기에 한마디를 더 붙이곤 했다. "다니실 땐 꼭 기둥이나 벽을 잡으셔야 하는 거 잊지 마시고요."

젊은 날에는 대청마루에 잠시 걸터앉았다 일어나도 하루 일이 어긋난다고, 농사란 절후를 놓치면 안 된다고, 줄창 뛰어다녀야 했던 엄마. 봄이면 텃밭에 씨를 뿌리고, 여름날 소나기라도 내리면 그 비를 다 맞으며 모종하고, 매 가꾸어 가을이면 농사한 곡식과 양념을 봉다리 봉다리 싸주시던 엄마는 잠시도 일을 안 하면 견디지 못하는 분이었다. 당신 몫으로는 실오라기 하나 염두에 두지 않으면서.

서울에서는 눈 구경도 못하던 드문 가뭄에도 엄마가 계시는 내 고향은 언제나 하얬다. 그래서 나는 차창 밖 풍경이 하얘지기 시작하면 고향 가까이 당도했음을 문득 깨닫게 되고, 그 하얀 빛깔에서 푸새한 흰옷을 즐겨 입으시는 내 엄마의 모습을 느끼곤 했다. 그리고 한 걸음 더 깊숙이 과거로 돌아가 아득한 북만주의 설원을 연상하기도 했다. 뭐니뭐니해도 엄마가 체험한 겨울로는 그해가 가장 가혹했을 것만 같아서. 한평생을 두 살 위인 시어머니를 모셔왔지만 그런 건 거기에 비하면 아무것도 아니었으리라. 걸핏하면 호랑이 시아버지 방문 앞에서 석고대죄 하던 일도 차라리 미지근했다 할까.

아직 젊고 예뻤던 엄마는 어린 삼남매를 데리고 터져나갈듯이 혼잡한 삼등열차에서 이리 밀리고, 저리 쓰러지며, 짓밟히기까지 하는 동안, 지치고 무너져 거러지 꼴이 다 되어 도착한 곳은 불시에 총성마저 들려오던 소만 국경지대. 신 새벽 찾아 들어간 아버지의 집에는 설마 했던 우려가 현실이 되어 있었다. 엄마가 그곳을 떠나던 순간은 나의 뇌리에는 영원히 멎어버린 시간이 되었다. 달리는 마차를 향해 떼어놓고 나온 남매가 목이 터져라 외치며 쫓아오던 광경, 그것은 무연한 설원 속에 곧 작은 점이 되어 시야에서 사라져 버렸지만, 비탄에 빠진 엄마는 그 순간을 두고 "금창(琴腸)이 메어졌다."고 표현하였다. 어린 나는 그때 메어진 엄마의 "금창"을 내가 꼭 복원시켜 드려야 하는 결심을 하고, 또 하면서 자랐다.

이래저래 한평생 엄마는 참 무던히 얼기도 많이 얼으신 셈이다. 몸도 마음도.

그런저런 사유로, 어떻게 하면 엄마를 녹여드릴 수 있을까, 어떻게 하면 엄마의 추위를 한번 후끈 달게 풀어드릴 수 있을까, 나는 늘 궁리를 해온 셈이다. 한겨울에도 맨발에 반팔 홑옷을 걸치는 현대 문명의 최고 시설이라는 아파트에 살고 있던 불효녀는 그 일을 그다지 어렵게만 느끼지 않았었다. 그래서 마침내 엄마를 모셔왔고, 겹겹이 껴입고 오신 내의부터 벗겨드리며, 좋아하실 음식을 연구하고 거기다 엄마와 더불어 보낼 그 겨울에 누릴지도 모를 행복감의 내 몫까지 야무지게도 미리 계산해 넣었으니, 그 얼마나 크나큰 오산이던지. 사흘이 못 가서 엄마는 말씀하셨다. "나 이렇게 놀고 만은 못 지내겠다. 일거리를 좀 내놓으려무나. 할 것이 있으면 어서 하고 내 집으로 내려가야 하겠다."

궁리 끝에 내가 내놓은 일거리는 종이 그릇 만들기. 신문지를 풀로 반죽해서 본을 뜨고 종이로 발라 콩댐을 하는 작업이었다. 우리 집에 있는 그릇이란 그릇은 엄마의 작업에 본으로 모조리 동원되었다. 작은 밥그릇부터, 바구니, 대야, 항아리 뚜껑에 이르기까지. 오래전 그릇 귀할 때 엄마가 만든 종이 그릇이 떠올라. 그 일이라면 시간이 걸려주겠지, 하고 시작한 건데, 웬걸, 제작의 속도가 너무 빨랐다. 우선은 겨우내 엄마의 몸을 좀 뎁혀드리고, 차차, 마음속까지 따스하게, 편안하게 모셔보자는 나의 얕은 속셈은 이루어지지 못했다. 번개처럼 움직이는 엄마의 손놀림이 신기하면서도 얼마나 야속스럽던지.

엄마가 저세상으로 떠나가신 지도 어언 다섯 해를 접어들어 간다.

회화를 전공한 동생이 말했다. "엄마 솜씨는 도저히 따라잡을 수가 없어, 손쉽게 만들어 내길래, 나도 한번 만들어 보았는데, 어림도 없어, 특히 오려 붙인 꽃송이들 말야, 그 색감의 조화, 나는 흉내도 못 내겠더라구."

나는 오늘도 엄마의 매운 손끝에서 빚어 나온 종이 함지를 바라본다. 색종이로 오려 붙인 빨갛고, 노랗고, 파란 꽃무늬들과도 하나하나 눈을 맞추어 간다. 엄마의 내면을 만나보려고.

그토록 별러왔던 나의 염원은 도대체 엄마의 가슴에 가까이 가 닿기나 했을까. 발 동동 구르며 주접을 떨었을 뿐, 엄마를 위해 나를 버려 본 적이 있던가. 엄마의 겨울을 녹이기엔 내 마음의 온도는 언제나 함량미달이었음을 이제야 나는 마치 타인처럼 싸늘하게 자신을 비판해본다. 그처럼 철저하고 근면한 인생의 선배요, 후견인이며, 동지였던 엄마에게 나는 과연 무엇을 드렸단 말인가. 지금 내가 할 수 있는 건 종이함지만큼의 기쁨도 위로도 되어드리지 못했다는 자책뿐이다.

(이대동창문인회 연간 수필집, 2001)

풋복숭아 소녀의 꿈

　두메산골에서 자라난 나의 성장 과정은 꽤 특이했다고 말할 수 있다. 물질문명의 풍요를 맛본 요즘의 청소년들에 비유한다면 더욱 그렇다. TV는 물론, 라디오조차 없는 태곳적 고요에 놓여 있던 그때 그곳, 충남 아산의 잔실. 그 그림 같던 작은 동네의 아이들은 사탕이나 초콜릿의 감미로운 맛에도 아직 오염되지 않았었다. 만약 아껴 먹으려 오래 들고 있다가 녹아버리는 아이스케키를 보았다면 그 애들은 귀신 붙은 줄 알고 도망치지나 않았을까?

　하늘에 닿을 듯 높이 솟은 산봉우리를 넘어 십여 리를 날마다 걸어서 학교에 다니던 조무래기들은 출출해지면 우거진 숲을 헤쳐 메싹이나 찔레순, 아그배, 뱀딸기 따위로 허기를 채우는 것이 고작이었다. 원시 자연의 품속에서 자라나던 그들은 지천으로 피어나던 들꽃을 보며 티 없는 마음씨를 키웠고, 밤하늘의 별을 헤며 꿈을 영글리었다.

자신의 숨소리가 너무 크게 느껴지며 외로움을 체득했던 고즈넉한 그 두메에서 나의 내면을 교란시킨 하나의 사건이 일어났다.

초등학교 5학년 때였다. 어린 마음에 너무도 크게 당황했던 때문에 아직도 그 일은 생생한 기억으로 남아 있다. 뜬금없이 선생님이 장래의 희망을 적어내라고 하셨다. 지금도 가슴이 아려오는 것은 오륙십 명 쯤 되는 반 아이들이 대부분 백지를 제출했다는 사실이다. 몹시 실망한 얼굴의 선생님은 적어낸 사람이 불과 서너 명뿐이라고 말하며, 이름은 밝히지 않고 아이들이 적어낸 내용만을 이내 발표해 나갔다. 교사, 간호사, 면서기 등의 평범하면서도 구체성을 띤 직업이 열거되다가 느닷없이 이준 열사라는 엉뚱한 고유명사가 튀어나오는 것이 아닌가. 반 아이들은 눈이 휘둥그레졌고, 한쪽에서는 요란한 웃음소리까지 터져 나왔다. 선생님의 엄숙한 표정으로 반 분위기는 곧 회복되었으나, 모닥불을 부은 듯 화끈화끈 달아오르는 나의 얼굴은 식을 줄을 몰랐다. 반 아이들이나 선생님의 시선이 모조리 나에게로 쏠린 건 물론이다. 나의 얼굴은 해당화꽃보다 더 빨갰으리라. 나를 바라보던 선생님의 얼굴에도 분명 미소가 어리었다. 아이들의 웃음과는 달리 따뜻하게 느껴지는 미소가. 이쯤 되면 뚱딴지 같이 이준 열사라고 쓴 장본인이 누구라는 것은 명명백백해진 셈이다. 대부분의 아이들이 자신의 미래에 대해서 구체적으로 생각조차 해보지 못했거나, 생각은 해보았어도 차마 적어내기가 힘들 만큼 수줍을 정도로 무자극, 무기력의 수렁 같던 분위기에서 웬 이준 열사? 비린내 나는 풋복숭아처럼 솜털도 못 벗은 소녀가 용기를 내어 소신 껏 적어낸 것이지만, 그 결과에 대한 반응이 너무 황당했다.

이준 열사는 우리의 근대사에서 정의의 화신이다. 평생을 통해 불의 와 싸우다가 다섯 번이나 파면·투옥을 거듭해온, 과거에 급제한 선비 출신의 해외 유학파 법학자로 1907년 헤이그에서 개최된 만국평화회의 에 고종의 밀령으로 파견되어 기울어져 가는 국권을 세워보려 했으나 일본의 방해 공작에 뜻을 이루지 못해 할복순국한 분이다(할복은 아니 고 울분에 의한 순국으로 뒤에 밝혀졌음). 그러나 아무리 그가 훌륭하기 로 우물 안처럼 교교하게 잠겨 있던 그곳 분위기에서, 장래의 희망으로 그를 찍는다는 건 파격이었던 것이다. 동네 바깥의 세상을 모르고 자 라난 아이들은 학교 선생님을 전설 속의 왕자인양 황홀하게 바라보았 고 정 위급하게 아플 때나 찾아가게 마련인 삼사십 리 바깥의 병원에 근 무하는 천사 같은 간호사를 공동 연인처럼 그리워하곤 했다. 그것이 그 산골 동네 아이들의 단조로운 풍경이었다.

풋복숭아 소녀가 그 단조로운 풍경을 벗어난 데에는 가정교육이 원인 이었다. 나의 조부는 흡사 소왕국의 군주 같은 위풍과 위엄을 갖춘 분이 었다. 그는 안채의 댓돌에 올라서면서 으레껏 크게 헛기침 소리를 냈다. 그러면 그 헛기침 소리를 신호로 안방에 있던 십여 명의 대가족들이 하 던 일손을 놓고 일제히 일어나서 그를 맞을 자세를 갖추었다. 그가 3간 대청을 지나 안방에 들어와 아랫목 중앙에 좌정을 해야 일어섰던 식구 들은 비로소 따라 앉았다. 그리고 나서 조부의 명강의가 시작되었다. 대체로 저녁 시간일 때가 많았는데, 짧으면 30분, 길면 2시간 이상이었다. 한학자인 조부는 고사성어와 동서고금의 위인들의 재미있고 교훈적인 일화들을 주로 다루었다. 조부의 강의는 거르는 법이 거의 없었으니 풋복숭아 소녀는 거기서 폭넓은 지식과 정보를 얻게 되었던 것이다.

소녀의 언니들이 학교에서 쫓겨 돌아올 만큼 일제하에서는 끝까지 창씨개명을 하지 않은 조부는 독립투사들의 얘기를 특별히, 되풀이, 많이 들려주었으니, 약소민족의 비애를 그 시절에 이미 나는 다른 애들보다 먼저 느껴야 했던 모양이다. 훌륭한 인재이면서도 시대를 잘못 만나 처절하도록 불우한 생애를 보낸 이준 열사를 어린 가슴속에 보듬게 된 것도 필경 조부의 영향이지 싶다. 내가 대처로 공부한다고 떠나온 뒤, 얼마 안 있어 내 고향도 첨단문물의 홍수에 마침내 침수되고 말았다. 그리되고 나서야 원시 자연의 그 오지 생활이 나에게 한없이 소중한 것으로 다가오는 거였다. 못 견디도록 지루하고 답답하게만 여겨졌던 그곳 생활이 더없이 순수하고 아름다운 모습으로 마음 깊이 투영되어 왔다. 그러나 어찌하랴. 이제 옛날의 그곳은 어디서도 찾을 길이 없는 것을. 다만 더 발달한 문명이 반드시 인간을 더 행복하게 만드는 것만은 아니라는 걸 체험을 통해 터득할 수 있었다는 것은 내 생애의 커다란 행운이었다고 말하고 싶다.

나에게 그 티 없이 순수하고 포근한 원시자연의 둥주리 같았던 삶을 맛보게 해준, 내 고향 잠실을 나는 영원히 잊지 못할 것이다.

(가톨릭디다케, 1998. 7. 8)

가슴 찢어지는 경의선

경의선 복원이 거론되면서 내 마음의 깊숙한 속 안에서 먼지처럼 소리 없이 부스스 일어서는 아픔이 있었습니다. 마치 녹슨 선로가 그동안 내 마음속에 묻혀 잊혀졌다가 기지개를 켜는 것처럼 말입니다.

대학에 다닐 때까지 나는 아버지를 정면으로 바라보지 못했습니다. 도저히 불가능했습니다. 사연은 복원을 서두르고 있는 끊어진 경의선과 연관 지어집니다. 당시의 기관차는 왜 그다지 시동이 버거웠을까요. 덜커덩하는 우악진 소리와 함께 차체가 요동을 치는 순간, 엄마의 치마폭에 매달렸던 나는 곤두박질을 치면서 여태 안주해온 무의식이라는 보호막에서 튕겨져 나올 수밖에 없었습니다. 내 나이, 만 네 살이었지요. 사람들이 빼곡해서 갑갑했던 그 열차는 자고 나도 달리고 또 달리고 끝도 없이 달릴 작정인 것만 같았습니다. 땅속으로 깊이 깊이 빠져

들어가는 듯한 불안에 우리는 눈망울만 굴릴 뿐이었습니다. 마침내 목적지에 도착했을 때는 반가의 종부로 대문 밖 세상에 어두운 엄마와 삼남매는 초죽음이 다 되어 있었습니다.

소만 국경지대의 살인적 강추위에 우리는 꽁꽁 얼었습니다.

하지만 아버지는 불시에 들이닥친 식솔을 얼른 맞아들이지 않았습니다.

미닫이 안으로 들어서자 엄마가 말했습니다.

"인사드려라, 아버지시다."

여태 그렇게까지 당당한 엄마의 목소리는 처음입니다. 허나 그 목소리는 떨렸습니다.

허리를 구부려 엎드린 삼남매는 그만 울음보를 터트리고 말았습니다. 난생 처음으로 상면한 아버지의 모습도 그랬지만, 우리는 그곳에서 너무 너무 처참하였습니다. 결국 우리는 그 처절한 아픔을 맞이하기 위하여 그 머나먼 곳을 사경을 헤매다시피 고생스럽게 찾아들어간 걸까요.

번하게 터오르려는 신새벽, 엄마와 나는 달리는 마차에서 흔들리고 있었습니다. 퍼붓는 함박눈 너머에서 거뭇한 덩어리가 튀어나오며 울부짖었습니다.

"엄마…"

오빠였습니다. 그 소리가 얼마나 통절하던지 내 작은 가슴은 산산이 찢어졌고 온 세상이 다 무너져 버렸습니다. 위로 남매를 그 차디찬 곳에 남겨두고 엄마는 홀홀이 발길을 돌렸던 것입니다.

해방과 더불어 귀향한 아버지는 우여곡절 끝에 성실한 가장으로 정착했습니다. 넉넉지 못한 전쟁 직후의 농촌에서 사람들의 비웃음을 사면서까지 딸을 그 일대에서는 찾아볼 수 없는 최초의 명물 여대생으로 만들어 주었지만, 그 딸은 코앞의 아버지를 비껴 노상 먼 산만 바라보았습니다. 성서에 돌아온 탕자를 위해 잔치까지 베풀며 크게 기뻐하는 부성애가 나오지만, 철부지 자식의 도량은 아직 멀었던가 봅니다. 어느 날 문득 시야를 스쳐 가는 아버지는 매미가 허물을 벗듯 북만주에서의 모습은 간데없고 눈만 반짝거리는 농사꾼일 따름이었습니다. 고향 일대의 농업근대화를 위해 신명을 다 바쳐 노력하고 있는 그의 참 모습이 그제야 눈에 들어왔습니다. 내가 삭이지 못해 쩔쩔맸던 북만주는 아버지에게 있어서 명물 여대생과 같은 맥락의 그림이라는 사실이 이해될 때, 그는 이미 세상에 있지 않았습니다. 경의선이 개통되면 그 환호치는 첫 열차를 타고 막혔던 북한 땅을 밟는 길에 나는 내쳐 북만주까지 올라가고 싶습니다.

(가톨릭 서울주보, 2000. 9. 17)

절구통

　요즘 여러 가지 이유로 집안에 붙박여 지내다시피 하고 있는 나는 아파트라는 규격화된 주거 환경이 단조롭고 답답해서 몸을 비비 틀며 한숨을 푹푹 토하고 싶어질 때가 많다. 헌데 얼마 전부터 참을성 없이 쩔쩔매는 나를 믿음직스럽게 잡아주는 대상이 생겨 얼마나 다행인지 모른다. 그 대상은 다름 아니라 거실 한쪽에 볼품없이 버티고 있는 절구통이다. 흔히 맵시 없는 여자를 일러 절구통처럼 생겼다고들 하지만, 그 두리두리하고 튼실한 모습은 결코 단점이 아니라 더없는 장점임을 나는 이즈막에야 깨달았으니 절구통에게 이 얼마나 미안한 노릇인지…….

　오래 묵은 아름드리 나무를 싫어하는 사람은 아마 이 세상에 없을 텐데, 노거수로 만든 절구통에 대해서는 왜 그다지들 무심했던가 싶다. 나의 절구통만 해도 그 둘레가 어른 두 사람이 팔을 크게 벌려야 마주 잡힐 정도다. 그만한 굵기의 나무라면 아마도 수백 년은 자라야 되지 않나 싶다. 지금은 눈을 씻고 찾아보려 해도 그 비슷한 나무도 구경할 수 없게 된 형편이지만, 내 어릴 때만 해도 앞산에서 호랑이 우는 소리가 어흥 했다는 하늘만 빠한 두메인 내 고향 깊고 깊은 산골짜기 어디쯤엔가에는 원시림지대가 있었을 듯 싶기도 하다. 노련한 무용수의 포즈처럼 그윽한 운치를 뚝뚝 흘렸을 이 연만하신 소나무가 선택을 받아 요긴한 생활도구로 만들어져 선조들의 숨결을 머금으며 지내온, 그러니까 상상하기 어려운 나무의 수명은 제쳐놓더라도, 절구통 그 자체의 역사만도 백 년을 더 넘는 모양이니, 생각할수록 나의 절구통이라는 존재가 송구스러울 만큼 엄청나게 느껴지는 것이다. 88세이신 나의 어머니가 17세에 시집온 당시에도 이 절구통은 이미 늙어 있었다 하니까…….

이렇게 말하고 보니, 나의 절구통이 값깨나 나가게 멋지게 생긴 골동품이려니 생각을 하기가 쉽겠는데, 천만의 말씀이다. 생활도구란 쓰임새가 요긴할 때 고달프긴 하겠지만 존재가치가 생색이 나 반짝거리는 법이다. 농촌에서도 절구통이 거세된 지 꽤 까마득한 세월이다. 근 반세기 가까이를 으슥한 헛간에서 쌓이는 먼지만 마다 않고 뒤집어쓰고 있던 목제 도구는 이미 도구로서의 기능조차 상실한 지 오래인 셈이다. 호주에 살고 있는 언니가 모처럼 귀국해서 이 절구통을 보고는 "도끼로 패서 아궁이에나 들어가야 할 물건이 왜 예 와 있니?" 하였다.

왜 예 와 있는지……, 그 이유를 직접 기어이 옮겨온 나 자신도 아직 충분히 안다고는 말할 수 없다. 날이 갈수록, 생각을 거듭할수록 그 이유는 자꾸, 더 많이 깨달아져 가게 될 문제라고 본다.

어머니의 물건들을 민속박물관에 기증하면서 이 절구통만큼은 내 몫으로 남겨놓아 달라고 당부하고, 다시 고향으로 내려갔을 때 받은 충격을 그 언제쯤 잠재울 수 있을까.

고향, 그것은 나에게는 우리 강산 어디서나 볼 수 있는 수수한 국수봉의 능선 아래 점점이 박혀 있는 자그마한 마을을 말하는 거였고, 그 아늑한 동네의 한복판에 덩그런 상·하채와 부대건물이 주렁주렁 탐스런 고구마 씨알 매달리듯 뒤란과 바깥마당, 담장 너머에까지 그득했던 고가를 의미하는 거였다. 헌데 누대를 거쳐 살아오는 동안 많은 일화와 역사가 시커매진 굴뚝의 그을음만큼이나 장구하게 쌓여왔고, 그 유구한 시간 속에 내가 태어나 자라온 보금자리가 온데간데없이 사라지고 포크레인으로 밀어버린 집터만이 질펀하게 비를 맞고 있지 않았던가. 사전 지식 없이 갑자기 눈앞에 닥친 그 빈터는 나에게 말할 수 없는 허무감·허탈감을 안겨주었다. 집이 너무 낡아 비바람만 몰아쳐도 늘 마음이 놓이지 않던 터수긴 했으나, 정들었던 생가가 영원히 사라졌다는 상실감은 여태 내가 밟고 있던 땅 기반이 꺼져버린 듯 맹랑한 거였다.

신축 준비에 분망한 상황 속에서 문제의 절구통은 얼른 눈에 들어오지 않았다. 텃밭에 던져져 절구통은 아가리에 빗물이 치렁하도록 퉁퉁

불어 있었다. 물을 먹어 배로 무거워져 장정 둘이서 겨우 차에 실은 그것을 나는 허리가 시어지도록 꼭 끌어안고 돌아와야 했다. 미끄러운 빗길에 자칫 잘못했다가 그것이 고속도로로 굴러버리기라도 한다면 하는 아찔함에…….

내 집에 갖다 놓고 보니 그것은 하나의 거대한 벌레집일 뿐이었다. 그만 포기하라고 권유하던 나의 식구도 승용차에 싣는다는 사실이 무리이기 때문일 뿐만 아니라 너무 낡았던 이유라는 사실을 충분히 납득한 나였지만, 차마 거기에 그대로 그걸 내동댕이치고 발길을 돌릴 수가 없었던 것이다.

참말 난감하였다. 개미에서부터 좀벌레·지네·지렁이까지 쏟아져 나오는 데는 아연실색할 수밖에. 그러나 나는 결코 포기할 수 없었기 때문에 궁리한 끝에 모기약을 흠씬 뿌려 두었다. 그리고 그늘에서 마냥 말렸다. 니스나 들기름 따위 광택제를 전연 입히지 않아 나의 절구통은 오랜 연륜의 속살을 그냥 맨으로 드러내고 있다. 늙을 대로 늙고, 삭을 대로 삭은 노송의 살결이 어떤 것인지를 선명하게 보여주면서……. 그것은 파문져 나가는 호수의 물결처럼 매일 매순간마다 나의 가슴으로 무늬져 오는 새로운 감동이 아니다.

두벌대도 높은 안채의 우물정자 삼간 대청마루에서 저만치 뜰아랫방 앞의 머리에 흰 수건을 두른 두 여인네의 절구질 모습을 바라보곤 하던 어린 날의 나……. 그 두 여인네는 시집온 날부터, 70여 성상을 동트자 저무도록 매일 뛰다시피 벅차게 살아오면서 자기 자신만을 위한 일은 단 한 번도 생각조차 해본 적이 없는 내 어머니와 할머니의 모습이다. 지금 내 곁에 와 있는 절구통이 바로 그 두 분들이라는 생각에 나는 때때로 그 앞에서 나 자신의 부족한 삶을 뒤돌아보곤 한다.

(정보와 통신, 1995. 2)

일지송 병풍

일지송(一枝松) 병풍은 남달리 예술애호가이며 골동서화 수집의 취미를 갖고 계셨다는 시아버님의 수집품 중의 하나라고 한다.

우리나라에 아직 서양화 보급이 활발하지 못했던 해방 이전에 일본의 유명화가를 집으로 초대해서 가친(家親)의 초상화를 본격 서양화로 제작을 해놓을 만큼 그분은 그쪽 방면에 조예가 깊으셨다.

일찍 작고하시어, 직접 이 병풍에 대한 유래를 들을 수는 없으나 가족들에 의하면 무척 애지중지하던 작품이라 하니 더욱 소중하게 보관해야 하겠다는 생각이 들었다.

남편에 의하면 고향의 어린 시절에 이 병풍은 주로 자라나는 아이들 방에 펼쳐 있었다 하니 그 의미도 짐작이 간다.

내가 신혼여행에서 돌아와 이 층에 새로 마련된 나의 처소에 들어서니, 이 병풍이 환하게 창문 앞에 드리워져, 서먹해 하는 새댁을 맞이해 주었다. 때마침 을씨년한 초겨울인데다 방이 넓고 보니 안성맞춤격인 병풍의 배치에서 나는 시어머님의 배려를 느꼈다.

처음 나는 이 병풍의 그림을 무심히 보아 넘겼으나 두고두고 볼수록 건강하고 긍정적이며 상쾌함으로 가득한 대형화폭의 의미가 뜻 깊게 전해져 왔다.

우람하게 뻗어나간 소나무의 생명력 넘치는 그 아름다움은 말할 것도 없고 소나무 가지 사이로 눈부시게 빛나는 태양은 또 무엇을 뜻하는가.

과문한 소견으로는 대체로 우리 선조들의 그림이나 자수의 수본에는 애상적인 낭만을 띤 조각달이 흔히 등장하고, 강렬한 의미의 태양은 잘 나타나 있지 않은 것으로 알고 있다.

태양이야말로 이 세상 삼라만상 위에 홀로 우뚝 군림하는 존재가 아닌가. 그것의 특징은 전연 슬픔이 없다는 것이다.

밝음과 맑음과 뜨거움, 더 나아가 찬란한 영화와 베품의 상징이다.

이 화폭에는 눈에 넣어도 아프지 않다는 자손은 물론, 모든 사람에게 보내고 싶은 축복이 가득하다고 여겨진다. 그래서 나는 날이 갈수록 이 병풍에 친근감을 더 느끼게 되었나 보다.

1988년 어머니가 소천하시어, 우리나라에서 개인을 위한 문학관으로는 첫번째가 되는 "소영박화성문학기념관"을 고향 목포시에서 만들 때, 우리는 이 일지송 병풍을 어머니의 유품들과 함께 보내드렸다. 어머니가 이 병풍으로 우리에게 외풍을 막아 주셨듯, 어머니의 문학기념 관을 영원히 기리는 기도와 함께.

(여원, 1983. 8, 2014. 퇴고)

반세기 만의 외침

막 배달된 신문을 펼쳐드는 순간, 사진 한 장이 나의 시선을 사로잡았다.

소떼를 앞세우고 서 있는 흰 옷의 농부들 모습이었다. 나의 눈에는 불이 확 붙어오는 듯하였다. 눈시울이 달아왔다.

사진 아래에는 '황소까지 시위 한몫'이라는 제목이 있고, '전국낙농육우가와 포도 양파 재배 농민 등 1천여 명은 26일 오후 서울 여의도 광장에서 농수축산물 수입반대 전국농민결의대회를 열었다'는 설명이 붙어 있었다. 농민들 중 일부는 결의대회 후 소들을 끌고 국회의사당으로 몰려가다가 경찰과 심한 몸싸움을 벌이기도 했다고 한다.

드디어, 아아 드디어 그들이 이곳에 당도하다니……. 서울 한복판, 국정을 논의 의결하는 이 나라의 심장부 국회의사당 앞으로.

저들이 이곳에 당도하기까지 그 얼마나 오랜 시간이 걸렸던가. 반세기라는 길고 긴 인내와 꿈틀거림으로 점철된 행군이 서서히, 아주 서서히 진행되고 있었단 말인가.

삼천리 방방곡곡에 삼천만 백성들이 다 함께 희망에 부풀었던 해방을 맞은 이후, 저들은 내내 실의와 좌절의 소태맛을 씹으며 여태까지 꿀꺽꿀꺽 잘도 참아오지 않았던가.

땀에 절어 해진 무명 등걸이 잠방이 걸치고 진종일 폭염 들녘에 엎드려 지어온 농사가 어떠했던가. 그들의 수중에 쌀이 한 톨도 남지 않은 계절에 곡가는 뛰고, 추수기엔 헐값으로 떨어지지 않았던가. 발등에 불부터 끄자면 추수를 하자마자 그 헐값에 그들은 곡식을 내다팔지 않을 수 없었다.

일 년 농사 헛수고로 돌아가고, 자식 교육비는 고사하고 끼니가 어려워, 그참 허리띠 졸라매고 높고도 험한 보릿고개를 오르느라 기진맥진해온 그들이 아니던가. 그 보릿고개를 겨우 면한 것이 무슨 획기적 공로인양 걸핏하면 들추어대던 유신체제는 화학비료와 농약으로 농지를 사토화시켜 놓았다.

그 맛있고 영양가 높다는 사과껍질을 먹을 수 없게 만들었고, 모든 농산물을 농약공해의 노이로제 속으로 빠뜨리고 말지 않는가.

농산품 수급조절이 정책 면에서 전혀 배려되지 않았으므로 농민들은 매해 곤두박질치는 절망감과 암울한 실의의 늪에 빠져 허우적거려야만 했다.

무 배추의 예를 간단히 들어보기로 하자.

풍작의 조짐만 보이면 매스컴이 먼저 북치고 나팔 불고 풍악을 울려댄다. '금년도 김장걱정은 하지 않아도 좋다' 식으로. 비료값은 물론 품삯조차 빼지 못할 농민들 생각은 눈곱만큼도 없이.

그래서 한겨울에도 수거를 하지 않아 꽁꽁 언 무 배추가 들판에 즐비하게 버려져 있던, 무 배추 파동이 아직도 거듭거듭 되풀이되곤 하지 않았던가. 한두 번으로 족할 현상이 그처럼 거듭된다는 것은 농정의 허실을 증명하고도 남는다.

그때마다 농민들은 그 겨울 들녘에 버려진 배추처럼 빈사상태에 빠지곤 하던 것을 어느 누가 알고나 있는지 의문이다.

어찌 배추뿐이랴. 감자, 양파, 마늘, 상추……. 일일이 열거할 수가 없을 정도다.

풍작의 경우는 그렇다 치자, 반대로 흉작의 경우는 또 어떠한가.

가뭄과 병충해의 어려움 속에 천신만고 끝에 어쩌다 좋은 수확을 거두어 목돈의 재미를 꿈꾸며 모처럼 신바람을 돋으려 할 때, 이때야말로 정부 당국에서는 세계만방에 문호를 열어 농작물 수입을 기세 좋게 해들이니, 시세는 어차피 맥을 못 추게 마련이다.

그래서 그 독한 멕시코산 고추 종자도 들어오게 되었고, 대만산 고구마 맛도 보게 된 것이 아닌가. 이래도 저래도 골탕의 몫은 농민에게로 떨어지게 마련이다.

5공화국 치하에서는 최고 지도자와 그의 인척들이 쌀, 소, 담배 등 농산품 대량 수입에 직접 손을 대어 어마어마한 커미션들을 챙겨 먹었다 하니 참으로 가공할 일이다.

그로 해서 소를 기르던 농부는 제 손으로 소를 죽이고 자살까지 했다. 백성이야 어찌 되던 사리사욕에만 눈이 먼 위정자들이 장장 8년을 군림했다.

그동안 새마을운동이니 무어니 하였지만, 진정 농민을 아끼고 농촌에 관심을 가진 위정자는 없었다고 본다.

농민은 철저히 외면당해왔다. 밟아도 눌러도 그들은 조용히 엎드려 땅만 파온 셈이다.

그 누구를 원망할 줄도 모르고, 그저 하늘만 쳐다보고 꺼지도록 한숨만 쉴 뿐이던 저들이 마침내 국회의사당까지 당도하였고, 결의문까지 채택하였다. '정부는 재벌들의 이익 옹호를 위해 농민의 희생을 딛고 수출을 확대하고 있다'고 주장하면서 '미국은 수입 강요를 즉각 철회할 것, 국회는 농축산물 수입규제 특별법을 제정할 것, 재벌들은 농축산분야에서 손을 뗄 것' 등을 요구하였다.

반세기만의 저 외침에 당국은 귀 기울여야 한다. 산업화 일변도의 고도성장, 정경밀월 행각을 반성하고 이 나라를 받치고 있는 토양 그 자체인 듯 묵묵히 희생해온 시루 밑 역할을 이제 저 농민들로 하여금 그만 반납하도록 하여야 한다.

(월간조선, 1988. 7)

알몸

"그 사람들에게선 아마 향내가 날꺼야."

나와 가까이 지내는 한 사람이 일본 사람에 대한 호감을 그렇게 말했다. 이유를 물었을 때 서슴지 않고,

"정직하고, 깨끗하고, 특히 타인에 대한 배려와 상냥스러움."이라고 그는 대답했다. 나도 그의 의견에 반대할 뜻이 없었다.

헌데, 그 대화를 나눈 바로 그 저녁에 공교롭게도 텔레비전에서 제2차 세계대전 때의 정신대 종군위안부에 관한 다큐멘터리가 방영되었다.

어릴 적 식민지 시절에 고향에서 언니들이 정신대에 관해 언급하며 벌벌 떨던 기억이 새로워 밤이 깊은 시간임에도 나는 그 다큐멘터리를 끝까지 지켜보고, 저물녘에 우리가 나눈 대화를 다시 상기했다. 인간의 기억이란 이다지도 철면피하게 배신의 탈을 쓸 수 있는 것일까 나는 자

문해 보았다. 허탈했다.

정신대 종군위안부 문제를 마치 처녀막을 찢듯 오싹하는 충격으로 들고 나온 윤정옥 교수는 '일본군 위안부 정책은 일본의 조선침략정책의 집약'이라고 말하면서, '일본군 위안부들의 증언이 세계의 사람들이 사람의 이면을 알게 되는 계기가 되길 바란다'고 했는데 나는 그 말을 '일본군 위안부들의 증언이 세계의 사람들에게 일본 사람들의 이면을 알게 되는 계기가 되길 바란다.'라고 바꾸어 말해야 된다고 생각했다. 물론 일본 사람도 넓은 의미로 세계의 사람에 속하겠으나 군 위안부와 같은 만행을 저지를 수 있는 사람들이란 세계의 다른 그 어느 나라에도 없을 거라는 생각에서다.

같은 여성의 입장에서 생존한 일본군 위안부들의 증언을 들을 때, 온몸과 마음에 경련이 일어나지 않는 사람은 아마도 없을 것이다.

꽃으로 치자면 피어나기엔 아직 먼, 한 점 망울에 불과한 열두 살, 열세 살짜리 미성년의 소녀들까지 강제로 잡아가거나 혹은 돈을 많이 벌게 해준다고 속여 데려다가 닭장처럼 누우면 몸에 꼭 맞는 칸막이 방에 가두고 그야말로 닭을 잡듯이 시퍼런 칼을 국부에 꽂아 생살을 찢어 필요한 크기의 성기구로 만든 다음, 덤벼드는 군인들에게 저항하자, 구타당하고 옷도 갈기갈기 찢기어, 그녀들은 단지 알몸으로 존재할 뿐이었다고 한다. 탈출이란 건 상상할 수도 없는 황무지 같은 전선의 삼엄한 경비구역 안에 오직 알몸이 있을 뿐인 그녀들은 덤벼드는 상대 세력이 너무나 거대하여 운명이겠거니 하고 자포자기할 수밖에 없었던 것이다.

일본군 위안부 문제가 나올 때마다 보는 이의 마음을 아프게 했던 사진 속의 만삭임부(박영심, 78세)가 최근 평양에서 한 증언에서도 "성 노리개가 되는 걸 거부하다가 일본 병사가 휘두른 칼에 목을 찔리어 아직도 그 흉터가 남아 있다"고 하지 않는가. 그녀는 "지금도 일본군에 쫓기는 악몽에 시달린다"고도 했다. 하루에 많게는 삼, 사십 명의 군인들을 상대해 아래가 붓고 아파서 발걸음도 옮겨 놓을 수가 없었다지 않는가.

일찍이 인간의 성을 이토록 비인간적으로 야비하게 격하시킨 유래는 없을 것이다. 이건 전 인류를 분노케 하는 인간 타락의 극치를 보여주는 사건이다. 제2차 세계대전을 함께 발발시킨 일본의 동맹국인 독일의 나치가 유태인 대량 학살로 전 세계를 소스라치게 한 것과 맞먹는 가공할 일이다.

나이 어린 소녀들은 월경이 무언지도 모른 채 당한 일이어서 막상 초조가 터져 나왔을 때는 무서운 병에 걸린 줄만 알고 인제 죽었구나 싶어 엉엉 울었다고 했다. 그럴 만도 한 것이 더러 군의가 와서 검진을 하긴 하나, 거의가 성병에 걸려 누런 고름을 흘리거나 하혈을 하는 걸 흔히 보아온 때문이었다. 그녀들은 그 독하다는 606호 주사를 수시로 맞고 알약도 많이 주워 먹었음에도 매독의 감염으로 시력을 잃어 화장실 출입도 다른 사람의 부축을 받는 처참한 중에도 더 처참한 경우도 있었다고 한다.

그날 저녁의 다큐멘터리는 그런 생지옥 같은 종군 위안소를 탈출하여 결혼을 한 명애(가명)라는 여성의 용기 있는 증언을 다루고 있었다.

재취자리로 시집을 간 그녀는 다행스럽게 곧 아기를 낳았다. 예쁜 여자애였다. 거기까지는 그녀가 바라던 대로 다른 사람들처럼 평탄한 생활궤도에 오를 수가 있었다. 그녀는 누구에겐가 모르지만 감사하면서 겸허하게 살았다고 한다. 이것이 행복이라는 건가 생각하면서. 그러나 그녀의 마음은 왠지 조마조마했다. 원체 무서운 시궁창에 빠졌었던 때문에 그 무렵의 평탄함이 도무지 실감으로 오지 않았던 것이다. 또다시 그 무서운 시궁창이 자신의 앞에 아가리를 벌리고 있을 것만 같아서. 과연 그 무서운 운명의 아가리는 멀지 않은 곳에서 그녀를 노리고 있었다.

아기가 자라면서 정상이 아님을 명애는 발견하게 된 것이다. 당연히 고개를 가누어야 할 시기가 지났건만 여전히 딸이 고개를 들지 못할 때, 그녀는 아무도 모르게 병원을 찾았다.

딸이 뇌성마비장애라는 사실을 알게 되었을 때, 그리고 그 원인이 다름 아닌 어미인 자신이 보유하고 있는 나쁜 세균 때문이라는 게 밝혀졌을 때, 그녀는 눈앞이 캄캄했다. 그 밤으로 가족 누구도 모르게 아기만을 들쳐 업고 명애는 도망을 쳤다. 서울에 올라온 명애는 음식점의 주방에 취업을 했다. 아기는 몸에 붙은 혹처럼 언제나 등에 업은 채 일을 해야만 했다. 주방 일이란 항상 촌각을 다투는 것이어서 모두들 거칠게 이리저리 뛰다보면 아무리 보호하느라 신경을 써도 아기가 다치게도 되고 얼굴에 구정물이 튀어 박힐 때도 있었다.

그럴 때, 명애는 가해자에게 눈 한번 흡떠보지 못했다. 우는 아기를 달래느라 쩔쩔 매었을 뿐. 혹시라도 그나마 직장을 잃게 될까 보아서.

그렇게 쨱소리 한번 못하고 숨어서 혼자 힘겹게 키운 아기는 다행히 지체는 정상이었다. 그러나 귀가 철통처럼 막힌 탓에 어느새 중년이 된 딸과 고희를 바라보는 명애가 화면 속에서 다정하게 수화를 나누고 있었다. 종군위안부라는 마수는 명애가 아무리 도망치려 해도 끝까지 그녀를 놓아주지 않고 한평생을 징그럽게 달라붙어 고통을 강요하고 있는 거였다. 근 20만에 이른다는 그 수많은 여성들의 고귀한 생이 종군위안부라는 마수의 어둠 속에서 그렇게 억울하게, 무참하게 사라져 가는 것이다.

한평생을 숨어 지내온 명애가 그날 저녁 텔레비전 화면 속에서 "쨱" 하고 큰 목소리를 냈다. "일본은 종군위안부 문제에 대해 공식사과하고 응분의 보상을 해야 한다. 그렇지 않으면 내가 죽어 원혼이 되어서라도 그 문제만큼은 기어이 해결하고야 말 것이다."라고.

독일은 이미 유태인 대량 학살에 관한 공식사과와 보상을 했고, 교황 요한 바오로 2세도 유태인 학살을 비롯하여 여태까지 있어온 인류사의 지대한 비극에 당면하여 가톨릭이 세계의 정의를 이루어 가는 데에 역할을 다하지 못한 점에 대한 반성과 참회의 메시지를 띄웠다.

과거의 잘못을 인정하고 사과를 하는 것은 좀처럼 아물지 않는 상처에 새살이 돋아나는 거와 같은 희망을 우리 모두의 세상에 안겨주는 것이라고 본다.

헌데, 향내가 날 것 같다는 일본 사람들만이 정신대 종군위안부 문제에 대해 질기게도 책임을 전가하고 이렇다 할 반성의 기미도 보여주지 않는 것은 무슨 이유일까.

(이대동창문인회 연간 수필집)

강경애의 먼지

한 작가가 살다 간 족적은 흥미롭기도 하려니와 접근방법 여하를 떠나 그의 작품세계를 이해하는 데 중요한 열쇠가 된다.

강경애는 1907년에 세상에 나와 1943년에 요절한 작가이므로 그가 지상에서 사라진 지 벌써 반세기가 흘렀다.

생존 시에 주목을 받지 못한 그의 문학은 시대의 변천에 따라 점점 탄탄하고 무성한 빛을 뿜어, 그를 연구한 학술논문만도 근 백여 편에 이르러 간다고 한다. 최근에는 그를 지지하는 한 여성 평론가에 의해 그의 문학전집이 간행되었고 연변에 문학기념비가 세워졌으며 그를 연구하는 모임도 결성되었다고 들었다.

그러나 그가 세상을 어떻게 살다 갔는가에 대해서는 자세한 정보를 충분히 알 수가 없다.

후손도 친척도 없을 뿐만 아니라, 그를 알던 동시대인들조차 이미 세상을 뜬 데다 연고지도 38선 이북인 때문이다.

「지하촌」이라는 단편소설에 강하게 이끌리어, 대학원 석사학위 논문을 강경애론으로 써서, 그를 연구한 첫 번째 주자가 된 지 25년이나 된 이 시점에 당시 나에게 증언을 해준 분들로부터 제보 받은 내용을 조금이라도 더 기록으로 남겨야겠다는 사명감에 펜을 들었다. 강경애가 이 세상에 떨군 먼지 한 점이라도 소홀하게 날려 보내서는 안되겠다는 심정으로. 대수롭지 않게 여긴 증언자의 말 한 마디일지라도 기록으로 남겨 멸종 위기의 식물표본처럼 보관해야 할 의무를 느끼며.

그가 무슨 작품을 얼마나 썼는지, 또 그 작품들은 어디에 발표를 했는지(단행본이 전혀 간행되지 않은 때이므로) 알 길이 없는 황무지에서 나는 첫 행보를 시작하여 반년이 넘는 시간을 자료수집에 바쳤다.

강경애가 작품을 써서 남편에게 맨 먼저 읽게 하여, 그 분위기 안에서 퇴고를 했다고 털어놓았듯, 한 세대가 흐르도록 아무도 건드리지 않아 두터운 시간의 침묵 속에 잠들어 있는 그의 작품을 재단함에 있어 나 역시 한 지붕 밑의 남편이 크게 의지되었다. 직업상 새벽에 눈뜨자마자 출근하고 자정에나 귀가하는 남편에게 진종일 읽은 내용을 요약해 전하고, 토론을 거치는 동안 눈이 번쩍번쩍 뜨이던 그 시기가 아직도 새롭다. 논문 서문에 끼워 넣은 인사말은 관행일 뿐, 진정한 감사는 남편에게 뒤늦게나마 밝혀둔다.

엄혹한 유신시대였으므로 차마 '계급'이라는 표현조차 사용하지 못하고 지레 겁먹긴 했으나, 그 시대의 덕을 본 점도 있다. 학생시위가 대단했었으므로 임시 휴교를 여러 차례나 하는 바람에 모교에 출강하던 나에게 시간을 많이 벌어준 것이 그것이다. 고생한 만큼 심사위원들(이헌구 평론가 이화여대 문과대학장, 안수길 소설가, 김영덕 이화여대 교수)에게 민망할 만치 극찬을 받았는데, 특히 이헌구 심사위원장은 당신 생애에 심사한 논문 중 이런 논문은 처음이라는 발언까지 하여 필자를 놀라게 한 사실이 잊혀지지 않는다. 이대 도서관을 통하여 하버드대학에서 보내달라는 주문을 받은 것도 기억에 남는다.

한 달이 넘게 두문불출로 집필하다 보니, 작가 강경애에 대한 애정이 샘솟아 몇몇 분과 그의 생애에 대해 인터뷰를 했지만, 논문 쓰다 지친 나머지 뒤에 부록으로 붙이면서 왜 그랬을까 할 정도로 너무나 간략하게 쓴 「약전」을 이제 와서 귀하게 언급하는 소리를 들으며 나는 후회가 막급이다.

당시 궁여지책으로 내가 맨 먼저 찾은 곳은 이북오도청이었다. 황해도 장연 군수 최문려는 뜻밖의 대어였다. 강경애와 국문학자 무애 양주동과의 관계를 나는 그에게서 처음 들었다. 양주동보다 12살 어린 최문려는 1929년 약 1년간 강경애가 자기 집 사랑방에서 자취하며 문학수업을 했는데 이때 방학이면 양주동이 와서 같이 있었다는 생생한 증언을 들려준 것이다. 나는 대학에서 직접 강의를 들은 바도 있는 양주동에게 자초지종을 물었다. 일언지하에 그는 부인했다. 옆에 있던 부인 여순옥도 비슷한 또래의 장연 출신으로, 보기에 딱했던지 웃으며 자세한 내막을 들려주었다. 양주동의 나이 20살에 16살의 강경애를 데리고 상경하여 동덕여학교 3학년에 편입시키고 동거하다가 1년 뒤 강경애를 다시 장연에 데려다 주고 그는 일본 유학길에 올랐다 했다. 그러나 두 사람의 정분은 끈끈했던 듯, 5년이나 지난 뒤 최문려 댁 사랑방에서 재회가 이루어진 걸 미루어.

이무영 소설가의 부인 고일신은 장연 태생으로 10살 위인 강경애가 언니의 친구여서 늘 자기 집을 드나들며 그 무렵을 함께 지내다시피 했다고 회상하였다. 그의 자세하면서 선명한 증언을 보충해 보면, 당시 양주동은 이미 조혼하여 얌전한 아내가 장연읍에서 홀로 삯바느질을 하며 살고 있는 처지였는데, 양주동의 강연을 들은 문학소녀 강경애가 그를 따르자 그만 서울로 데리고 간 것이지만, 4살에 아버지를 잃고 개가한 어머니와 사는 강경애나 조실부모한 양주동이나 궁하기는 매한가지라 그들은 갈라지는 수밖에 없었다고 하였다. 강경애는 그 가출의 대가로 형부에게 따귀를 맞아 한쪽 귀가 멀게 된다. 그러나 강경애는 마음을 잡지 못해 만주를 방황하다 돌아온다. 그러면서도 문학수업만은 꾸준히 쌓아 1931년 마침내 장편소설 『어머니와 딸』을 『혜성』지에 발표하여 문단에 등단한다. 이 무렵 강경애는 객지에서 지치고 신병을 얻어 쑥요강을 늘 타고 앉아 있었다고 한다.

방이 단 두 개뿐인 강경애의 집에 세든 장연군 주사(고원보다 위 계급) 장하일이 이런 사실을 다 알면서도 강경애를 끔찍이 사랑하여 두 사람은 약식이나마 결혼식을 올린다.

수원농림학교를 나온 장하일은 훤칠한 키에 인상 좋은 미남으로 프롤레타리아 사상을 지닌 인텔리로서 장연의 신교육을 받은 여성들 사이에서 인기가 높았으나 그도 또한 당시의 폐습대로 조혼을 한 몸이었다. 고향에 두고 온 그 조강지처가 월급 차압을 하는 바람에 두 사람은 잠시 인천의 공장가를 떠돌다가 간도로 가서 자리를 잡는다.

1940년, 약 3년 전부터 도진 신병의 악화로, 장하일이 아내를 구하려 백방으로 애를 썼으나 36살에 강경애는 장연 서선여관에서 숨을 거둔다(1943년).

용정의 동흥중학교에서 장하일과 함께 교편생활을 한 박영준 소설가를 그의 근무지인 연세대로 찾아 갔을 때(1973년) 그는 다음과 같은 말을 들려주었다.

강경애와 장하일은 비교적 부부싸움을 자주하는 편이었는데, 자기가 보기에는 그럼에도 강경애가 남편에게 지극정성으로 잘해주는 모습이었다. 그 이유가 아이를 낳지 못하는 데에 대한 미안감이 아니었을까.

그러나 거기에 대한 고일신(1991년 증언 당시 나이 84세)의 의견은 다르다. 신병과 불임, 그 모든 결함을 뛰어넘는 장하일의 사랑에 대한 보답일 거라는 확신에 찬 증언을 나는 정답으로 받아 들였다.

"소박한 강경애는 총명한 만큼 성실하며 인정이 많은 착한 여자였을 것 같은데요."

그의 작품세계나 생애를 통해 느낀대로 내가 추정했을 때, 고일신은

"맞습니다."

전적으로 공감해왔다.

꼭 유명인사의 생애만이 중요할까, 물론 천만의 말씀이다.

먼지.

우리가 살아가면서 세상에 떨구는 먼지가 어떤 것이냐에 따라 뒤에 오는 사람들에게 많은 영향을 미치게 될 것이다.

눈에 보이지도 않는 그 하찮은 입자 같은 먼지가 온 세계를, 온 우주를 더 밝게도, 더 어둡게도 만들 수 있을 것이라는 생각을 하며 나는 아릿해오는 가슴을 쓸어내렸다.

(이대동창문인회 연간 수필집, 1999. 10.

자연 속에서 자연으로 살다가 자연에 돌아가다
— 『속솔이뜸의 댕이』에서

나의 등단작 『속솔이뜸의 댕이』는 자연 속에서 자연으로 살다가 자연에 돌아가는 이야기라고 말할 수 있다. 이렇게 말하면 아주 소박하면서 순조로운 삶을 보여주는 것인가 싶을지 모르지만, 전혀 그렇지 않다. 내가 그토록 벗어나고 싶어 했던 그곳 내 고향 잔실에는 대중매체인 신문이나 라디오가 없었다. 들려오는 소리라고는 풀벌레 소리, 개구리 울음, 부엉이, 살쾡이, 기러기, 쥐, 두더지, 닭 그리고 비, 바람과 천둥치는 소리 등이 있을 뿐이었다. 중요한건 지금은 천연기념물이 되었거나 아주 멸종되어 버린 황새, 뜸부기, 여우 등이 그때, 그곳에 분명 존재했다는 점이다. 오로지 자연의 소리 속에서 살아가는 사람들은 그 소리들을 예사롭게 흘려듣지 않았다. 때로는 그에 따라 기분이 좌우되기도 하고 혹은 다가올 운명을 예감하기도 한다. 이 작품에서는 호미 날로 얼음을 깨는 듯한 여우 울음소리가 간간 중요한 암시로 독자의 가슴을 두들겨 온다. 남편을 점진적으로 죽게 하기 위한 『테레즈 데케루』(모리악의 소설)의 끔찍한 처방전처럼 눈앞의 이익만을 추구, 지구를 살해하는 음모에 뛰어든 저 어마어마하고 무시무시한 산업화의 탱크는 그곳으로 서서히 다가오는 중이었다.

> "그럴 줄 알았으면 그 겨나 한주먹 움켜가지고 올걸 그랬구나. 그랬으면 내 적삼두 아주 빨걸….."
> "벗어줘, 겨 없으면 어떤가 뭐, 땀국이나 빼서 입는 거지."
> 댕이가 말하자, 어머니도 적삼을 훌 벗어 물에 띄웠다. 댕이는 어머니의 적삼을 제 것 위에 함께 놓고 여러 번 치대다가 물에 넣고 헤헤 내둘러 헹궜다. (…중략…) 모녀는 젖은 적삼을 툭툭 털어 입었다. 이대로 입고 마당에 가 앉으면 바람에 쉽사리 마를 것을 그녀들은 알고 있었다.
>
> — 三省新書 『韓國文學全集 72』, 253쪽

이 시대 적극적인 환경운동가들은 시름시름 병이 깊어 있는 자연을 되살려내기 위해 비누를 사용하지 않고 작품 속 장면에 나오는 겨나 녹두가루 등을 쓰고 있는 줄 안다. 이제 다시 읽어본 『속솔이뜸의 댕이』는 마치 환경운동의 교본처럼 오염되기 이전의 우리 자연의 순수한 모습이 싱그럽게, 토실토실 가득 들어차 있음을 실감했다.

1960년대의 이농현상 속에서 천수바래기 땅뙈기를 떠나지 않으려는 궁핍한 농사꾼의 피나는 의지와 사랑을 추적하다 보니 끝내는 그 땅뙈기에 묻히게 되는, 아프면서도 아름다운 경지에 도달하게 되었다. 농민에게는 땅이 곧 신앙이니 마땅히 순교자라고 표현해야 할 것이다. 한데 이 농민 순교자에 대해 놀라거나 감동받는 사람은 없다. 왜냐하면 그 시대 농민이라고 하면 으레 그런 정황에 빠져 있는 무리라는 취급이 당연했으니까. 혹독하게 밀어붙였던 산업화 과정의 이 나라 경제구조가 시루 밑 역할을 말없는 농민에게 떠넘긴 탓에, 묵묵히 자기도 모르는 새 그렇게 순교자가 되어간 농민과 농촌을 나는 그려내고 싶었다.

이십대 초반의 내가 이 작품을 쓸 수 있었던 건 그곳에서 태어나 자란 조건 때문이지만, 문학을 유달리 동경했던 내 아버지, 어머니, 할아버지, 할머니의 무한한 지원이 크나큰 혜택이었다고 볼 때, 그런 뜻에서 이 작품은 혼자 쓴 것이 아니라 그분들의 정성과 희망, 그리고 그 고장의 풍성한 대자연과 그 대자연에 힘입은 순박한 심성들이 함께 이루어 낸 결과라고 나는 오늘에도 절실하게 느끼곤 한다.

(문학의집·서울 자연사랑 문학제, 2012)

「배추농사」에 관하여

십여 년 전 겨울, 얼어붙은 고향들판을 나는 차에 실리어 가고 있었다. 곤혹스럽도록 파고드는 향수 속에 차창 밖을 응시하고 있던 나는 갑자기 긴장하여 유리창에 얼굴을 붙였다. 그때 나의 시선은 경련하였다. 황량한 들녘 곳곳에 배추밭이 그대로 버려져 있질 않는가. 처참하게 동사한 배추 포기들을 확인하는 순간, 나는 가슴에 찡하는 통증을 느껴야 했다. 그것은 거의 나의 본능이었다.

산업화 일변도의 소위 고속화 시대에 동댕이쳐진 배추 한 포기의 의미를 나는 묻고 싶었다. 그래서 그 배추처럼 버려진 농민의 실의, 절규마저 포기한 그들의 억울한 아픔을 우선 부분적으로나마 집약시켜 본것이 바로 1972년 『신동아』 11월호에 발표한 단편소설 「배추농사」이다.

이날도 정수는 거리낌 없이 밥솥에 불을 맡아 때며 부뚜막에 놓인 신문을 펼쳐 들었다. "배차(배추) 값이 똥값이 될수록 세상은 활개를 치는군. 한시름 놓은 서민이니, 개벼워진 월급쟁이 어깨라느니……" 정수가 신문을 집어 던지며 말하자 금례가 한숨을 치신다. "우리 농사꾼을 걱정해주는 사람은 하나두 읎나봐 그나저나 월른 뽑어야겠어, 값 오르기 바라다 때 놓치문……"

"슬슬 움직여 봐? 소문하고 실지는 다를 수도 있으니께." 정수는 되도록 생각을 유리한 방향으로 밀고가 보고 싶은 모양이다.

제대하고 돌아온 정수의 주장에 따라 동네가 온통 배추농사에 주력을 쏟았고, 그 소득으로 과목을 사서 과수원을 일구자는 것이 그들의 희망인 때문이다. 그러나 뜻밖의 풍작을 만난 김장시세는 내리막길을 달린다고나 할까. 동네사람들은 좋은 시세를 기다리다 못해, 곧 한파가 몰아닥칠 마지막 고비에 뽑아 서울로 보내고, 다음날 새벽 각자가 직접 자기 물건을 따라, 위탁 상회로 찾아든다.

정수와 무어라고 말을 나누던 상회의 주인 남자는 거만한 얼굴을 계속 내젓는다.

"이따 저녁이면 벌써 썩어 문드러질 배추란 말야."

주인의 그 한마디에 정수는 울상이 되어 물러섰다.

상회는 드높은 천장까지 치쌓인 배추가 바로 어젯밤 먼길을 달려온 자기네의 것이라는 걸 알았을 때 금례는 불끈 목젓이 뜨거워지며, 눈물이 솟았다. 매고 가꾸고, 작은 이파리 하나하나를 어루만지듯 길러온 배추가 진탕 속에서 이처럼 이리저리 채이고 밟히고 썩어가다니……. 금례는 속으로 울부짖었다. '아, 내 남편, 내 새끼, 내 바차야.' (…중략…)

노름방에서 새는지, 두배가 며칠이나 거듭 돌아오지 않은 새벽, 유난히 돌덩이처럼 싸느랗게 식은 방바닥에 성순을 부둥켜 안고 누워있던 금례는 푸득 눈을 뜨는 순간 소스라쳐 밖으로 달려나갔다. 삽짝을 부수듯 박차고 나선 금례는 발길에 채이는게 있어 넘어지듯 비틀거리며 멈추어섰다. 아직 잠을 덜 깬 것도 같고 신이 들린 여자 같기도 하다.

발길에 걸린 것은 한포기 배추…… 솜털처럼 조심스럽게 엉긴 서릿발 사이로 투명하게 얼어있는 이파리, 그것은 배추가 아니다. 싱그러운 초록색이 아니다. 한 덩어리의 유리조각일뿐. 유리조각은 그 한 덩어리로 그치지 않았다. 구부려져 돌아간 드넓은 밭이 온통 검은색이 돼있다. 이웃밭도, 다시 그 건너밭도…… 두둑에 뿌리를 세운 채 배추는 그냥 죽어 있었다.

동네의 집들은 아직 문을 겹겹이 닫아 건 채다. 잠을 깨지 않은 그 초가지붕들 마저 금례의 눈에는 한 포기 언 배추 모양 생명력을 잃고 있는 듯이 느껴진다. 이윽고, 멀리 산모퉁이에서 한 줄기 햇살이 비껴 솟았다. 햇살은 그 얼어 있는 검은 풍경 위로 잔인하게 부시다. 굳어져있는 금례는 가냘픈 외마디 소리를 듣는다. 어디서 들려오는 것일까. 초가지붕 너머에서인지, 들판을 둘러친 저 건너 회색의 산기슭에서인지, 알 수 없는 끊어질 듯 다급한 소리. 마치 살려줘요 하는 듯한 마지막 숨 넘어가는 그 미미한 외침은 배추와 배추로 이어져 나간 밭고랑의 꿈틀거림인 것도 같고, 바로 자기 자신의 주린 창자가 몸부림치는 소리인 듯도 했다.

시세폭락의 배추풍작이 그 한 해에만 국한된 것이었더라면 그 얼마나 다행하였으랴. 근년에도 그처럼 절망적인 풍작이 또다시 우리의 기억에도 새롭게 되풀이되지 않았던가. 암담한 어두움은 여전히 오로지 생산자들만의 것이었다. 또한 어찌 그것이 배추에만 한정된 일이랴.

중심부에서 밀려나 있는, 한쪽으로 젖혀진 것처럼 스스로 느끼고 있는 사람들의 제반사에서 시세폭락의 풍작 같은 아이러니가 사라져주는 날, 이 작품은 옛 얘기가 되리라. 나는 그날을 기대하는 마음으로 「배추

농사」에 이은 연작 형식의 단편을 써가고 있다.

그에 대한 모색은 앞으로도 계속 내가 잊을 수 없는 과제라 생각된다.

(조선일보, 1981. 8. 30)

「인어」가 보여주는 것

세계화의 물결을 타고, 세상에서 가장 좋은 일은 해외여행밖에 없는 것처럼, 지표면을 한국인들이 다 채워보려는 듯이 밖으로 밖으로만 넘쳐 나가는 여행객들. 겉으로는 마냥 화려해 보이기만 하는 그들의 내면에 상처처럼 지워지지 않는 시대적 사회적 잔영을 끌어내어 개구리밥처럼 물 위로 띄워 보고 싶었다. 시대의 양지에서 소위 잘 나간다는 계층과 그렇지 못한 사람들이 단 며칠이나마 함께 섞이어 지내는 풍경을 통해서 되도록 자세하게, 시선이 닿는 한 그 끝까지. 생각의 한계점을 달려가며. 하와이 관광 안내도 곁들여서 짜여져 나간 단편소설 「인어」는 원색적이며 밝은 하와이의 대자연에 힘입어서인지 아름다운 마무리를 가져온다.

하와이에서 좋고 좋은 경관을 닷새나 보아왔지만 여행 중의 여행은 자기의 참 모습을 본 거였다.

연지는 겸허한 마음으로 친구들을 바라보았다. 따뜻한 시선이었다. 친구들의 마음도 모두 자기와 같을 듯 싶었다. 연지는 조용히 입을 열었다.

"우리 다 함께 와이키키해변으로 나가자."

좀전까지 눈싸움하며 서로 도도하게 맞쏘아보고 있던 친구들 이라고는 믿을 수 없을 만큼 그녀들은 밝은 얼굴로 호응해왔다.

"가서 열대어들이랑 헤엄이나 치자."

그녀들은 손에 손을 잡으며 호텔을 나섰다. 모두들 연지처럼 자기 자신의 참 모습을 발견이라도 한 듯.

연지는 혼자 속으로 생각했다. 친구들을 와이키키해변으로 나가도록 움직인 것은 아무 힘 없는 자기가 아니라고. 하와이섬이라고. 여행의 조화라고.

호텔 정원에 인접한 와이키키해변은 불야성이었다. 밤새도록 파도 타는 사람, 고기밥을 뿌려주는 사람, 헤엄치는 사람, 파도가 철썩이는 모래사장을 다정하게 거니는 연인들……. 배꽃여자대학 동창생들은 바닷물 속으로 유유히 그냥 걸어 나갔다. 입은 옷 그 채로. 수온은 기분 좋을 만큼 따스했다. 물이 허리쯤 차오르자 그녀들은 헤엄을 치기 시작했다. 둥덩실, 둥덩실, 까르르, 까르르……. 웃음소리가 거센 파도 사이로 퍼져나갔다. 티없이 맑은 웃음소리였다.

유치원생으로 돌아간 듯 서로가 있는 그대로의 자기를 천진하게 드러내 마냥 유치해졌던 그녀들은 시간에 쫓겨 하나우마베이에서 아쉽게 바라보기만 했던 열대어들이랑 더불어 어우러져 헤엄치던 사람들, 아니 화려한 인어들, 바로 그 인어가 된 것이다. 비로소 원없이 순수한 자연으로 돌아간 그녀들의 뇌리엔 번거로운 세상사 따위는 남아 있지 않았다.

(한국소설, 1997)

나의 사춘기를 담은 「아카시아길」

1974년도에 쓴 단편 「아카시아길」은 전 후반에 약간의 윤색이 있을 뿐 거의 실화 그대로다.

결코 화려하지 못했던, 수심에 깊숙이 가라앉은 듯, 아니 무겁게 억눌리어 숨 막힐 듯한 고요만이 있었던 나의 사춘기를 이 소설은 담고 있다.

"그 언덕길에는 양쪽으로 아카시아 나무가 빼곡하였다. 가벼운 바람에도 나뭇가지는 거품처럼 부풀었고, 부신 햇살에 우리의 하복이 희다 못해 녹아버릴 듯하던 그 길…… 그곳에서 나는, 아니, 우리는 아침마다 강성호와 마주치게 마련이었다. 방향은 달랐지만 그와 우리는 마치 약속이나 한 듯 등교시간이 그렇게 짜여졌던 모양이다. 보화는 나의 옆구리를 쿡쿡 찌르기 시작한다. 나는 걸음을 재빨리 한다. 강성호가 막 우리들의 곁을 스쳐 지나치려는 순간 보화는 키드득 웃음보를 터뜨린다. 날씬한 몸매도 예쁜 얼굴도 아니었지만 보화는 탄력있는 살집을 갖고 있었다.

농익은 자두처럼 짙게 상기된 얼굴로 눈물까지 찔끔거리며 보화는 이미 지나쳐 버린 강성호를 돌아다 본다. 그쪽에서도 뒤돌아보고 빙긋이 미소를 보내온다."

앞에 나오는 부분을 읽노라면 나의 모교인 대전사범학교 언저리의 풍경이 선하게 떠오른다. 있는 그대로를 묘사했으니까.

'보화'는 그 시절 나와 동고동락하던 친구였고, 주인공 '나'는 작자인 바로 나 자신이다.

"장작 몇 개피를 소모시키기가 미안해서 자국이 미처 지지도 않은 얼룩덜룩한 생리대를 삶지도 못하고 그냥 끌어안고 정원 구석진 곳의 빨래줄에 주렁주렁 널어놓고는 방으로 도망질쳐 들어와 나는 온종일 숨는다. …… 마침내 온 집안은 늦잠에서 깨어나고…… 정원 쪽에서 이 닦는 소리가 오락가락한다. 나는 콩만해지는 마음으로 차라리 눈을 감고 죽은 듯 엎드려 있다. 그것은 보나마나 문선생님일 것이기 때문이다. 산수화가 번져있는 빨래의 풍경을 떠올리자 나는 눈앞이 아찔하였다. 나란히 따내린 나의 쌍갈래 머리를 누구인지 지긋이 잡아당기는 것이 아닌가. …… 나는 두려움에 고개를 들지 못하고 뒤로 몸을 빼어 그 손아귀에서 벗어나려 하였다. 그러나 헛일이었다. 나의 머리채는 좀더 단단히 잡히어 나를 당황하게 만들었다. 뒤에서 인기척이 나자 비로소 문선생님은 나의 머리채를 놓아주었다."

장작 한 개비에도 신경을 써야 했던 전후의 궁색이 아련한 그리움으로 번져오는 장면이다. 내가 기거하고 있던 사범학교 사택인 '보화'네 집과 우리들의 선생님이셨던 '보화'의 오빠 '문선생님'이 등장하고, 수

줄기만 한 '나'의 델리케이트한 입장이 묘사되어 있다. '보화'라는 개방적이며 발랄한 인물 곁에서, 삼강오륜을 따지며 보수적인 가정교육으로 무장되어진 '나'의 존재는 그림처럼 그저 존재할 뿐, 표정의 자유조차 갖고 있질 못하다. 「아카시아길」은 아련한 나의 추억을 그대로 추적해 본 소설이다.

(한국문학, 1979. 9.)

우이동과 「황홀한 여름의 소멸」

1970년대 초반, 나는 시내에서 전세를 얻을 수 있을까 말까한 돈을 들고 우이동 골짜기로 들어섰다. 대지 39평에 건평 15평 미만의 국화빵 같은 주택 십여 호가 옹기종기 혼기를 놓친 처녀들처럼 암담하니 엎드려 있었다. 그도 그럴 것이 도시의 상징인 문명의 줄기라고는 겨우 전기 하나가 연결되어 있을 뿐 기반시설이 아예 되어 있질 않았으니 입주가 더딜 수밖에.

마당 한구석에 수작업으로 펌프를 묻어 식수를 빠듯이 해결하고, 시들어가는 야채와 쭈글쭈글한 간고등어가 주종인 초라한 구멍가게에 의지해 살며, 30분 간격의 시내버스에 몸을 실어 두어 시간 정도 거리의 모교에 강의를 나가던 시절……. 계곡의 시린 물에 빨래를 해서 달구어진 너럭바위에 널고 잠시 허리를 펴는 사이 거짓말처럼 바짝 말려내곤 하던 청정한 햇빛…… 진달래 개나리가 온 세상을 다 사버린 것 같은 봄이 오면 우이동 사람들은 시내 사람들보다 유난히 꾀죄죄하게 그을려야 했다. 공기가 너무 좋은 탓이란다. 얼굴은 물론 손, 발에 이르기까지 모면할 길이 없이 타드는 데는 좋은 공기도 성가시다 싶을 때도 있었다.

서울시골이라 호칭되던 우이동 골짜기에서 내가 그렇게 촌스럽게 살아가는 동안 그곳의 물, 공기, 햇빛 등에 대한 고마움을 자부심처럼 지니고 있었지만(우이동 사람들의 공통점), 그보다 더 잊을 수 없는 건 그곳 사람들의 때 묻지 않은 인정이었다. 어느 핸가 김장배추를 공동 구매하여 각자 자기 몫을 나르는데, 쩔쩔매는 내 꼴이 말이 아니었던지, 이웃 엄마들이 합심하여 몽땅 운반해준 사실이 일기장에 기록되어 있었다. 그러나 그 모든 것들보다 젊은 나를 더 세게 사로잡았던 대상은 다름 아닌 인수봉이었다. 언제라도 고개만 들면 거기 수려한 봉우리가 있다는 사실에 나는 늘 가슴 설렜다. 비범한 인수봉은 늘 묵묵했지만, 비범하지 못한 나는 그 카리스마적 자태의 메시지를 읽어내려 애를 썼다. 메시지는 날마다 순간마다 새로웠다.

어느 날, 인수봉처럼 이웃의 인애 할머니가 나에게로 갑자기 다가왔다. 나를 달갑게 받아준 우이동에 차츰 정을 붙이게 되어갈 무렵 쯤엔 텅텅 비었던 국화빵집들도 그럭저럭 입주가 끝나 있었다. 오두막집들 이어선지, 낮은 담장 때문인지 이웃의 살아가는 모습을 서로가 안 보려야 안 볼 수 없게 훤히 들여다보였다. 그 가운데 바로 앞집의 풍경이 나의 시야로 느닷없이 뛰어 들어온 것이었다. 두 식구뿐인 그 집에 노총

각인 아들이 예쁘장한 아가씨를 데려오면서 노총각의 어머니에게 닥쳐온 너무도 급격한 변화가 안쓰러웠다. 아들의 여자가 들어오면서 그 어머니는 10여 년쯤 앞당겨 팍 노쇠해버리며 집 밖으로 빙빙 나돌기 시작했다. 가정 안에서 너무도 허무하게 무너지는 그 어머니의 위상을 통해 존재의 마멸 과정을 포착해 본 졸작이 「황홀한 여름의 소멸」이다.

한적한 골목길에는 움직이는 것이라곤 아무것도 보이지 않았다. 요란하도록 눈부신 햇빛만이 멋없이 이어져 나간 담장과 비슷비슷한 간격으로 난 집들의 대문을 지질 듯이 내리 쬐고 있을 뿐. 숨 막힐 듯한 더위의 압박으로 더욱 적막하게 느껴지는 것일까. 그 적막 속으로 흡수되기라도 한 듯 잠시 잠잠히 앉아 있던 인애할머니와 주미할머니가 갑자기 어깨를 추스르며 목을 올려 빼었다. 빠개져 나가는 듯한 웃음소리가 골목 안을 뒤흔들며 쏟아져 나왔기 때문이었다. 웃음소리는 굳게 닫혀 있는 인애할머니 집 대문 안에서였다. 인애 할머니의 주름진 미간이 찌푸러지며 경련했다. "실없는 것들, 무엇이 저렇게 신바람이 나노?" 인애할머니는 자기 집 대문 쪽을 흘겨보며 중얼거렸다. 그러자 누렇다 못해 푸르고 푸르다 못해 검은 빛이 된 단 하나 뿐인 앞니가 노출되며, 잇몸 사이에서 날름거리는 혀가 끔찍해 주미할머니는 차마 똑바로 마주 보기가 난처했다. 몇 해 전만 해도 갓 빨아 다린 정갈한 옷차림으로 집 안팎을 시원스럽게 쓸어대던 깔끔한 인애할머니가 왜 이 꼴이 되어야 하나 싶자 주미할머니는 슬퍼졌다.

—중편 「황홀한 여름의 소멸」 부분

작품의 발췌 대목에도 나타났듯 그 무렵의 우이동은 아주 한적했다. 그래서 공기는 맑을 수밖에 없었고, 또 그래서 햇빛도 더 없이 강렬했으며, 그 강렬한 햇빛으로 해서 우이동은 정말 견디기 힘든 적막 속으로 빠져버리는 게 아닌가 싶을 정도였다.

얼마 전 소귀천을 가느라 그 동네를 지나치게 되었다. 내가 살던 집터엔 고급주택이 들어앉아 있었고 도로변 세련된 상가들의 간판은 등산장비의 세계적 브랜드들로 화려했다.

'옛날의 그 초라한 구멍가게는 어디 있었더라……?' 이제 우이동은 그닥 한적하지도 않고, 못 견디게 적막 속으로 흡수될 듯싶은 불안도 가시었다. 초봄에 꾀죄죄하게 그을릴 우려 또한 사라져버렸을 터. 그대로 있는 건 인수봉뿐이었다. 인수봉 앞에서 나는 나를 돌아보았다. 나의 모양새는 어찌 되어 있을까. 깊이 고개를 떨군 나는 그 자리에서 나 자신에게 당부를 하고 있었다. 언제나 어디서나 가슴속에 늘 인수봉을 좀 품고 지내보라고.

(문학의 집 · 서울 소식지, 2007. 4)

그날

남북이산가족 상봉이 있던 첫날 저는 TV에서 눈을 떼지 못했습니다. 생사조차 알길 없어 애를 태우다 끝내 사랑하는 사람들의 가슴에 못이 된 사람들이 오십 년 만에 살아서 돌아와 첫 상봉을 하는 기막힌 장면입니다. 서로 부둥켜안은 그들이 울면 저도 울고, 웃으면 저도 웃었습니다. 장성한 뒤 오십 년이라는 세월은 한 사람의 생애에 해당하므로 대개 자녀의 경우 육십 세를 넘어섰고 부모들은 이미 세상을 떴거나 팔구십 대였습니다. 치매에 걸린 어머니가 아들만은 알아보았나 하면, 아들을 보는 순간 정신을 놓은 어머니도 있습니다. "죽은 사람들이 생각나서 사흘이나 잠을 못 잤어, 조금만 더 살았더라면 이렇게 고향에 와서 모두 만나볼 수 있는 건데……" 북쪽에서 온 고령의 여인이 역시 고령의 남쪽 시누이와 끌어안고 뺨을 비비며 한숨 쉬듯 토해내는 말이었습니다. 서리서리 맺힌 한이 여인의 입에서 안개처럼 번져 나오는 걸 느꼈습니다. 그 한이 어디 그녀뿐일까요. 너무 고령이어서 석상처럼 앉아 도무지 반응이 없는 아버지 앞에서 땅바닥에 엎드려 절을 올리며 실성할 듯 목 놓아 우는 아들도 잊을 수 없습니다. 저렇게 쳐 우는 것이 고령인 저들에게 건강에 해로울 텐데 하는 염려가 될 정도로.

타의에 의해, 그러지 않아도 작은 나라의 허리를 졸라 분단시킨 38선은 저들의 핏줄에까지 잔혹한 분단을 가져온 것입니다. 우리 민족 그 누구도 분단의 철조망으로부터 자유로운 사람은 없습니다. 우리 모두가 저 이산가족들과 동질의 아픔을 지니고 있는 것이지요. 저들의 상봉 화면 앞에서 꼼짝없이 발이 묶이어 버린 것도 그 때문이라 여겨집니다.

이번엔 선정된 백 명씩에 한한 만남이었습니다만 남북한에 있는 이산가족 전원을 이런 규모로 또 이런 방식으로 상봉을 시키자면 앞으로 천 년이 걸린다는 보도를 보았습니다. 그렇다면 우리 민족은 앞으로 천 년 동안이나 목 놓아 울어야 한다는 얘기가 됩니다. 이 얼마나 기가 막힌 일입니까.

마지막 날 워커힐에서 헤어지며 차마 놓을 수 없는 서로의 손을 끝내 놓는 순간 그들이 이구동성으로 한 말은 단 한마디입니다. 통일.

통일이라는 말만 들어도 알레르기성 피부처럼 거부반응을 보이는 사람들이 있습니다. 6·25의 상흔이 원체 깊었던 때문이라 여겨집니다. 이 땅에 또다시 그런 동족상잔의 피바람을 일으키는 사람이 있다면 한마디로 그는 우리 민족의 유다입니다. 공정하게 평등하게 평화적으로 정성을 다해 우리 모두가 합심하면, 그날, 통일의 꽃을 활짝 피워낼 그 날은 기어이 오고야 말 것입니다.

(가톨릭 서울주보, 2000. 9. 3)

눈이 뜨이자, 책도 눈을 뜨네

끝이 보이지 않는 엄혹한 어두움 속에서 무기력한 사람들이 날벌레처럼 빛을 찾아 파닥거리던 시기가 있었다. 거기 한 줄기 빛이 천주교였다.

사제관에서 교리가 새로 시작된다기에 나 역시 밤 9시라는 늦은 시간이건만 별러서 첫날부터 빠짐없이 출석을 하게 되었다.

'도대체 천주교가 무엇이길래?'

하는 의문과 기대감은 수줍은 내 성격의 머뭇거림을 충분히 물리치기에 부족함이 없었던 것이다.

맨 첫날은 두 사람뿐이었는데, 겨우겨우 불어난 숫자라야 일곱 사람 정도라서 끝까지 아주 오붓하였다. 영세까지는 미처 생각하지 않은 채, 가톨릭에 관한 관심에서 내킨 발길이었다. 그때 교리 선생님은 본당을 처음 맡아 부임한 베드로(이기헌, 현 의정부교구장 주교) 신부님으로,

젊고 활력이 넘치는 분이었다. 고등학교에서는 문예반이셨다는 베드로 신부님은 첫 시간에 소설책을 한 권씩 나누어 주고 읽어 오라는 숙제를 내었다.

"이상한 제목이지만요……."

하면서, 밝고 맑은 인상의 신부님이 환하게 웃으며 보랏빛 표지의 책을 내밀던 기억이 바로 어제만 같다. A. J. 크로닌의 『천국의 열쇠』였다. 처음 읽는 가톨릭 소설이어서 흥미진진했다. 밤을 꼴딱 새울 정도로 나는 빠져 들었다. 꼭 숙제여서만이 아니라 너무나 탐닉이 된 나머지 나는 꼼꼼하게 줄을 쳐가며 읽어 나갔다. 내가 맨 처음 줄을 친 부분은 '로사리오 기도'였고, 다음 공부 시간에 내가 한 첫 질문도 "로사리오 기도가 뭐죠?"였다. 그처럼 나의 천주교에 대한 무지는 철저했다. 세상에 갓 태어난 아기만큼 천주교에 대한 나의 접근은 무구하였다. 주인공 치셤 신부님의 순수하고, 아름다운 삶을 통해서, 모든 성직자들을 친근하게 우러러보게 되었고, 그 정도 지식으로도 천주교에 가까이 다가선 느낌을 나는 갖게 되었다.

헌데, 영성체를 배우는 시간에 이르러 베드로 신부님은 또 한 권의 소설을 예로 드는 것이었다. 이번에는 직접 그 소설책을 나누어 주진 않았지만, 내가 이미 읽은 작품이어서 다행이라고 생각하였다. 우리나라에서는 『사랑의 핵심』이라고 번역된 그레이엄 그린의 역작이었다. 그렇다면 내가 접한 첫 가톨릭 소설은 『사랑의 핵심』일까.

베드로 신부님은 『사랑의 핵심』이라고 지칭하지 않고 꼭 『사건의 핵심(The Heart of the Matter)』이라고 직역해서 불렀다. 베드로 신부님이 『사건의 핵심』을 예로 드셨을 때서야, 나는 그 소설의 주인공이 가톨릭 신자이며, 저자 또한 가톨릭 신자라는 사실을 비로소 알게 되어 몹시 당황했다. 물론 근 이십 년쯤 전, 신앙에 대하여 관심이 없던 청년기에 읽었다고는 하지만 그토록 깜깜하게 모를 수가 있는 걸까 싶어서였다. 그러니 내가 그때까지 독파한 가톨릭 소설은 오직 『천국의 열쇠』뿐일 수밖에 없는 게 아닌가.

『사랑의 핵심』을 꽤 재미있게 읽었다고 자부하는 나의 기억으로는 같은 작가의 작품인 『제3의 사나이』에서와 마찬가지로 열대의 아프리카 항구에서 벌어지는 추리구조의 사건들이 손에 땀을 쥐게 하던 것만이 남아 있을 뿐이었다. 다만 한 가닥 선명하게 떠오르는 장면은 여객선의 조난으로 간신히 구조되어 혼수상태로 들것에 실리어 뭍으로 나오는 한 가엾은 여자의 모습 정도라 할까. 아니, 정확하게 표현하자면 그 여자의 가냘픈 손에 쥐어져 있는 우표첩일 듯싶다. 신혼여행 길에 배가 침몰하는 통에 신랑을 잃고, 40일이나 조각배 위에서 아무것도 먹지도 덮지도 못한 채, 표류하다가 정신을 잃은 상태였던 여자가 손에 꼭 쥐고 있던 우표첩. 구조된 사람들조차 하나 둘 숨이 넘어가는 아비규환의 현장에서 자신이 누구에 의해, 어디로 실리어 가는지도 모를 만큼 사경을 헤매는 지경에서, 끝까지 놓치지 않고 보듬고 있는 우표첩으로 해서 그 여자는 더욱 가련하다는 인상이었던 것이다. 그토록 오랜 기억으로도 그 여자에 대한 독특한 애잔한 느낌이 나의 가슴에 끈적하게 묻어 있었다. 그곳 항구의 경찰서 부서장이며, 이미 지긋이 오십 줄에 든 기혼 남자인 주인공이 아주 모범적인 가톨릭 신자임에도 그 여자에게 이끌린 것이, 어쩔 수 없는 불가항력적인 운명이라고 동정을 느끼게 된 것도 우표첩으로 연유된 그 다 죽어가는 여자에 대한 나의 특이한 연민 때문이었던 것 같다.

주인공 스코오비가 독실한 가톨릭 신자라는 것은 베드로 신부님에 의해 뒤늦게 알게 된 것이어서, 나는 그 소설에 대해 잘 안다는 투로 불쑥 맞장구를 쳤던 나 자신이 몹시 부끄러웠다. 더욱이, 아내가 스코오비의 양심을 시험하기 위해, 성당에 가자고 하여, 남편의 영성체를 주시하는 장면을 실감 있게 설명하는 베드로 신부님의 말씀을 들으면서, 나는 도대체 그 소설에서 무엇을 읽었나 허무할 정도였다. 그것은 읽은 것이 아니었다.

기왕에 친구에게서 들어 알고 있으면서도 남편 앞에서는 시치미를 떼고 모르는 듯이 정중하게 대처하며, 그의 부정을 오로지 영성체를 통해 바라보고 해결하려는 아내와 아내의 시선 앞에서 영성체를 어찌 해야 할까 망설이는 스코오비의 괴로움을 듣고 나는 깊이 감동하였다. 거의 황홀할 만큼. 어쩌면 그다지 정신적인 사람들이 있을까. 물질이 만능으로 범람하는 속에서 비실비실 어지럽기까지 하던 나의 눈이 반짝 뜨였다.

나는 『사랑의 핵심』을 다시 읽어야 했다. 첫 페이지, 둘째 줄에 벌써 '아침 기도 시간을 알리는 성당의 종소리'가 울려오질 않는가. 처음부터 끝까지 이 소설은 독실한 신자인 주인공과 그 주변 인물들을 통해 가톨릭을 모르면 이해할 수 없도록 직조된 내용이었다. 비록 가톨릭을 아는 독자일지라도 그 차원에 따라 이 소설에 대한 이해도는 달라질 듯싶다.

> "신이 인간에게 성체의 떡으로 신 자신을 드러낸 것, 처음에는 팔레스타인의 촌락에서, 지금은 이 열대의 항구에서, 또 다른 온갖 처소에서, 스스로를 드러내어, 인간이 신의 뜻을 가질 것을 허용한 것은 신의 잔인하고도 불공평한 섭리라고 그는 순간적으로 생각하였다."

집요하도록 함께 영성체를 받고 싶어하는 아내 앞에서 애인과의 관계를 끊지 못하는 스코오비가 괴로워하는 대목이다. 그러면서도 스코오비는 자신만을 위해 이기적인 기도를 하는 법이 없다. 가톨릭 신자의 믿음이란 무엇이며, 참된 삶의 길이 어떤 것인가를 깊이 생각하게 하는 작품이었다.

내가 다시 읽어야 하는 책은 『사랑의 핵심』으로 끝나지 않았다. 많은 책들이 있지만, 그중에 특히 나에게 조급히 부담을 주는 것은 도스토옙스키의 『카라마조프의 형제들』이다. 일찍이 우리의 희망이며 연인이었던 알로샤 수사를 어서 다시 만나고 싶다. 이반도, 드미트리도, 그리고 또……

나의 눈이 거듭 뜨이고, 그래서 또 책을 되풀이 읽고, 그 책 속에서 광맥을 파나가듯 새로운 진리, 새로운 세상을 자꾸 찾아낼 수 있다면 얼마나 행복할까!

(겨자씨, 1997. 3)

마지막 밑바닥 그 끝까지

― 엔도 슈샤꾸, 『침묵』을 읽고

내가 엔도 슈샤꾸의 『침묵』을 읽은 것은 영세 직후였다.

아기들이 이물질을 입술 밖으로 밀어내듯이 신앙의 아기였던 나는 그 작품을 흡수하려 들지 않고 살그머니 혀끝으로 뱉어버린 모양이다.

그로부터 16년이 흐른 이즈막, 그것이 너무나 께름칙하여 그 무거운 세월 동안을 그야말로 돌처럼 침묵을 지키고 있던 그 『침묵』을 서가에서 꺼내어 다시 조심스레 열어보았다. 나는 깜짝 놀랐다. 그것은 돌이 아니었다. 보석이었다. 가장 놀라운 광채로 나의 무거운 눈꺼풀을 기어이 밀어 올려 뜨게 한 보석 중의 보석이었다.

이 땅에 103위 성인이 탄생한다고 하여, 교리시간이나 반모임이나 교회행사가 순교 선열들에 관한 것으로 찬란하게 꽃을 피울 때 교리 공부를 해서인지, 교회를 향해 걸어가자면 나는 순교자에 대한 상념으로 사로잡힐 때가 많았다.

그분들이 목숨을 내어 지키신 이 길인데…… 싶어, 나 자신을 돌아보고 제법 성찰도 좀 해보려고 낑낑거리며 그 시간에 이끌리었다.

그런 정신의 연장으로 모처럼 찾아간 충남 보령의 서해안, 바닷물만이 아득히 보일 듯 말 듯 빠져 나갔다가 되들어와 철썩일 뿐, 인적이라곤 없는 그 고즈넉한 갈매못 성지에서 나는 마냥 밀물과 썰물만을 기다려 바라보며 그곳에서 순교한 분들을 추모하였다.

그분들은 대체로 그 언저리 내포지방에서 검거되어 서울로 압송, 참혹한 국문 끝에 살점이 뚝뚝 해어져 나가는 몸을 이끌고, 대궐 안에 마침 경사가 있어 부정탄다 하여, 서울을 피해 사백여 리의 길을 되짚어 걸어 다시 그곳까지 내려온 분들이다. 오직 죽어지기 위해. 죽음으로써 그 길을 지키기 위해…… 서울에서 갈매못에 이르는 그 머나먼 길 어딘가에는 그분들의 그 살점 묻어나는 피가 아직 남아 있을 것만 같다. 그 피의 자국을 우리의 정신 안에서 추구해 보려 두려울 만큼 조심스런 자세로 다가가던 신 영세자는 자신이 걸어가는 길이 순교자들의 그 멀고도 높은 대열과 연결된 것이기를 어렴풋이나마 바라는 마음으로 교회에 들어서곤 하던 그 즈음, 이웃의 대모님에게서 그 『침묵』을 권해 받는다. 그러나 풋내기 신 영세자의 마음은 그 책의 영롱하는 파문(波文)엔 부도체일 수밖에 없었던 것 같다.

로마 교회에 날아든 하나의 보고서로부터 이 작품은 시작된다. 포르투갈의 예수회에서 일본에 파견된 페레이라 신부가 구덩이 속에 달아

매는 고문을 받고 배교했다는…… 이 신부는 일본에 머무른 지 33년, 교구장이라는 최고의 직위에 있었다. 드물게 보는 신학적 재능에다가, 박해 밑에서도 교토 지방에 잠복하면서 전교를 계속해온 신부의 편지에는 언제나 불굴의 신념이 넘쳐흘러, 어떠한 사정이 있었던 간에 그가 교회를 배반하리라는 상상은 그 누구도 할 수 없는 일이었다. 혹 이교도인 네덜란드인이나 일본인이 꾸며낸 것이 아니면 오보리라 사람들은 믿고 싶어 했다. 포르투갈인을 의심하기 시작하면서, 통상단절과 종교 박해가 시작된 일본의 지속적인 교화와 그리스도의 영광, 그리고 페레이라 신부의 안부를 파악하는 일석삼조의 방법으로 예수회 본부에서 일본이라는 과녁을 향해 3개의 화살을 쏜다.

그 3개의 화살 격인 젊은 신부 셋이 포르투갈을 출항해 아프리카의 희망봉을 돌아 인도의 고아와 마카오를 거쳐 일본에 이르는 2, 3년이 걸리는 악전고투에서부터 나는 저 우리의 갈매못에서 순교한 프랑스 신부들을 연상하면서, 이웃나라 아닌, 바로 우리의 박해 시대를 보는 듯한 느낌으로 이 작품을 읽어 나갔다.

한 사람의 신부는 마카오에서 탈진해 낙오되고, 또 한 사람은 일본 잠입에는 성공했으나 바다에 수장되는 신자들을 따라 들어가 사라진다. 한 신부만이 끝까지 남아 압박을 겪으며, 하느님의 존재에 대한 질문을 끈질기게 던져 나간다.

신부로서의 최소한의 생활이나마 명맥을 이을 수 있었던 산속의 은폐된 움막을 마을 사람들의 안전을 위해 빠져나와, 한 치 앞을 알 수 없는 공포만을 안고, 폐허가 된 신자 마을과 방향 모를 산속을 헤매다가 안내자였던 신자에게 팔리어 체포되는 설정은 예수 그리스도의 수난에 맞추어져 있었다. 신부가 각 일각 좁혀오는 위기감 속에서 매번 그리스도의 수난을 그리며 그의 말씀을 암송하고 자신의 처신을 대처해 나가는 과정은 처절하였지만 마치 우리가 십자가의 길(기도문)을 바치는 것처럼 아름다웠다. 그러나 위험 속에 하등의 대처도 없이 한 마리 짐승처럼 던져진 신부의 존재는 한 종교의 번죄물 같아 애처로웠다.

일촉즉발의 위기 상황에서 그는

"하느님은 왜 침묵하고 계실까?"

하느님의 관여를 애타게 기다린 나머지,

'만일…… 물론 만일의 경우의 얘기지만, 만일 하느님이 안 계신다면……'

하는 무서운 상상을 해본다. 그러나 만약 그것이 사실이라면 말뚝에 묶여 파도에 씻기던 신자들의 모습은 그 얼마나 우스운 희극이란 말이냐. 머나먼 바다를 건너, 사선을 넘다시피 어렵게 이 나라에 당도한 선교사들은 또 그 얼마나 우스운 환영만을 쫓았단 말인가, 그리고 지금 이 사람 그림자 하나 없는 산속을 헤매고 있는 나는 또한 얼마나 우스운 짓을 하고 있는 걸까. 그는 하느님을 찾아 어두운 자신의 마음을 한 삽 한 삽 냉정하게 파들어 가는 거였다. 그는 감옥 속에서도 마음의 갈등으로 해서 파수꾼들이 놀랄 정도로 커다란 소리로 허탈하게 웃어대곤 하였다.

"예수 그리스도도 배교했을 것이다, 사람을 위해서는, 자기의 모든 것을 희생시키더라도……"

이미 배교한 스승 페레이라 신부의 그런 말이 아니더라도, 신부는 춥고 어두운 밤, 자기로 해서 구덩이에 거꾸로 매달려 피를 흘리고 있는 농부들을 확인하고 배교의 형식인 성화판을 밟기로 결심한다. 거기서 그는 그리스도를 만난다.

'밟아도 괜찮다. 너의 발은 지금 아플 테지. 오늘날까지 나의 얼굴을 밟은 사람들과 마찬가지로 아플 것이다. 하지만 그 발의 아픔만으로 이제 충분하다. 나는 너희들의 그 아픔과 고통을 나누어 갖겠다. 그 때문에 나는 존재하니까.'

나무 판대기 위에서 마멸되고 움푹 패인(하도 밟혀서) 예수 그리스도의 얼굴은 신부에게 슬픈 듯한 눈초리로 그렇게 말했다. …… 그는 성화판에 피와 먼지로 더럽혀진 자신의 발을 올려놓았다. 다섯 발가락은 사랑하는 분의 얼굴 바로 위를 덮었다, 그 치열한 감정과 기쁨을 설명할 수는 없었다……

바스러지는 가랑잎만큼이나 절망적인 갈증 속에 절규하던 그는 마침내 자신이 추구하던 과녁에 명중한 거였다.

기존의 교회 틀을 배반한 것이 될지는 몰라도 그분을 배반한 것은 결코 아니라고 신부는 생각한다. 그리고 "그분은 여태 침묵하고 있었던 게 아니다. 설혹 그분이 침묵하고 있었다고 해도 나의 오늘날까지의 인생이 그분에 대해 얘기하고 있었다."는 말로 『침묵』은 마무리 된다.

나는 안도의 숨을 내어 쉬었다. 편안하였다. 따스하였다. 어딘가 묶였던 데서 풀리어 난 해방감이란 바로 이런 순간을 두고 하는 말이지 싶다. 배교를 통한 순교를 보여줌으로써, 더 넓은, 더 깊은, 아니, 아주 무한한 그리스도 정신을 이 작품은 말하고 있다. 끝까지, 마지막 밑바닥 그 끝까지 어디서나 우리를 지켜주시기 위해, 그 크신 분은 우리 가운데에 더불어 살아 계시구나 하는 뜨거운 감동을 얻을 수 있었다는 사실…… 나의 둔한 눈꺼풀을 기어이 밀어 올려 뜨게 한 이 작품의 놀라운 광채는 바로 그것이었다.

(들숨날숨, 1999. 6)

제5부

먼저

봄

박화성 탄생 100주년 기념해를 보내며

푹신한 이불 같은 구름들이 뭉실거리는 하늘이나 파도가 출렁이는 바다는 모두 은색. 구름과 바닷물이 맞닿을 듯싶은 공간으로 배가 미끄러져 간다. 아기자기 섬세한 유달산의 능선과 길게 도사려 누운 고하도가 양 옆으로 줄곧 따라온다. 장마가 시작된다는 일기예보여서 우려했으나 잠시 이슬비를 뿌렸을 뿐이었다. 박화성 탄생 100주년 기념 유작 선상 낭송회는 그렇게 멋스럽게 시작되었다. 유족들은 서울에서 박화성 탄생 100주년 기념행사를 이미 네 번이나 동참하고 온 길이었다. 문학의 집·서울 주최 '음악이 있는 문학마당', 민족작가회의와 대산문화재단이 공동주최한 '어두운 시대의 빛과 꽃', 금호 리사이틀 홀에서 있은 '문학의 밤', 한국소설가협회 주최의 '박화성문학과 역사의식' 등이 그것이다.

장고와 단소의 자지러진 가락이 하늘과 바다를 치고 넘으며, 손한술 무형문화재님이 곡을 부쳤다는 박화성 작 〈장수산을 바라보며〉가 구름 자락을 휘말아 나꾸어채듯, 혹은 창자를 갈기갈기 짓씹어내는 듯 절절하게 술술 잘도 풀리어나갔다. 사방이 탁 트인 배 위에서 대자연을 향해 거침없이 터트리는 시조창은 거기 있는 모두의 넋을 순식간에 사로잡기에 충분했다. 생전에 한번 저런 공연을 들으셨더라면…… 그러나 나는 곧 그런 미망에서 깨어났다. "천만년/살고나도/또/만년이/남으려든/웬/욕심이/그리/많아/네/이름이/장수일다/사람이/제/맘인양/하야/그리/불러/줍데다"(1935). 내 귀로 들려오는 소리가 바로 작자 자신의 절규인 듯 느껴진 때문이다. 역시 목포구나, 비로소 생생하게 산 박화성문학을 이곳에서 만나게 되는구나. 이것이야 말로 바로 박화성문학의 진짜 끼요, 빛깔이요, 맛이구나 싶었다. 당시 작가는 신문사의 요청으로 「부여기행」, 「해서기행」, 「경주기행」을 연재하였는데 사이사이에 간결하면서도 함축된 시조를 30여 수나 삽입한 것이다. 저녁, 샹그리아 비치호텔에서, 열일을 제치고 서울에서 내려오신 문단의 원로이시며 전 예술원 회장이신 차범석 선생님과 소설가협회 정연희 이사장님, 주최자인 임점호 목포예총회장님을 중심으로 박화성문학 연구의 권위자인 서정자 교수님과 이번에 어렵사리 발굴했다는 초창기의 장편『북극의 여명』을 집중적으로 심층 분석한 임헌영 평론가님이 질의자 명기환, 김재용 두 시인님 등과 열띤 토론을 벌이며, 박화성문학 재평가를 통해 우리 문학사는 다시 씌어져야 한다는 결론을 내렸다. 우리 유족들은 서울에서도 긴장된 가운데 감동하고 한없는 감사를 느꼈지만, 작가를 탄생시킨 연고지여서지 처음부터 끝까지 유달리 정감이 흘러 우리로 하여금 더욱 그러하게 했다. 그래서 우리 어머니 박화성 작가는 목포를 빛냈고 또 목포는 박화성을 크게 길러낼 수 있었나 보다. 이날 행사의 클라이맥스는 『박화성문학전집』을 집대성한 편저자 서정자 교수님, 이십 권이나 되는 방대한 전집을 간행한 푸른사상사 한봉숙 사장님이 다함께 앞으로 나와서 아름다운 퍼포먼스를 이루어 냈다. 이는 박화성문학의 본고장에서, 평생을 통해 심혈을 기울인 작품집을 박화성문학기념관에 영구보존을 위한 봉정식인 것이다. 헌데 지금으로부터 16년 전, 목포가 낳은 이 거대한 선구자가 숨결을 거둔 그 즉시, 목포의 시민과 예술인들, 시당국이 혼연일체로 요청이 와 유족이 기꺼이 응해 세워진 우리나라 최초의 것이며 유품 소장으로 세계적 수준일 박화성문학기념관이 아직도 독립된 위치를 찾지 못하고 있다는 사실이 가슴 아프다. 마침 시당국에서 기념관 운영에 대한 논의가 있는 것으로 듣고 있다. 문화유산의 보존은 바로 그 지자체의 문화의식과 문화행정 수준을 가늠하는 척도이므로 부디 예향 목포의 명예에 걸맞은 합당한 방안이 강구되길 바란다.

(박화성 탄생 100주년 기념, 2004)

우리 어머니 박화성

오늘 월간문학사에 들렀다 나오는 길에 발길이 절로 '마로니에 공원' 쪽으로 향하였습니다.

어머님의 영결식이 거행된 그 장소로 가보았습니다. 기단이 마련되었던 곳과 영구차가 서 있던 곳, 그 추운 날씨에도 불구하고 조문오신 많은 분들, 특히 문단 원로 선생님들이 앉아계시던 앞자리, 겹겹이 겹쳐서 계시어 일일이 안면조차 뵈올 수 없던 뒤쪽의 그 빽빽하던 인파, 손발이 새빨갛게 얼어 있던 성가대원들, 영결식장을 온통 둘러쌌던 화환들……. 그런 모습들을 다시 되살려 보며 저는 얼마동안 그곳을 배회하였습니다.

너무 많은 화환은 낭비가 아니겠냐고 하는 분들도 있었지만 생전에 어머님께서 워낙 꽃을 좋아하셨기에 그 화려함이 오히려 어머님의 가시는 길을 뜻있게 만드는 것 같아 감사하였습니다.

어머님을 기리는 섬세하고도 정감이 넘쳐흐르는 훌륭한 조시와 조사의 말씀들, 길고 긴 분향 대열, 은은한 성가의 화음…… 누군가가 참으로 아름다운 영결식이라고 저에게 말하였습니다. 영결식이란 무조건 두렵고 슬플 뿐이라는 생각을 했었는데, 그분의 말씀을 듣고 보니 수긍이 갔고 동참해주신 모든 분들께 다시 뜨거운 감사를 느꼈으며 어머님의 모습이 더욱 아름답게 빛나 보이셨습니다.

그러나 오늘은 그 모두가 간데없고 통기타에 맞춘 젊은이들의 노랫소리가 공원을 잔잔하게 흔들고 있을 뿐입니다.

벌써 앙상한 마른 나뭇가지 위로 봄기운이 선연합니다. 그러고 보니 어머님이 영원한 길을 떠나신 지도 어느덧 2주일이나 되었습니다.

봄. 만물이 새로이 소생하는 환희의 계절. 파랗게 돋아나는 잔디와 산수유꽃, 개나리, 진달래, 라일락…… 어머님께서 그것들을 얼마나 사랑하셨습니까. 이제 머지않아 이 땅은 그 찬란한 생명력으로 가득 넘치게 되겠습니다만 그것들을 너무도 사랑하시던 어머님은 영영 다시 오실 수 없음이 저의 가슴을 메이게 합니다.

열려진 문갑 사이로 언뜻 어린이날, 아이에게 주신 어머님의 필적이 눈에 들어옵니다.

　―경화는 더더 건강해져야겠다. 그러니 밥을 잘 챙겨먹고 운동도 많이
　해야지. 꼭 꼭 건강해져라 응? 할머니가 빈다.

이 간단한 문맥에서도 유달리 다정다감하셨던 어머님의 성품이 절실하게 다가옵니다. 가슴이 뭉클 솟구쳐 오며 눈시울이 젖어옵니다.

새벽에 잠을 깼을 때에도 한없는 공허로움에 저는 베개에 엎드려 소리 없이 울었습니다. 설거지를 하다가도, 화분에 물을 주다가도 문득 손길을 멈추게 되고, 차창 밖을 바라보거나 전화를 걸다가도 쏟아지려는 울음을 간신히 삼키곤 하였습니다.

어느 분이 말씀하시기를 시어머님 상은 육친의 그것과는 다르더라고 하였습니다만 저는 왜 이다지 날이 갈수록 사무쳐 오기만 하는 걸까요.

생전의 어머님은 어렵기도 하고 늘 조심스러워 전화를 드릴 때에도 얼마간의 부담감을 번번이 털어버릴 수가 없었음도 사실이었습니다.

그러나 이제 영원한 길을 떠나신 어머님은 하등의 조심스러움을 요구하시지 않는군요. 박꽃처럼 밝고 화사한 미소의 모습으로 그저 다정하게 저의 가슴, 저의 마음속으로 깊이깊이 시간이 흐를수록 더욱 새롭게 다가오시니 말입니다.

마지막 자리에 누우신 한 달 동안 어머님은 갓난아기의 그것처럼 완벽하게 이 지상에서 가장 정화된 모습으로 저희에게 안겨오셨습니다. 천진무구……. 지상의 온갖 제도와 범절과 의식 등으로 겹겹이 싸이고 싸인 의상을 후련하게 다 벗어버린 상태. 그 본래의 순수한 어머님의 모습을 통해 저는 많은 것을 묵상하였습니다. 그것은 우리 모두의 본연의 모습이기도 하였지요.

언어의 군더더기 설명이 필요치 않은, 몸으로 보여주신 그 힘겨운 과정 동안의 신비스런 묵시는 저희가 두고두고 소화해 나가야 할 의미입니다.

어머님을 위해 기도를 바치던 저녁 미사에서 영성체 후에 저는 장궤틀에 무릎을 꿇고 언제까지나 일어나지 못하였습니다.

어머님, 이제 생각하니 진정 저는 어머님을 위해 해드린 일이 아무것도 없다는 느낌입니다.

빈손으로 가시는 이 자리에 꽃 몇 가지, 계절을 자랑하는 과일 몇 알, 어머님 마음에 꼭 드시길 바라면서 장안의 가게를 누비고 헤매어 골라잡은 옷가지 몇 벌 따위가 다 무슨 소용이겠습니까. 더불어 살아가는 세상살이에서 한 모금 냉수만큼의 위안인들 되셨을는지요.

어머님께서 훌훌 놓고 가신 유품을 형제들이 둘러앉아 점검을 하였습니다.

마침 어머님의 고향 목포시에서 기념관을 마련하겠다는 요청이 있어 한 점 한 점을 유심히 저희들은 살펴나갔었지요.

자물쇠를 벗기고 열어본 장롱 속의 그 빈틈없는 정리정돈에서 저희는 어머님의 깔끔하신 성품을 다시 확인하며 숙연해졌습니다.

미천한 필력으로 더 이상 어머님에 관하여 제가 무엇을 말할 수 있겠습니까.

몇 해 전 고향의 문예지 『목포문학』에서 직계혈통에게 의뢰해 왔을 때, 웬일인지 모두들 서로 사양하여 본의 아니게 어머님을 실망시켜 드린 적이 있었습니다. 결국 제 차례로 돌아와 둔필이지만 순순히 응해드렸습니다.

그때 어머님께서는 무척 기뻐하셨고, '너는 효녀다' 하고 분에 넘친 표현까지 주셨습니다. 「흐르는 물 속의 큰 돌」이라는 제목도 마음에 들어 하셨지요. 여기에 그때의 둔필을 담아보려 합니다.

전혀 다른 환경에 처해 있다가 우연히 한 가족이 된 며느리의 입장이 친자녀들보다 어머님에 대한 인식이 다소 새로울 수 있으리라는 기대로 이 글을 적어보려 한다. 혈육지간에는 흔히 안경의 도수가 필요 이상으로 높아 잘 보이지 않을 수도 있다고 여겨지기 때문에.

그러나 그 어른을 바라보는 나의 시선도 이제 어지간히 무디어졌다. 언제부턴가 나에게도 핏줄들만이 소유하는 특권과 같은 그 무자극의 안경이 끼워진 듯싶기도 하다. 그러므로 여기서는 대개 내가 막 결혼하여 이 집안에 입주한 무렵의 이야기가 될 것 같다.

이 가정의 서먹서먹한 한 국외자로서 나의 눈에 비친 당시의 어머님의 면모를 나타낼 수 있는 에피소드를 몇 가지 써보겠다.

약혼을 얼마 앞두고 나는 여동생과 함께 무작정 어렵고 조심스럽기만 했던 장차의 시댁에 초대를 받았었다.

식사를 하고 다과를 들고 하는 의례적인 순서가 끝나 나와 동생이 작별인사를 드리고 돌아서서 나올 때 어머님께서는 대문 밖까지 굳이 나오셨다. 들어가시라고, 그만 들어가시라고 나와 동생이 몇 번이나 말씀을 드렸으나 그대로 서 계시기만 하셨다.

그때, 그 댁이 산기슭 아래 한적하게 위치하여 퍽 상당한 길을 걸어 나와야 했는데 그 공터가 끝나 작은 골목으로 접어들기 직전 다시 뒤를 돌아보았을 때 그 어른은 아득히 아주 멀어진 그곳에 아직도 서 계시며 손을 저어 보였다.

나의 약혼자라는 사람은 그때 그 상황에서 어디쯤 자리하고 있었는지 잘 떠오르지 않으나 그날 마지막까지 지켜보아 주시던 어머님의 그 대문 앞의 모습이 내내 잊혀지지 않는 것은 아마도 그 저녁 전체를 통하여 쉽사리 누구에게서나 찾아볼 수 없는 다정다감한 여성다움을 흠뻑 느낄 수 있게 해주신 때문인 것 같다.

그 점은 내가 이내 결혼한 뒤에 일일이 열거할 수 없을 만큼 얼마든지 구체화되어 갔다.

한 가지만 들어보면, 그 해가 다 저물어 동짓달에야 우리의 혼인이 있었기 때문에 곧 엄동설한이 다가왔다. 아직 미혼인 막냇동생과 더불어 있었기 때문에 아침이면 출근하는 남자가 둘이었는데 어느 혹독하게 추운 날 아침, 마치 싸움터로 돌진하는 병사인 듯 털내의까지 동원하여 완전무장한 두 남자가 현관에 당도하여 구두가 보이지 않는다고 아우성이었다. 가장 당황한 것은 나였다.

급히 달려가 보기는 하였으나 무슨 영문인지 알 수가 없었기 때문이다. 도대체 어디로 갔단 말인가. 그야말로 쥐도 새도 모를 일이었다. 그런데 놀라운 일은 그 없어졌다는 커다란 남자 구두 두 켤레가 다름 아닌 어머님의 품속에서 차례로 나오고 있질 않는가.

어느 사이엔가 구두가 반짝반짝 손질이 된 것은 물론 따끈따끈하게 아주 잘 구워져 있었다.

집안에서 누구보다도 일찍 일어나시어 온 집안 식구들을 위해 나이 어린 손자 손녀, 외손자 외손녀들에 이르기까지 일일이 그들의 그날하루를 위하여 기도를 하시는 어머님은 새벽녘의 날씨를 간파하시고 아랫목 당신의 이불 속에 신문을 깔고 두 켤레의 구두를 일찍이 정성스럽게 구워낸 것이다.

그런데 더욱 놀라운 것은 그 구두의 주인인 장본인들의 태도이다. 그들은 그 감격어린 구두를 그저 심상하게 신고는 후다닥 대문 밖으로 그냥 뛰쳐나가버리는 것이 아닌가.

하기야 그것이 처음 있었던 일이 아니고 내내 그러한 분위기에서 자라나고 보면 새삼 무슨 왈가왈부가 필요한 것이겠는가마는…….

매운바람으로 가득한 골목길을 빠져 나가며 피부를 타고 번져오는 구두의 온기에서 어머님의 체온을 그들은 분명 따스하게 느꼈으리라.

예부터 사람은 머리는 차게, 발은 덥게 해야 좋다고 일러왔으니 이들의 안정된 몸과 마음의 바탕이 어디에 있었는지 알고도 남음이 있었다. 그들은 어머님의 노고를 염려하여 제발 구두 굽는 일을 그만 두어 주시라고 간청하였지만 어머님은 그 일을 막무가내 놓지 않으셨다.

그 모자간의 이견 아닌 이견의 대립은 아파트로 이주하심으로써 비로소 막이 내려졌다.

고향을 항구 도시에 두고 있는 때문인지 온 가족이 생선회를 애호하는 편인데 그 회 맛의 진가는 초고추장에 있다고들 말한다.

그런데 충청도 내륙지방의 태생인데다 공부한답시고 열 살을 넘자마자 객지로만 전전한 나로서는 그 초고추장이라는 것에 대하여 너무나 자신이 없었다.

어느 날, 서당 개 격으로 어깨 너머로 본 실력으로 초고추장이라는 것을 만들어 상을 들여놓고 돌아서서 나오는 나의 귀 곁으로 수군수군 나지막한 소리가 들려왔다.

"아니, 이건 그냥 고추장 물인데."

그렇지 않아도 조마조마했던 터라, 나는 쥐구멍에라도 들어가고 싶은 심정이었다. 어찌 그 초고추장뿐이랴. 그 진한 온갖 양념에서부터 그 다양한 여러 가지 음식의 종류를 접할 때마다 나는 점점 더 깊은 콤플렉스에 빠져 허우적거리는 도리밖에 없었다는 것이 솔직한 표현이리라.

오늘날까지도 양념간장을 비롯하여 생선을 타지 않게 잘 굽는 것이라든지 해물을 알맞게 데치는 것이나 심지어 김치를 담그면서도 나는 늘 어머님의 말씀을 떠올리지 않을 수 없다.

음식은 정성대로 간다는 지론을 갖고 계신 어머님은 우선 재료부터 공을 들여서 다루신다.

절대로 시장판의 생선 가게에서 함부로 생선을 토막 치는 법이 없으시다. 반드시 집에서 꼭 알맞은 크기로 반듯하게 손질하는 것이 원칙이 되어 있다.

파나 마늘을 다지는 데 있어서도 적당이라는 것이 통하지 않는다. 맛이 충분히 배어나도록 끝까지 잘디잘게 다져야 한다. 주방에서 이루어지는 사소한 요리의 과정에서마저 그 품성의 철저함과 끝없는 완벽성을 추구하는 작가적 생리를 강하게 느끼지 않을 수가 없다.

어머님의 세 며느리들이 한결같이 남편에게서 듣게 되는 공통된 말은 "이건 맛이 다른데, 어머니의 맛이 아니야"라고 한다.

비교적 많이 보아주는 편인 나의 경우는 대체로 눈을 감아주는 듯하다가 '연포'라는 요리에 가서 꼭 걸리게 마련이다.

널리 알려져 있지 않은 이 요리는 낙지에 미나리를 곁들여 조리하는 것인데, 간장과 소금, 설탕, 식초의 배합에 그 숨은 비결이 있는 모양이다.

아니 조미료 배합 따위의 차원의 문제가 아닌 것 같다. 그 사람이 타고 난 '손의 맛', 바로 그것인지도 모르겠다.

신혼기의 나는 어머님 앞에서 남편을 무어라고 지칭해야 할지 몰라 쩔쩔 매었다. 그러자 어머님이 선뜻 시원스러우시게도

"승준이라고 부르거라" 하시질 않는가.

나는 그 순간 막혔던 가슴이 탁 트이는 통쾌함 같은 것을 느꼈었다. 지금도 그렇게 호칭을 할 때마다 암암리에 맛보는 신선한 느낌을 떨쳐버릴 수가 없다.

어느 날 갑자기 남편이 출장을 가게 되었을 때의 일 또한 그랬다.

현관 앞에서 모자분의 은근한 포옹 장면이 꽤 오래 펼쳐지고 있었다.

유일한 관객인 뒷전의 내가 이때에 느낀 것도 다름없는 그 신선한 공기 같은 것이었다.

느끼고 있는 만큼 표현으로 그것을 행동화한다는 것은 얼마나 바람직한 일인가.

그처럼 때때로 한 세대의 차이가 있는 우리보다 오히려 새롭고도 자유로운 행동을 보이시는 어머님에게서 더 진취적이며 서구적인 면모를 발견할 때 나는 무척 즐겁다.

또한 나 역시 말석이나마 문단의 후진으로서 때때로 파티 석상의 어머님을 뵐 기회가 많은데, 가정 안에서 철저하고 완벽하시듯 언제나 화사하고 빈틈없는 한복차림에 마이크 앞에 서시기만 하면 유려하게 풀려나오는 즉석연설의 명수이시니 어느 모임이건 그 모임의 분위기를 한결 뜻있게 돋구어 그때마다 나는 또다시 새로운 감탄을 아니 할 수 없다.

결론적으로 도도히 흘러내리는 시냇물 속의 수많은 자갈돌들을 나는 떠올려보고 싶다. 그 돌들은 굽이굽이 세찬 물살에 겨워 무서운 마찰을 겪으리라. 그래서 그들은 두리뭉실 닳고 깎이어 대체로 비슷비슷한 모습들을 짓고 있다.

그런데 그 가운데에서 본연의 형태를 잃지 않고 있는 것이 있을 수 있다면 바로 그 돌이야말로 나의 어머님에 비유될 수 있지 않을까 하는 생각을 해본다.

빛과 그늘이 불가분의 관계이듯 그 돌에는 좋은 의미도, 그렇지 않은 의미도 함께 하겠으나 여하튼 범상하지 않은 것만은 분명하기 때문이다. 어머님, 사랑합니다.

(미상, 1988. 2.)

나 위해 기도해라

어머니와의 관계에서 잊을 수 없는 기억은 우리 내외가 천주교에 입문하는 과정에서의 갈등이다. 교리를 배우는 6개월 동안 어머니를 뵐 때마다 아들 쪽에서 천주교 이야기를 누누이 자연스럽게 꺼내곤 하였다. 신비스럽기도 하고 신기한 면도 있고 하여 접촉하였던 신부님 수녀님들에 대한 호의적인 이야기도 저절로 대화중에 튀어나오기 일쑤였다. 그 무렵 우리의 뇌리는 만약 가톨릭에 색깔이 있다면 그 색채로 완전 염색이 된 상태였을 테니 무리도 아니라 하겠다. 어머니의 반응은 그저 시무룩해 계시거나, 시큰둥하신 표정 정도로 가볍게 넘어가곤 하였다. 우리의 희망은 점점 부풀어 올라 본당 신부님 앞에서, 앞으로 어머니도 성당에 나오시도록 하겠다고 장담하기까지 하였다.

그리고 얼마 안 되어 우리가 영세를 받은 직후, 어머니 생신날이어서 형제들이 다함께 모여 식탁에 둘러앉아 있을 때였다. 어머니와 마주 앉아 있던 나의 남편이 식사시작 직전에 갑자기 그 특유의 톤으로 성호경을 긋는 것이 아닌가. 다분히 어머니를 의식해서 주위를 집중시키려는 과장된 몸짓이 느껴질 만큼 큰 소리로 한 마디 한 마디 또박또박 천천히 발음하며 동작 또한 그러했다. 그러자 그 다음에 펼쳐진 아찔하던 순간은 지금도 등골이 오그라 붙는 듯하다. 그 화기애애한 가운데 만면에 미소를 짓고 계시던 어머니의 안면에 노기가 충천해지며 "아니, 이게 무슨 짓이냐?" 하고 꾸짖으시는 게 아닌가. 사실 집에서 우리 끼리도 아직 식사 전 기도는 익히지 못하고 있던 시기였는데 우정 좋은 계기를 삼으려던 그도 일단은 머쓱해 있었다. 태중 개신교 신자셨다지만 교회생활을 전혀 안 하시는 때문에 우리는 너무 어머니의 신앙에 관하여 안이하게 생각했던 듯하다. 그 후 우리 집에 오셔서 "구석구석에서 천주님 냄새가 풀풀 나는구나" 하신 뒤로, 나는 어머니의 내방 전에 언제나 성수병이나 고상을 보이지 않는 곳으로 옮기곤 했었다.

그러던 어머니께서 지병이 도지시며 전화로 "너 나 위해 기도해라" 하시던 그 고즈넉한 음성을 내가 어찌 잊을 수 있을까. 내면 저 깊고 깊은 밀실을 조심스레 열어서 이 부족한 며느리에게 자신의 전부를 드러내 맡겨오시던 그 순간의 의미를 어찌 무심할 수 있을까. 그적의 어머니 음성은 시간이 흐를수록 더 절실하게 더 내 마음 저 실핏줄 뿌리에까지 생생하게 젖어들고 있다.

(생활성서, 1989. 6)

하 많은 별떨기의 운행 속에서

어머니께서 위급하시다는 전화를 받고 심야에 한강 다리를 건너노라면 나약한 저의 심장은 견디기 힘들어 퉁퉁 뛰다 못해 조여들기까지 하였지요. 자정이 지난 강변 풍경은 왜 그리도 더욱 현란하던지요. 명멸하는 불빛들은 그 무엇과도 비교가 되지 않을 만큼 고혹적이었으며 그것들을 투영시키고 있는 강물 또한 신비의 극치였습니다. 낮의 소음과 혼탁이 씻은 듯 사라진 그 고즈넉한 풍경은 수정알처럼 맑았습니다. 마치 이 세상 아름다움의 절정을 과시해 보이려는 듯…… 허나, 그 풍경은 제 눈시울에 닿는 순간 뭉개져 버렸습니다. 타는 듯한 그 현란함을 바라볼 수가 없었기 때문입니다. 세상이 제아무리 아름다우면 무엇하랴, 모든 것 다 버리고 그만 눈을 영원히 감으시려는 어머니를 생각할 때 참으로 비감하였습니다.

한밤에 다급하게 한강을 건너며 가장 순화된 저 자신을 발견하였고 또한 그 어느 때보다 순수한 어머니와의 만남이 저의 내면에서 이루어지곤 하였습니다. 그 만남은 지극히 편안하며 해맑은 것이었지요. 그 어떤 과장도 위선도 있을 수 없고, 미화나 아첨도 필요없었습니다. 오직 순수한 진실만이 그런 순간을 열 수가 있기 때문이지요. 그때 저를 고통스럽게 조여오는 것은 다름 아닌 부끄러움과 죄송스러움이었습니다.

어머니께 무엇 하나 제대로 해드린 것이 없다는 통회에서지요. 제 딴에는 애를 쓰며 노력을 기울인다고 해보았지만 어머니의 마음에 만족을 드린 기억은 거의 별로 떠오르질 않은 때문입니다.

이 세상의 만남이란 왜 이런 것일까요. 하 많은 별떨기의 운행 속에서 이루어지는 기적 같은 우리의 인연이, 왜 만나는 그 순간 이미 실망의 독버섯을 싹틔워야 하는 거지요.

부풀었던 기대를 반드시 충족 시켜주는 것이 만남의 본질이 아님을 모르지 않으면서도 그 쓸쓸함을 견디기란 참으로 쉽지 않으셨겠지요.

저희가 결혼을 앞두고 있을 때, 어머니께서는 저희의 결혼 날짜를 달력에 표시해 놓으시고 매일처럼 그날을 손꼽아 기다리셨다고 들었습니다. 그날은 곧 어머니께서 모든 현실적인 번거로움에서 해방되시는 날이라고 말씀하셨다지요. 얼마나 안타까우셨을까요.

저로 말하면 그날까지 냉수 한 그릇조차 제 손으로 시원스럽게 떠먹을 줄 모르던 위인이었으니 말입니다. 그러고도 무슨 배짱으로 별 두려움 없이 시집을 갔는지 모를 일입니다.

제가 자랄 때 친정어머니가 젊으셨고 할머니조차 비슷하셨으며, 과년한 언니들과 집안일을 돕는 처녀애까지 있었으니 저는 부엌에 좀 들어가 보려야 들어갈 공간이 없었던 거예요. 그래서 저는 팔자 좋게 책이나 가지고 뒹굴고, 책상 앞에서 소일하는 일만이 당연지사였으니 얼마나 답답하셨겠어요. 그 무렵 문단 선배 한 분이 저를 불러 박 선생님은 완벽한 분이셔서 까다롭기로 유명한데 어떻게 모시려고 그러느냐고 염려를 하셨어요. 그래도 저는 겁을 내지 않았으니 무엇을 믿은 걸까요.

그때까지 저는 거짓말처럼 누구에게 꾸중을 별로 들어보지 못하고 살아온 때문일까요. 그것도 흠이라면 큰 흠이지요. 그래서 지금 저는 교육방법으로 가끔 아이를 일부러 호되게 야단을 쳐주고 싶지만 잘 되지 않네요.

그저 성심성의껏 정성을 다 바쳐드리면 되겠지 하는 것이 저의 밑천 전부였습니다. 큰 오산이었지요. 저는 무엇에나 서툴렀습니다. 어머니와 한 가족이 된 이십 년 동안 내내 서툴렀음을 고백합니다.

온 나라가 캄캄한 어둠에 짓눌렸던 일제 강점기에 열다섯이라는 어린 나이에 고향을 떠나 교편을 잡고, 다시 새 부임지를 향해 홀로 멀고도 험한 길을 인력거를 타고 달리던 어머니의 모습을 저는 때때로 떠올립니다. 안쓰러움이 앞서지만, 그 담력과 총기와 투지, 여성 작가 제1호로 문단에 등단하여 이 땅의 근대문화와 예술의 터널을 시원하게 뚫어내신 사회성이 강한 작가로서 팔십 고령에 이르시도록 펜을 놓지 않고

꾸준히 작품을 발표하셨으며, 문단 행사 때마다 화사하고 우아한 한복
차림으로 마이크 앞에 서기만 하면 유려한 즉석연설로 후진들의 가슴
에 따스한 사랑과 꾸준한 투혼과 밝은 희망을 불어넣어 주시던 어머니
의 풍모를 잊을 수 없습니다. 어머니는 유난히도 후진들의 극진한 사랑
을 많이 받아오셨습니다. 그 감사함을 조금이라도 표현할까 하여 몇 해
전 어머니와 가까우신 다정한 문우 몇 분들을 한 자리에 모시었을 때,
식사를 시작하기 전 어머니께서 순서에 없던 말씀을 하셨습니다.

"규희가 무슨 말을 좀 하면 좋겠다."

갑작스런 일이라서 저는 평소에 느낀 몇 마디를 인사말 삼아 드렸더
니, 끝나고 나서 어머니께서 "좀 당황했쟈?" 하고 짐짓 장난기 어린 미
소마저 띄우셨지요. 어머니의 실력만 생각하신 모양인데 저의 눌변은
잘 아시면서요.

가을이 깊어지며 어머니의 병세도 기울어만 지셨지요. 어느 날 전화
를 드렸더니, "너 나 위해서 기도해라" 하시며 약을 드셔도 밤이면 통
증으로 잠을 이룰 수가 없노라고 호소해 오셨지요. 그때 두려움으로
왔던 그 예감이 그대로 적중되다니요. 최후의 기력이 남을 때까지 어
머니는 와병하시지 않으셨습니다. 주치의도 놀란 초인적인 정신력이
셨지요. 마지막 달포를 어머니는 티 없는 아기처럼 순수한 모습으로
저희에게 안겨오셨습니다. 아아, 이것은 어떤 묵시입니까. 누구든지
어린아이처럼 되지 않고는 천국에 들 수 없다는 말을 저는 매순간 묵
상하였습니다. 유명을 달리 갈라놓는 죽음이 없다면 우리의 생은 진정

완성될 수 없는 걸까요. 오랜 삶의 과정을 통해 인간은 신성해지며, 거룩해진다고 저는 믿어왔습니다. 어머니, 영원한 빛과 안식을 누리소서.

(월간문학, 1988. 2)

하나의 문학기념관을 피우기 위하여

초가을의 샛바람이 싱그러운 이른 아침, 서울역 역장실로 이 나라 최고의 지성이라 할 예술가들이 각기 그 뚜렷한 개성을 돋보이며 속속 당도하고 있었다. 약속된 시간도 출발 시각보다 30분이나 앞당긴 거였지만, 그보다도 한 시간이나 더 이른 시간부터 서둘러 모이기 시작한 그들은 다름 아닌 한국여성문학인회 회원들과 한국문인협회 간부들이었다. 문학의 해를 맞아, 한국여성문학인회에서는 '박화성문학(朴花城文學) 재조명'이라는 주제의 세미나를 열기 위해, 한국문인협회에서는 서울방송문화재단의 후원하에 '현대문학 사적지 표징사업'의 일환으로 박화성문학기념관의 표징석 제막식을 하기 위해 목포 행을 하려는 거였다. 문학을 하는 사람들이 평생을 문학을 위해 바친 한 작가의 고향을 찾는다는 사실만으로도 그들의 가슴은 설레었으리라. 그러나 이날의 설렘은 달랐다. 목포, 그곳은 작가의 고향일 뿐만 아니라, 작가의 문학기념관이 세워진 곳이기 때문이다. 우리나라 최초의 문학기념관인 '소영(素影) 박화성문학기념관'이 그곳에 있기 때문인 것이다.

한국여성문학인회 추은희 회장은 이번 행사의 프로그램에서 "예향 목포에서 우리들은 이 땅 개화기에 우뚝 서셨던 박화성 선생님의 문학 세계를 선생님이 만드신 여성문학인회에서 저희 후배들이 재조명을 하게 된 것을 가장 큰 보람과 기쁨으로 생각합니다. (…중략…) 저희들이 행여 선생님의 고귀한 업적과 문학정신을 잊을까 봐 우리는 다시 모여 진지하게 선생님을 옆에 모시고 선생님의 인간과 문학을 얘기하고자 합니다."라고 쓰고 있다. 문학기념관은 왜 있어야 하며, 후세의 사람들에게 그것이 어떻게 소중한가와 그들이 굳이 그 머나먼 남쪽 땅 목포에까지 무엇 때문에 가는가를 씹어 생각하게 하는 대목이다. 그런 취지로, 한국문단의 핵심 두 단체가 각기 획기적 대행사를 서로 일정을 조율해 맞추어 1박 2일 여정으로 함께 떠나게 된 것이다. 80여 명이나 되는 인원이 객차의 1칸 반을 전세 내어 승차하였다. 대거 그들을 실은 목포행 새마을호 열차는 1996년 9월 6일 오전 10시 5분에 예정대로 서울역을 발차하였다.

한국문인협회 회원이며, 한국여성문학인회 일원인 나는 유족의 입장이어서 그 많은 문학인들의 노고와 배려에 무한한 감사를 느끼면서, 그들의 기대에 실망이나 드리지 않을까 하는 염려와 모든 일이 잘 이루어져야 할 텐데 하는 조바심을 떨쳐버릴 수 없었다.

5년 전, 어머니의 문학기념관 개관행사에 참석하기 위해 목포 행을 할 때도 나는 가족들과 더불어 바로 같은 시간의 같은 새마을호 열차를 이용했었다. 행사에 하루 앞서 목포에 도착하자마자 현장으로 직행했던 나의 가슴은 철렁 내려앉질 않았던가. 개관이라는 커다란 글자를 양쪽으로 떼어놓고, 그 사이에 또렷하게 박혀 있던 글자들 '素影朴花城先生遺品展示室'. 입구에서 펄럭거리며 우리 가족 일행을 맞던 플래카드에는 그렇게 쓰여 있질 않던가. 문학기념관이라더니 유품전시실이었단 말인가. 나의 실망은 너무나 컸다. 우리 가족 모두가 그런 씁쓸한 느낌을 안으로 삼키고 있었을 것이다. 그러나 전시실 앞의 현판에는 분명 '素影朴花城文學記念館'이라고 검은 물결 바탕에 남색 글씨로 부조되어 있었다. 그곳은 목포시에서 관할하는 향토문화회관(용해동 7-8)의 제6전시실이었으니, 실제로 유품전시실에 불과하다고 볼 수밖에 없었다. 어머니와 더불어 늘 함께 있던 그 많은 물품들을 그곳에서 만나보게 되니 새삼 너무도 감격스러웠다. 전시실은 넓은 편이긴 하지만 방이 하나뿐이고 보니 평면적인 인상을 지울 수 없었다. 그렇긴 하나 한정된 공간을 가장 효율적으로 활용했다는 생각에 우선 우리는 안도의 표정을 지을 수 있었다. 서재와 침실이 어머니 생존 시의 생활공간 그대로 재현되어 있었고, 진열대의 배치나, 한 뼘의 벽면일지라도 소홀히 지나감이 없이 치밀하게 정성이 들어가 있음을 느낄 수가 있었다. 아드님들이 전시실의 구성을 위해 미리 도면까지 그리며 연구를 했다고 하더니…… 장남은 그해에 받을 수 있는 휴가를 모두 이곳 전시실의 개관을 위해 그 머나먼 거리를 이웃집처럼 드나들며 바쳤다고는 하지만, 무엇보다도 현지에서 담당하신 분들의 노고가 얼마나 크셨을까 짐작할 만했다.

특히, 전시실 입구에 있는 작은 방에 마련된 '추모시화전'은 너무도 감동적이었다. 그곳에는 어머니가 생전에 지으신 〈목포찬가〉를 비롯하여 전숙희, 홍윤숙, 김남조, 차범석 네 분 원로 선생님들과 고향을 중심으로 한 후배 문인 등 35명의 글과 화가 25명의 그림이 곁들인 시화작품 35점이 출품되어 있었다. 삶의 깊은 의미 속에 그리움과 애달픔을 승화시킨 격조 높은 추모시화 작품들도 시 당국에 기증되어 박화성문학기념관에 영구 보존된다고 하였다. 이 얼마나 정성이 가득한 마음의 꽃밭인가. 어머니는 결코 외롭지 않으시구나 하는 생각으로 우리의 마음은 뜨거워 왔다.

김암기 예총(한국예술단체 총연합 약칭) 목포지부장님이 축사에서 "이향인(離鄕人)의 환향(還鄕)이 아닌 부활의 의미를 담고 있어 향토 예술인들의 큰 귀감이 될 것"이라고 한 말씀대로 어머니는 고향에서 고향 사람들의 열과 성으로 다시 찬연하게 피어나, 영원히 살아 계시다는 데에 생각이 미치자, 전시실에 대한 서운함 같은 것은 봄눈처럼 스러졌다.

당시의 김홍래 시장님과 시 당국 관계자 분들, 개관행사를 진행한 예총 목포지부의 여러 예술인들, 문화계 인사들 그리고 일부러 서울에서 내려오신 당시 한국여성문학인회 구혜영 회장님과 박완서, 한말숙, 김후란, 전옥주 네 분 선생님, 차범석, 고은, 이명재, 허형만 선생님을 비롯한 1백여 명의 민족작가회의 문인들이 갓바위에서 불어오는 해풍을 받으며 개관 테이프를 끊은 것은 1991년 1월 30일 오후 4시였다. 어머니가 타계하신 지 3주기가 되는 날이었다.

특히, 그 개관행사 일정에 맞추어 민족작가회의에서 현지로 내려와 박화성문학을 주제로 '문학심포지엄'을 개최하여 목포 바닥이 온통 어머니의 문학세계에 동참하는 문인들로 가득했던 것 같은 기억이 새롭다.

이제 또다시 목포의 시가지를 밀물처럼 채우며 들어갈 한국문단의 기라성 같은 두 단체의 회원들이 찾아가게 될 '소영박화성문학기념관'은 91년에 개관한 향토문화회관 제6전시실은 아니었다.

1900년에 지었다는 국가사적 제289호(대의동 2가 1−5 · 러시아 영사관, 목포부청, 목포시청, 시립도서관 등으로 사용돼 온 건물)로 유품을 이전하여 1995년 3월 18일에 재개관을 한 때문이다.

당시만 해도 어머니가 근 30년을 사셨고, 문호를 개방하여 우리 문학 재건기에 호남 일원의 문학도들을 격려 지도한 문학의 보금자리로 그야말로 목포문학의 산실이라 할 옛집이 덩그렇게 있었기에 그 집이 언젠가 문학기념관으로 복원되면 금상첨화일 거라고 은근히 기대했던 바였으나, 이제는 허사가 된 마당이어서 내 마음은 다소 뒤숭숭하기까지 했다. 더욱이 새로 이전된 문학기념관은 나 역시 초행이었던 때문에.

목포에 갈 때마다 비록 남의 소유이긴 하나 꼭 둘러보고 오던 옛집이었다. 용당동 986번지. 도시 계획으로 그 집이 지상에서 사라지게 된 것을 우리가 안 시기는 이미 때가 늦은 뒤라고 했다. 이제 그 자리에는 시원스럽게 뚫린 포장도로가 가로 놓여 있을 뿐이다.

그 옛집, 어머니의 사진에 자주 등장하곤 했던 은행나무 한 그루가 서 있는 동산에 우리문학기림회(대표 이영구)에서 1990년 8월 31일에 세운 '소설가 朴花城文學의 産室' 비석도 오갈 데가 없어져, 이번에 제막되는 표징석 옆에 거두어놓았다고 했다. 이런저런 연유로 내 마음은 내내 떳 떳할 수도 편안할 수도 없었다.

"누구보다도 정확 명료하게 보고 세심하게 듣고 당당하게 말하는 박 화성 여사"라고 한무숙 선생님은 표현하였다. 생활을 함께 직접 나눈 입장에서 여기에다 나는 젊은이도 도저히 따라갈 수 없는 80세 고령의 그 비상한 기억력과 작은 일에도 끝까지 철저하게 최선을 다하는 자세 를 어머니의 덕목으로 더 추가하는 바이다. 한마디로 내가 여태 살아 오면서 만난 사람들 중에, 심신 양면으로 그토록 강인한 분은 찾을 길 이 없었고, 또 그토록 여린 분도 드물었다. 그러기에 개인적으로 그 힘 든 여건하에서 일제와 봉건의 무겁고 암담했던 그 시대(1920년대)의 어 둠을 마치 더러워진 벽지를 찢어내듯 감연히 가르고 이 땅 문학의 제1 세대로 우뚝 설 수 있었던 것이 아닐까. 나는 내 고향의 아산만 쪽을 가 끔 지나게 될 때, 15세의 앳된 박화성 님을 그곳에서 만나곤 한다. 지금 으로 말하면 중학교를 들어갔을 정도의 나이건만, 이미 11세에 목포 정 명여학교 고등과를 졸업한 그분은 천안보통학교에서 교편을 잡으시다 가 아산보통학교로 전근이 되어, 인력거를 타고 그 굽이치듯 후미진 50 여 리 초행길을 홀로 가셨다니 얼마나 야무지고 당찬가. 또, 그때의 학생들은 태반이 스물이 넘은 아이 아버지들이었다니 그 얼마나 힘이 드셨을까. 목덜미에 솜털이 보스스했을 그 어린 나이의 그분을 그 길목에서 만나게 될 때마다 나는 인간적인 애틋함에 사로잡히곤 한다. 그러나 15세 소녀는 거기서 머물지 않고, 서울에 올라와 숙명여고를 거쳐 일본 여자대학으로 유학을 떠나기에 이른다. 21세에 단편소설 「추석전야(秋夕前夜)」로 문단에 나온 이래, 80살이 넘으시도록 꿋꿋이 문단의 현역으로 살아가신 생애, 그분은 그렇게 강인하셨다. 그런가 하면, 연탄 때던 시절, 겨울이면 아침마다 출근하는 아드님들의 구두를 어머니의 방 아랫목 이불 속에 손수 신문지를 깔고 뜨끈뜨끈하게 구워내야만 안도하시던 모습과 사람을 배웅할 때에는 그 사람이 누구든 시야에서 보이지 않을 때까지 골목 어귀에 끝까지 서 계시던 모습에서는 가녀리도록 섬세한 천품을 느끼게 하였다.

1988년 1월 30일, 어머니가 작고하셨을 때, 목포에서 친척만이 아니라, 문화예술계의 여러분이 올라와 주셨었다. 그중의 한 분이셨던 화가 김암기 예총 목포지부장님이 포천의 장지에서 '박화성문학기념관'을 목포에 건립해야겠다는 발의를 하셨다고 한다. 상경하면서 예총 목포지부 박종길 사무국장과 그 구상을 하셨노라고 그 자리에 함께 계셨던 차범석, 이생년, 최봉인, 박종길 등 목포에 계시거나 목포와 유대가 깊은 선생님들이 합세하여 적극 추진하기로 합의한 후 1차로 유족의 허락을 그 장지에서 받아냈다는 것이다. 그분들이 즉시 목포시청에 건의함으로써, 우리는 공식적으로 어머니의 유품 기증을 요청하는 목포시청의 공문서를 받게 되어, 곧바로 그 깊은 뜻에 감사하는 회신을 가족 명의로 띄웠다. 당시 목포 송재구 시장님의 큰 배려와 결단이 이 일의 결실을 앞당겨 왔음을 우리는 기억하고 있다. 그때부터 우리는 일이 많아졌다. 가족회의도 여러 번 열었다. 생전에 어머니께서, 이 다음에 저건 누가 갖고, 이건 누가 가져라 하고 지목해 주신 물건들도 누가 제안할 새도 없이 그냥 다 기념관을 위하여 저절로 기증이 되었다.

무엇보다도 급히 서둘러야 할 것은 어머니의 초상화를 그릴 화가를 선정하는 문제였다. 기념관이라고 하면 우선 주인공의 대형 초상화 한 점은 꼭 필요하다고 생각되었기 때문이다. 사촌 시숙님인 천현혹 화백과 상의 드린 결과 최낙경 화백께 당부를 드리게 되었다. 바쁘신 중에도 쾌히 응낙하시어 감사하였다.

한편으로 고가구 수리를 시작하였는데, 재미난 일이 생기어, 우리 가족 모두가 희한해 하였다. 어머니가 늘 나에게 "이건 네가 가져야 한다"라고 하신 뒷방에 외롭게 처박혀 있던 우중충한 머릿장이 그 주인공이다. 한때 부호로 잘 사신 시절이 있었던 어머니는 독특한 도자기 장식이 있는 중국 장롱을 비롯하여 호두나무와 화류 등, 가구들이 비교적 고급스러운 것들이었지만 그중에 가장 소박하고 박대를 받는 듯싶은 머릿장이 왜 하필 나의 몫으로 떨어지는지에 대해 나는 서운한 마음은 없었다. 내가 그 물건을 가져야 하는 이유를 어머니는 누누이 꼭 덧붙이셨지만, 그 때문이라고 생각되진 않는다. "이건 할머니(申時葉 : 어머니의 시어머니)가 시집오실 때 해오신 거니까, 맏며느리인 네가 가져야 한다." 그렇게 말씀하실 때마다, 개켜 얹은 이불을 무겁게 받쳐 이고 쓰임 새 좋은 서랍이 주렁주렁 있어, 왠지 고달파 보이는 그 머릿장을 나는 무심히 보아 넘기곤 했었다. 헌데, 수선한 뒤의 그 머릿장은 우리 모두를 깜짝 놀라게 만들었다. 혹시 다른 물건이 바뀌어 배달된 것은 아닐까 하는 의심마저 들어 나는 수선공에게 전화까지 넣어볼 정도였다. 수선공은 틀림없는 바로 그 물건이라는 답변이었다. 자기는 오직 그 물건에 끼어 있는 덕지 때를 벗겨냈을 뿐이라고. 세월의 덕지 때란 그런 것인가. 별로 더러워 보이지도 않고, 그저 누르스레해 보였을 뿐인데. 용목의 앞판이 분홍 산호빛을 뿜으며, 자주색 동자와 어울려 특이한 장식의 광채를 빛내어, 새 새댁의 반호장 저고리처럼 화려해진 그 머릿장은 기념관에서도 지금 특별히 이목을 집중 받고 있다. 최소한 1백 년 넘는 귀중한 전통민예품이라니, 그 물건의 원 주인이셨던 할머니가 만석군의 따님이었다는 기억을 우리는 상기하지 않을 수가 없었다. 근 반년에 걸쳐 정리된 유품은 100여 종류로 분류, 총 1,802점이었다. 유품이 유달리 많은 것은 유품이 흩어지기 전에 기념관 준비가 시작된 때문이기도 하지만, 무엇이든 잘 간직하는 어머니의 꼼꼼하고 알뜰한 성품 덕분이 더 크다 하겠다.

모든 준비가 마무리된, 1989년이 다 저물어갈 때, 목포시청에서 대형 트럭이 올라왔다. 우리는 흡진기, 나프탈렌, 제습제 등에까지 신경을 써서 유품을 실어 보냈다. 유품이 많기로는 아마도 세계의 기념관 중에 1위가 아닐까 하는 자부심을 가져 보면서.

서울에서 목포까지는 4시간 반 정도 소요되어, 14시 39분에 문단 두 단체의 회원들은 목포역에 도착되었다.

문학 표징석을 위해 특별히 애써주신 한국문인협회 황명 이사장님, 성춘복 부이사장님, 박종철 국장님 등은 열차가 목적지에 가까이 당도하게 되자, 어느새 간편한 차림에서 정중한 정장의 자태여서 우리 또한 옷깃을 여미지 않을 수 없었다.

목포시청에서 마중 나온 두 대의 버스로 우리가 곧장 닿은 곳은 바로 '소영박화성문학기념관'이었다. 그곳은 언제 보아도 잔잔한 목포 시가지와 삼학도 앞바다가 한눈에 내려다보이는 유달산의 높직한 기슭이었다. 푸르른 숲으로 들어찬 1,992평의 대지 한가운데에 고풍스럽게 서 있는 르네상스식 붉은 벽돌 건물은 아름다웠다. 그 건물의 1층은 문화원이었고, 2층이 소영박화성문학기념관이어서, 서울의 일행은 계단을 올라가 초상화를 바라보며, 홍윤숙 선생님의 추모사 "한평생 너무도 꼿꼿하고 의연하심이 푸른 송죽처럼 저희들 가슴에 새겨져 계신 분, (이하 약)"으로 시작되는 간단한 추념식을 갖고 관람에 들어갔다.

전숙희, 조경희, 홍윤숙, 김남조, 박현숙, 다섯 분의 한국여성문학인회 역대 회장님들을 위시해 모두들 숨소리만이 들릴 만큼 진지하고 엄숙한 분위기였다.

기본 구성은 앞서 향토문화회관 때의 골격을 살리면서, 성의를 다해 유품진열이 되어 있었고, 4개의 방이 효율적으로 한층 운치를 돋우어, 나는 마음속으로 감사하였다.

그러나 절대면적이 향토문화회관보다도 부족하여 유품과 추모시화가 다 전시되지 못한 점, 특히 문인들의 간단한 회의장으로 쓸 수 있도록 전숙희 선생님이 기증하신 응접세트가 아직 비치되지 못한 점이 아쉬웠다.

부산과 광주에서 합류한 문인들과 목포 권이담 시장님을 비롯하여 현지의 많은 문화 예술계 인사들로 성황을 이룬 가운데, 표징석 제막식을 마치고 나서, 한국여성문학인회(회장 추은희)가 의욕적으로 새로 기획한 작고문인 재조명이라는 학구적 행사는 그 제1회를 박화성문학 재조명으로 정하여 이명재 문학평론가(중앙대 명예교수)와 서정자 문학 평론가(초당대 명예교수)가 심도 있고도 폭 넓은 주제 발표를 하여, 기대 이상의 호평 속에 대단원의 막을 내리고, 이어서 신안비치호텔의 연회장에서 전숙희 선생님과 조경희 선생님의 '작가 박화성을 말한다' 시간에 두 분이 생전의 어머니에게서 느꼈던 생생한 일화들을 떠올리며, 하나의 획기적 방안을 제시했다. 박화성문학기념관을 널찍한 교외로 나가 옛집을 복원하여, 다시 만들라는 당부였다. 자료를 입력하여 컴퓨터 그래픽을 활용하는 방법까지 언급하면서, 프랑스 파리에서 본 한 기념관은 그 작가가 한때 방 하나를 세 들어 살았을 뿐인 대저택을 국가가 구입하여 대대적인 기념관을 만들어놓은 부러운 현상까지 예로 들었다.

"……지금 우리는 국토 한 모퉁이에다 문화의 향기를 품은 꽃씨를 뿌리려고 한다. 그리하여 선진 여러 나라 발길 닿는 곳마다에서 만나는 문학인들의 발자취 못지않은 삼천리 문화강산을 이루려 한다(이하 약)"

물질 고성장 위주의 시대를 세탁하는 듯한 우리 문학기림회의 취지문은 우리들 꿈의 파란 싹처럼 산뜻하게 느껴져 온다. 문학기념관, 선배문인들이 숨 쉬는 역사의 우물을 퍼 올리는 두레박의 의미와 오늘을 사는 우리 자신의 삶과 문학을 비추어 볼 수 있는 거울로서의 역할과 한 민족의 정신문화의 보고로서의 가치를 생각할 때, 그것을 세우는 일은 국가 기간산업이라는 거대 공장의 밀물에 결코 밀려날 수 없는 중대한 과제라 본다. 그럼에도 정부차원의 대책은 요원하다. 이러한 후진국적 현실하에, 지방의 한 작은 도시에서 문인들의 꿈을 피워내어, 힘겹게 키워가고 있다는 사실은 매우 희망적인 일이다. 중앙문단 두 단체의 문학적 순례는 거기 문학기념관이 있어, 더 풍요롭게 익을 수 있었다고 생각된다.

(동서문학, 1997. 여름호)

은하수를 찾습니다

인쇄 · 2014년 4월 15일 | 발행 · 2014년 4월 20일

지은이 · 이규희
펴낸이 · 한봉숙
펴낸곳 · 푸른사상
주간 · 맹문재

등록 · 1999년 7월 8일 제2-2876호
주소 · 서울시 중구 충무로 29(초동) 아시아미디어타워 502호
대표전화 · 02) 2268-8706(7) | 팩시밀리 · 02) 2268-8708
이메일 · prun21c@hanmail.net / prunsasang@naver.com
홈페이지 · http://www.prun21c.com

ⓒ 이규희, 2014

ISBN 979-11-308-0221-3 03810
값 15,800원